峡江行

当代三峡库区考察实录

向泽映　罗成友　著

重庆大学出版社

难以忘怀的峡江情结

向泽映

中宣部"四个一批"人才自选课题经费，我居然用来出一本过期的新闻文集，书名《峡江行》。

作为记者，在我职业的生涯中，采访过无数的地方，无数的人，无数的事。然而，让我最难以忘怀的是那段特殊的经历——峡江行。

1996年7月下旬，我接到重庆市委交办的一项特殊任务，到三峡库区做一次深度调研采访。我率领文字记者罗成友、摄影记者靳小丁组成特别报道组，迅即奔赴大三峡。当时是重庆直辖前夕，中央决定由全国计划单列的重庆市代管四川省的万县市、涪陵市和黔江地区。说实话，作为《重庆日报》的新闻记者，我们对峡江地区和武陵山区知之甚少，普通的重庆市民几乎更是对其一无所知。

但当我们走进峡江采访时，就感受到了峡江人热情、豪爽的性格魅力。

原万县市委常委、宣传部部长徐心怡，是第一位接待我们的地方官员。这位曾办过报纸的"老宣传"，热情豁达，快人快语。我们到万县已是晚上，刚一住进万县市委招待所，他就来到我们住处，滔滔不绝地向我们介绍峡江的历史地理、风土人情、社会变迁。末了，还送给我们一本他主编的诗歌文集《历代名人吟三峡》。第二天，我们分头进行采访，他亲自给相关部门打电话，为我们提供工作之便。我们希望专访当时的万县市委书记陈光国，他又想方设法协调、安排，让我们顺利地完成了采访任务。当时库区的交通极为不便，我们要到梁平县的乡镇收集资料，他把部里仅有的一部小车派出来，专程送我们去采访一线。

我们第一次去开县采访可谓人生地不熟，到县城已是晚上六七点钟了。由于时间紧，在草草吃过晚饭后，我们就极不礼貌地"闯"进县委书记张天雄的办公室。当时他在加夜班。对"不速之客"的冒昧，这位县委书记并没有生气，在了解了我们的来意后欣然接受了采访。采访完毕，这位当过教师，一步一步走上领导岗位的"秀才书记"竟然意犹未尽，在办公室里一边踱着小方步，一边讲起了他在李鹏总理主持召开的开县搬迁现场办公会上据理力争，最后全城搬迁方案被采纳的故事。

峡江人旷达，峡江人热诚，峡江人豪迈，峡江人的奉献精神令人敬佩，让我们这辈子都难忘。

在云阳，我们接触了县移民局局长杨钢，这位胖胖的移民局局长，为人耿直，对人极为热情。在移民局伙食团吃饭时，我们虽不喝酒，但他总是不停地敬酒劝酒，我们只好以茶代酒不断回敬。让我们敬佩的是他为了移民工作，舍了小家顾大家。母亲去世时，他正在一期移民现场忙工作，赶不回去。后来，他在自己的传呼机上设下母亲离世的时间：下午2点5分。每天到这时，身上的传呼机自动响起，他以这种特殊方式怀念自己的母亲。由于长期操劳在移民第一线，杨钢在44岁那年就累倒在工作岗位上，过早地离开了他心爱的移民事业。

峡江采访，既有精彩纷呈，也有惊险不断。

1996年，我们在峡江地区曾多次经历"险情"。那年8月初，我们乘坐的采访车从黔江驶向酉阳，半路碰上塌方堵路，车停斜坡上，后面就是悬崖绝壁。此时，司机刘明华下车到前面查看情况，车上的我们突然感觉车往下滑，吓得惊叫起来，幸好，车滑了十几米，被后面停着的一辆客车挡了下来。客车被擦掉了一块漆，客车司机只让我们赔了100块钱。事后我们几个开玩笑说："花了100块钱，救了3条命！"

从秀山采访回重庆，为了赶时间，那天中午大家都没休息。车到彭水"柜子岩"路段，公路一侧是坚硬的崖壁，另一侧就是汹涌的郁江。此时，坐在副驾驶座上的罗成友突然发现司机一边开车，一边打盹，吓得赶紧叫停。后来司机趴在方向盘上睡了半个小时，我们才继续赶路。

峡江里，留下了我们的脚印；峡江里，留下了我们的情怀。

峡江是一座新闻的"富矿"，永远永远都挖不完。这些年来，我和罗成友对这座"富矿"情有独钟，几乎每年都会到这座"矿山"里"勘探""挖掘""洗选"，不断生产出新闻产品，其中不乏精品力作。

峡江是一座地灵人杰的"舞台"，这里出典型，出经验，出人才。这些年来，我们从中挖掘出了"八步工作法"、优秀纪检监察干部张兰权、优秀社区干部周启光等一大批典型经验和优秀人物。

峡江是一块文化的"宝藏"，越品越有味道，我们在这块"宝藏"里，不断地汲取三峡文化、三国文化、巴楚文化、移民文化、旅游文化……

峡江的山，融进了我们的心；峡江的水，融进了我们的情。峡江，令人无限向往；峡江，让人永难忘怀。我们只好用笔，描绘峡江的时代风貌；我们只好用书，记录峡江的历史变迁！

目录

第二部分
重访库区

第五部分

三峡风情

峡江行

第一部分

万州才子出忠州

"万州才子出忠州，忠州才子遍神州。"

说起忠县，人们会自然而然地联想到人才辈出，群星灿烂：武有治军名将巴蔓子、严颜、秦良玉；文有世界著名植物学家方文培、当代杰出作家马识途、《红岩》作者罗广斌。

秋高气爽，当我们踏上忠县这块土地，县里相关领导就高兴地告诉我们，今年忠县高考上统招线365人，雄居各县榜首，这已是连续9年高考上线人数在万县市夺冠了。

县里的同志介绍说，忠县自古人文昌盛，地灵人杰，素有才子之乡的美称。据考证，明代276年间，考中进士21人，文、武举人64人；清代267年间，考中进士14人，文、武举人83人。在明代，还出了名噪一时的田登甲、田一甲父子进士。

自1977年恢复高考制度以来，忠县的学子被源源不断地输送到国内外。1977年以来，已向各类大中专院校输送新生16 991名，其中上大专的有7 084人，令外地人羡煞。

新生镇的白沙村是全县有名的"状元村"。恢复高考制度以来，已有75名农家子弟走进了大中专院校的校门。周庆才家5个儿女，有3个考进了大学，有2个进了中专，小儿子周晓波目前正在北京大学攻读数学博士。毕业于中国人民大学、现在《三峡经济报》社做编辑的周成兵，一家三兄弟都是大学生。

"房子不修可以，不送孩子读书不行。"在忠县的普通百姓中，已形成了这样一种概念，因而，哪怕倾家荡产，也要让自己的孩子上学。

曾荣获全国数学联赛一等奖和四川数学状元的喻甫祥，父亲过世时他正读初中，家里无钱供养。热心的老师、同学和学生家长们主动为他凑钱捐物，鼓励他读下去，使他终于走进了国家奥赛培训班，跨进了中国科技大学。忠州学子能够成才，能够走向全国、走向世界，关键是有一大批默默奉献、甘为人梯的园丁在为他们铺路。

石宝镇工农村小学校的民办教师杜淑芳，从事民师工作28年多，原每月收入30多元，现在也只有180多元。多年来，她的教学质量在全学区第一。当学校教学条件需改善时，她把自己几十年省吃俭用积蓄下的1 000多元捐了出来。

涂井乡万顺村小学校的李洪灿老师，身患严重的甲亢病，曾积蓄5 000元准备修住房。当学校校舍成了危房时，他说服自己的爱人，把这笔钱捐给学校改造危房。

1995年春，一场泥石流大滑坡，把金华小学民办教师袁先斌家三间房屋和全部家产埋掉。第二天上午，他噙着泪水，又出现在学校的讲台上。复兴乡东宝村小学的刘定华老师，脚上长疮，不能行走，连续半个月，都是爱人从5公里外的家把他背到学校为学生授课……

在忠县，像这样动人的故事很多很多。正是这些数不清的动人事迹，使忠县教育系统成了全县学习的榜样。县委、县政府发出《关于在全县开展向教育系统学习的决定》，号召全县学习教育系统公而忘私的奉献精神，艰苦奋斗的敬业精神，呕心沥血的拼搏精神，团结奋战的协作精神，脚踏实地的实干精神。

园丁们的奉献，得到了党政领导和农民们的认可，可以说上上下下都形成了一种尊师重教的浓厚氛围。在忠县，当干部们的工资发不出时，教师的工资却能得到保证；在忠州中学，常能见到县委书记夜查晚自习的身影；今年初，忠州中学打算修一条公路到县城，校长到一些部门走了一圈，只说了修路的想法，并未张口要一分钱。一个星期后，自愿捐助的30万元修路款就到了学校。

忠县的农民则用最朴实的行动来尊师重教。新生镇白沙村的周德树老人，从1985年开始，每年都要向村小学校捐款，去年就捐了1 000元。复兴镇13所村小的民办教师的不少生活用具，都由村里来添置；每到节假日，农民们排着轮子请老师们到家里去做客，平时的蔬菜、柴火也由村民们轮流给老师送去。去年高温时节吃水困难，村干部和农民们到几里路外去为教师们挑水。

党政重教，农民尊师，教师尽责——忠县有这样好的育人环境，不出人才，那才怪！

《重庆日报》，1996 年 11 月 7 日

打牌就要打名牌

梁平，史称梁山，公元553年置梁山县。因与山东梁山县同名，1952年改称梁平。

梁平自古多名牌：已有200多年历史的梁平柚，与绵竹、夹江年画齐名的梁平年画，被誉为"天下第一帘"的梁平竹帘……名牌产品使梁平县名扬中外。

"如今，名牌产品不仅提高了梁平的知名度，而且支撑起了梁平的县域经济！"县委书记张荣周、县长蓝富国谈起该县的名牌产品如数家珍。

去年，曾获部省双优称号的双桂牌啤酒供不应求，运货车在途中被要货者拦下，用钱"文明抢劫"，以至于厂家和提货单位不得不采取"武装押运"的方式。县里抓住机遇，投入6 000多万元，对啤酒生产线进行技改，由年产3万吨增为5万吨，今年7月已投产。然而，5万吨的产量也满足不了需要。7月底，我们在双桂啤酒股份有限公司供销部看到，上百人在等着开票提货，有的已等了好几天。

就是这样一个名牌产品，去年就为梁平县提供财政收入上千万元，占全县财政收入总数的八分之一多。为此事，书记、县长的眼睛都笑成了"豌豆角"。

"骑马要骑千里马，戴花要戴大红花，打牌就要打名牌!"此话反映了梁平的乡镇企业浓厚的名牌意识。去年，该县乡镇企业报送7个产品到省里评奖，有6个获得金奖。由袁驿豆制品有限责任公司生产的袁驿豆干，在获得"九五中国国际巴蜀食品博览会"金奖后，今年又投入150万元，扩大生产规模，建起了3个分厂。

名牌意识、名牌战略，使一些困难企业走出困境。去年，梁平丝绸厂在丝绸行业不景气的情况下组织人力，开发出了4个厚重型新产品，有的还填补了国内空白。今年，这4个产品都走俏于市，供不应求，丝绸厂也由此重现生机，柳暗花明。

商办工业是近年来深感困难的系统，但梁平县的商业系统开创了10余个获部省优质产品称号的名牌产品，占领了市场，创造了好效益。全系统工业产值由1400万元上升到近亿元，实现的利税翻了两番多。上交的利税名列全县第一。

工业打名牌，农业也应攻名牌。已有200多年历史的梁平柚被县里列入产业化发展项目，全县在适宜种植的20个镇乡，集中发展了120个专业村，形成了一条柚子生产带。目前，总株数已发展到540万株，去年产果1500万个，收入4200万元，今年产果2000万个，到2000年盛果期，年产果将达到1.5亿个。

作为全国三大名柚之一的梁平柚(另两个是广东梅县的沙田柚、福建平和的官溪柚)，如今的身价越来越高，不仅在国内的各大中城市抢手，而且在泰国、新加坡、俄罗斯等国也成为俏货，价格涨到了4元1公斤。

在梁平县城边的山堡上，有一座中国第二高的石塔——文峰塔，塔上镌刻着4个醒目的大字："灵秀文明"。这4个字是对聪慧、勤劳、朴实的梁平人的真实写照，也揭示了梁平名牌产品迭出的文化底蕴。

梁平人不但善于挖掘祖辈为自己留下来的名牌产业，而且勇于创出新的名牌产品。

双桂啤酒虽是以梁平闻名的双桂堂命名，但能成为名牌却是吸纳国内外啤酒生产技术精华，创造了自己的质量特色。厂里的科研所利用青岛啤酒的配方、德国啤酒生产的设备和技术，融合形成自己的生产工艺，形成了属于自己的品牌。

肉食行业本是个很难出名品的行业，而梁平县肉联厂依靠厂办科研所，一连创出了8个获得国家、部、省优质产品称号的名牌产品，企业也获得了国际质量体系认证，成为全国肉类加工企业唯一获得国际质量认证的单位。有这样多的名牌产品支撑，企业的效益当然是芝麻开花——节节高了。

"薄如蝉翼淡如烟，万缕千丝总相连。借得七仙灵巧手，换来天下第一帘。"经过70余道工序，制作历史逾千年，早在北宋年间就被列为皇家贡品的梁平竹帘画，经过科技的融合，又有了新的发展，荣获省政府授予的名优特新产品金奖。

梁平人不仅争创名牌，善创名牌，而且注重保护名牌，发展名牌。因为梁平人清楚："名牌效应"打活了县域经济这张牌。

《重庆日报》，1996年11月8日

金佛山，金子山！

"南川不靠江(长江)，不靠边(边境)，不靠海(沿海)，只靠山。"走进南川市，南川的干部、群众都对我们这样说。

南川虽然靠山，可一座金佛山却是南川人挖不完的"金子山"！

位于大娄山脉西北侧的金佛山，总面积1 300平方公里，占了南川市辖区面积的一半。

"外地人只知我们金佛山是国家级风景名胜区。有原始古朴的自然风貌，种类繁多的珍稀动植物，但对埋藏在山里的矿产资源就知之不多了。"南川市市长李中直自豪地说。据勘测，金佛山可供开采的矿产就有20余种，尤以煤、铝土矿、硫铁矿、石英砂、石灰石为丰。煤储量3.05亿吨，是全国重点产煤县(市)之一；铝土矿储量5 000多万吨，占四川省铝土矿总储量的一半以上；硫铁矿储量1.04亿吨，石英砂2 000万吨，石灰石100亿吨以上。

有如此富有的山，南川人理所当然地做起了"靠山吃山"的文章："开发金佛山，狠抓川湘线"的发展战略深入每一位南川人的心里。

川湘公路顺金佛山山下而过，开发金佛山矿产资源的重任就落在了川湘公路沿线的乡镇上。我们顺着川湘公路采访，只见沿途工厂林立，矿井错落，煤车穿梭……从西向东，一条经济动脉使南川的山山水水都活跃起来。

与万盛区接壤的南平镇，辖区内有10多家煤矿。在南平煤矿，矿长介绍说，今年，矿里产原煤将突破16万吨，产焦煤2万吨，销售收入1 500万元，利税210万元。矿里利用自己的滚动资金，投入400多万元，正在扩建一座年产30万吨的矿井。目前，南川市的40多家煤矿，年产量已达到200万吨。所有的煤矿中，无一家亏损，全部盈利。

坐落在川湘公路边的先锋磷肥厂，那花园式的厂区，高大的厂房，自动化操作控制系统，如果不介绍，谁也不会想到这会是一家乡镇企业。这家以金佛山丰富的硫铁矿为主要原料、产品获省优的企业，年产磷肥5万吨、硫酸4万吨，年产值已突破3 000万元。正是它的"龙头"效应，带动起了30多家生产硫铁矿粉的配套厂。

100亿吨的石灰石，为南川发展建材业奠定了资源基础。水泥成为建材行业的骨干项目，全市18家水泥厂，年产量达到50万吨。在文凤镇，我们所看到的先锋建材公司有2座产能12万吨的水泥厂，年产值已达到3 000万元，利税300万元。昔日被视为贫穷象征的油光石山坡坡，如今已变成座座"小金山"。

南川的煤变成滚滚"乌金"，南川的油光石变成了"黄金"，南川的砂也变成了耀眼的"砂金"。南川人利用石英砂为原料，办起了4座平板玻璃和玻璃制品厂，年产值已达到2个亿，使南川成了川东地区最大的玻璃生产基地。

"把地下资源挖出来变成钱，只是靠山吃山的第一步。"南川市的领导说，"对资源进行深加工，实现第二次、第三次增值，是我们的第二部曲。"

这第二部曲已经唱出了点名堂！

把煤变成电，实现就地增值。已经建成的火力发电厂，装机容量3万千瓦，每年吃掉煤炭20多万吨。而正在建的电厂还有2座，由美国投资者来投资建设的爱溪火电厂，是涪陵市目前引资项目中最大的一个。

南川的铝土矿不仅储量居全省第一，而其品位之高，质量之优，在国内也属罕见。如今，铝土矿的开发已从卖原矿、烧结矿，过渡到利用铝土矿为原料，生产高级耐火材料棕刚玉。今年4月，由隆化镇牵头引资，总投资4 500万元的棕刚玉厂动工建设，年底前即可全面投产。这项工程是南川市"九五"期间开工的第一大工程，全面投产后，年产值可达1.2亿元，年利税可达3 000万元。李中直市长透露：在发展棕刚玉的基础上，将利用现代科技，向生产氢化铝、电解铝、镭等高科技产品迈进。

南川人靠山吃山可谓越吃越有味道!

金佛山肚内的宝藏已够南川人挖掘了，而地面上的"金山四绝"——银杉、方竹、大叶茶、杜鹃王和"金山三精"——人参、竹米、天竺葵，更给南川人带来了无限的财富，使他们辈辈代代都吃不完。

我们离开南川时得知，南川市委、市政府的一项重大举措即将实施：在金佛山建南川的"特区"，对金佛山的地下和地上资源进行重点开发。

金佛山，好一座金子山!

《重庆日报》，1996 年 11 月 11 日

兔子尾巴变长了

"玉兔快跑，畜牧突起。"石柱土家族自治县的领导用8个字概括了石柱的支柱产业，"这是石柱经济的外在形象!"

石柱，全国最大的长毛兔基地县。1995年，在经受住了一次又一次的市场冲击之后，石柱长毛兔产业得到了稳步的发展：年末长毛兔圈存突破200万只，产毛820吨，总收入7 056万元；农民人均养兔收入167元，为财政提供税收313万元。

石柱县的长毛兔产业，是应市场而生，随市场而长，在市场竞争中逐渐壮大起来的。长毛兔产业的发展史，可以说是石柱市场经济的发展史。

在80年代中期，我国沿海地区的江浙、山东等地率先发展长毛兔产业，使一些农户很快致富。到80年代后期，这些发达地区纷纷转向发展其他产业，全国的长毛兔生产由于受市场波动的影响，从波峰跌入了低谷。

1985年开始发展长毛兔产业的石柱县正是在市场竞争的波峰浪谷中冲刺、突围出来，并创造了高速、高效发展的奇迹。

那么，石柱的长毛兔产业，是如何在无情的商战中过五关、斩六将的呢?

　　首要的是找准劳力资源和自然资源优势的结合点。石柱是山区贫困县，发展工业项目条件不如平坝地区。而石柱的草资源又相当丰富，耕地与草地之比为1∶1.95，全县的草地面积载畜量为14.36万个牛单位。因此，引导农民利用这丰富的牧草资源发展长毛兔产业，可以说是使劳力资源和自然资源的优势得到了最佳的结合。

　　把兔农引向市场，而不是推向市场，使兔农逐步地适应市场、驾驭市场。近年来，石柱县多方筹资400多万元，在长毛兔集中产区临溪、南宾、龙沙等区乡建起了17个兔毛专业市场，既为外地客商提供了收购以兔毛所需的仓储及粗加工的场地和设施，又使兔毛交易得到了规范化管理，保护了农商双方的利益。在价格政策上，开初几年，当跌入低谷时，政府以保护价收购，使兔农经受住了风险，然后再逐步放开。如今面对价涨价跌，兔农们已见惯不惊。"任你风吹浪打，我自闲庭信步"，已成为兔农们的普遍心态。

　　跨出国门，向外开拓，使石柱的兔毛直接打入国际市场。临溪镇等与浙江畜产品公司、重庆华裕公司等合作，加大兔毛的直接出口数量，提高了养兔的效益，使市场空间更为广阔。

　　"德国长毛兔在中国找到了可爱的家乡!"今年7月中旬，德国北威州农业部长毛兔专家冈特·库斯特施到石柱考察长毛兔生产基地和兔毛市场后发出了赞叹，并对与该县的项目投资和技术合作表示出浓厚兴趣。

　　引进良种及先进饲养技术，提高兔毛质量，使石柱的长毛兔毛在国际市场上有了竞争力。近年来，石柱从德国及上海、浙江等地引进良种长毛兔12.5万只，先后7次邀请德国的长毛兔专家到县里来讲技术课，培训养兔技术30多万人次，印发技术资料30多万册。良种和先进的饲养技术使兔毛的质量得到稳步提高，在国内乃至国际上都有了强大的竞争力。临溪镇经过多年的努力，使当地产的兔毛获得"长、松、白、净"的良好声誉。为保护既有的好名声，政府、工商部门和兔农联手打击假冒伪劣、掺杂混级的行为，兔农们还坚持持"产销证"到专业市场销售。

市场引导兔农，兔农顺应市场。石柱长毛兔养殖业在市场经济的海洋里经受住了风浪的考验，兔农们像水手一样更加老练、成熟。

1995年上半年是长毛兔生产最困难的时期。饲料上涨，兔毛价格从每公斤100多元跌至60元。"有跌必有涨"，兔农们处变不惊，胸有成竹。他们采取延期剪毛，利用储毛技术储存兔毛等办法，等待价涨时再销。果不其然，到了9月份，兔毛的价格回升到每公斤110元以上。虽然饲料涨价，毛价偏低，但因规模经营，养兔仍有可观的效益。王家乡西乐村的马敬阳，养成年兔508只，出售兔毛210公斤，收入18 900元，比上年增收4 900元。

"价格降，兔子上，价格回升才有望。"兔农们在市场经济的"游泳"中总结出了行之有效的经验。"价昂莫赶，价低莫懒"，人们在实践中学到了辩证法。养兔基地镇临溪镇，去年兔毛价跌之时却新增加了63 000只仔兔。风平浪静之后，临溪人尝到了打鱼人家满载而归的甜头。

当地兔农自豪地宣称："谁说兔子尾巴长不了，我们石柱的兔尾巴就变长了!"

《重庆日报》，1996 年 11 月 12 日

龙宝是龙不是虫

　　龙宝，龙宝，一占龙脉，二居宝地。万县城里的老百姓一谈到龙宝二字就眉飞色舞起来——"谁不说俺家乡好"，何况龙宝这地名沾龙气，带福相。

　　龙宝区诞生于1993年2月，其前身是原万县市。虽说龙宝区是小毛弟，可万县市却是老资格：古城始建于公元25年，公元553年置鱼泉县，其后三次设郡，五次置州，一次并县，两次置市，至今已有1970余年的历史。深厚的文化、文明积淀令龙宝人自豪不已。

　　可龙宝人怎么也没料到，正当他们为新区挂牌忙得不亦乐乎之时，兴建三峡工程的决议案在全国人大获准通过。三峡工程上马就全局而言无疑是好事一桩，但具体到局部，比如对龙宝来说，就意味着代价和牺牲。

　　调查证实，三峡水库将淹没龙宝区60%以上建成区面积，涉及六镇一乡三个街道办事处；有125家企业、1.63万亩土地、245万平方米房屋、4亿元以上的固定资产会被吞噬；大半个城区变成"海底龙宫"，16万城区居民中有10余万需迁往新区，龙宝是三峡库区淹没实物最多、损失最大、移民安置任务最重的城区！

面对移民搬迁的千钧重负，龙宝人是像猛龙一样昂首前行，还是像小虫一样畏缩不前？龙宝人选择了前者，响亮喊出："淹没了土地，淹没不了志气！"区委书记易永模的动员报告也变成了铿锵誓词："我们是万县市的一颗棋子，而且是一颗过河卒子，只能向前，不能后退！"困难像弹簧，你弱它就强。移民搬迁的道理也是这样。

困难与希望同在，挑战与机遇并存，只要精神不倒，负重拼搏，苦干实干，阻力、压力终会转化为前进的动力。这是龙宝人的感受，或者说是经验。

不怪不怨，不等不站，把握机遇，加快发展。龙宝人建区伊始，尽管百端待举，尽管还头戴贫困区的帽子，但仍以积极的心态、昂扬的斗志迎难而上。

龙宝居万县中心，占龙脉宝地，水陆两便，具有特殊的地位和区位；龙宝乃藏龙卧虎之地，人才荟萃，商贾聚集；加之资源丰富，市场广阔，龙宝完全能在万县乃至三峡库区众多区市县中舞"龙头"。为此，区委、区政府明确提出"抓发展机遇，促开放开发"的口号。区长方仁发通过新闻媒介宣布："龙宝人要以最开明的姿态、最优惠的政策、最宽松的环境，招徕八方朋友！"

在移民中发展，在发展中移民。目前，龙宝区15平方公里移民搬迁新城区建设已全面展开，城市雏形初步形成。具有移民经济开发特色的观音岩开发区、双河开发区、牌楼开发区、大堡开发区的路、水、电、气、通信等基础设施已基本建成，100余家工贸企业已入区筑巢。

武陵镇位于长江北岸，距万县市区西南37公里。该镇历史上是跨两个地区、4个县镇的农副产品交易中心和工业品的重要集散地，素有"小万县"之称。但因受交通不畅等不利条件的制约，近几十年来武陵落伍了，那些当年作为繁华标志的青石街道、青瓦老屋逐渐变得古老、原始。

抓住机遇，重振雄风！三峡工程上马后，武陵镇利用被列为全省小城镇建设和三峡移民搬迁双试点镇的有利条件，以开拓者的胆识和气魄做出历史的抉择："不等不靠不依赖，苦干实干兴武陵。"镇党委书记周大春说，"我们就是要借三峡移民，促开放开发，弹好一支曲（奔小康），铺好两条路（水路、公路），唱好三台戏（码头戏、移民戏、三产戏）。"如今的武陵镇，移民开发紧锣密鼓，人欢马跃；新场镇规划就绪，贯通场镇连接码头的2.8公里长的主街道基本拉通，月供水3 000吨的自来水厂已完成选址……

龙宝人是吃得苦打得仗的，龙宝人是识大体顾大局的。一百根竹子折算为一"大笼"，每"大笼"国家补偿50元；最大的樱桃、枇杷、梨子树每棵补偿40元。对此，老百姓二话没说，认了。今年3月，武陵新镇近3公里长的主干道正式动工，需搬迁或就地深埋140多座老坟，通知下去后村民积极配合，立即搬迁，没一个找政府的麻烦。

著名作家欧阳玉澄到龙宝的一些乡镇体验生活后感受深切："这里是古代巴人生活过的地区，巴人大忠大勇侠肝义胆的本质已渗透这片土地，并且遗传给自己的后代子孙了。为着国家的整体利益，为着全民族的长远利益。库区会有一两代人作出重大牺牲，这是一种值得自豪的大奉献、大崇高！"

龙，是吉祥的图腾，更是勇猛、顽强、富有牺牲精神的象征。龙宝属龙。龙宝人，龙的传人！

《重庆日报》，1996 年 11 月 13 日

五桥通四方

五桥与万县市老城区仅一江之隔，但经济开发却仿佛滞后了几百年。五桥是一块待开垦的处女地。

3年前，五桥作为万县市的一个新建区，区机关的数百名干部自带锅碗瓢盆来到这个封闭的小乡场上，开始了艰苦的创业生活。

"建区之初，什么家当都没有，连与外界的联系都很难。"文质彬彬的区委书记吴明宗推了推鼻梁上的眼镜说，"区委借了几间民房，靠两部手摇电话机，指挥、调度着全区的各项工作。"

新规划出的五桥城区依山傍水，地质坚固，开阔平坦，开发面积在36平方公里以上，是三峡库区难得的建城良址。只因偏处江南，天险阻隔，五桥区开初在外界的知名度很小，颇有点"藏在深闺人未识"的意味。

三峡移民和对口支援给五桥新区开放开发带来了机遇。五桥的决策者提出："打开寨门，主动迎宾，争取对口支援地区和单位了解五桥、支持五桥、共建五桥。"

一次，区长罗化南带着几个部门的同志到浙江省一个市，寻求对口支援事宜。对方推说省里已安排他们对口支援库区另外一个区，对五桥似乎有点冷淡。罗区长一行没有气馁，反复争取，终于感动了对方。对方除安排洽谈对口支援的项目外，还赶在罗区长离浙之前，送来了该市团委捐赠的6万元现金。

"我住长江头，君住长江尾。"五桥区借沿江开放之机，迅速打开水上通道，大胆地将招商引资、横向协作活动推向长江三角洲。去年，在上海市有关部门的帮助下，五桥区在上海成功地召开了"五桥区新闻发布会"。上海市的40多个局和区县的领导、100多个大中型企业、集团负责人光临盛会，从中央到地方的新闻单位都争相报道"大联合，大发展；小联合，小发展；不联合，不发展"的崭新思路。一时间，在上海市掀起了对口支援五桥、投资建设五桥的热浪。

五桥人借外援之东风，以惊人的速度改变了落后的通信面貌。3年前，五桥区不得不靠两部手摇电话指挥运转工作，如今全区26个乡镇、街道办事处都开通了程控电话。而这700多万元的设备，都是寻求对口支援和协作的成果。上海市邮电局还支援1 200万元，帮助五桥区修建邮电通信大楼，目前已到位资金600多万元。

五桥连四方，四方助五桥。前不久，建在新城区的第一所希望小学落成，这是上海三航局不搞厂庆省下50万元捐建的。在五桥，已有6所由上海、宁波、沈阳等捐建的希望小学动工和落成。此外，由上海、浙江等地援助的建设项目已逾百个。

依靠外援，但不依赖外援。在新区建设中，五桥人更注重发扬艰苦创业精神，用自己的双手去开拓新路、富裕路。

五桥区紧挨长江，上连石柱，下接云阳，沿江全长160多公里。区里规划修一条156公里长的沿江公路，使之形成沿江经济发展动脉。沿江乡镇的农民二话没说，拿起工具就上了修路工地。而今眼目下，五桥至新田段的15.1公里已竣工通车，翠屏至太龙26.7公里长的路段已具雏形，其余路段也全面开工。不靠江边的乡镇也不甘示弱，仅去年以来，就新建和续建14条乡镇公路，全长215公里。

正在建设中的万县长江公路大桥南桥头，是五桥区百安坝省级经济开发区。这块约15平方公里的开发区，是五桥区城市建设、移民安置、经济建设的中心。就在这块新区内，先后已投入近2亿元的基础建设资金。6条横道、5条纵路勾画出一座现代化城市的基本轮廓；29米宽的百安一路已全线贯通，40米宽的百安大道和纵四路即将完工。

抓交通，促流通，信息灵通事事通。漫步在六横五纵城区大道两旁，但见井架林立，机器轰鸣，数千名建设者在挥汗施工，一座又一座商厦、饭店、宾馆正拔地而起。投资300万元的移民培训中心、投资50万元的医疗预防保健中心，以及医院、学校等城市配套设施如雨后春笋，日趋完善……五桥人用自己的双手，正在把新城区的规划蓝图，一步一步地变为现实。

五桥人开放的决心和气魄，不仅令国人钦佩不已，而且深受海外客商的赞赏。今年3月29日，泰国正大集团总裁谢国民先生率团到万县市考察，拟在五桥投资兴建50万人口的移民新城。五桥正以崭新的姿态向世界招手！

《重庆日报》，1996 年 11 月 14 日

小菜头　大文章

从重庆出发到涪陵，在涪陵过江的渡船上，一股扑鼻的榨菜清香勾起了强烈的食欲，抬头望去，两辆大卡车装着满满实实的榨菜头。

"这是从农户家里收起来，运到榨菜厂去进行精加工的。"司机说。

"哟，涪陵榨菜！"这引起了我们的浓厚兴趣。世界三大名腌菜之一的涪陵榨菜，虽然已被文人写滥，但我们还是想从新闻的角度挖掘新的材料。

"中国榨菜在四川，四川榨菜在涪陵，涪陵榨菜在枳城。"涪陵市枳城区的牟副区长说，"枳城区榨菜的种植面积占涪陵市的一半，加工能力占70%还强。"

100多年来，涪陵榨菜几起几落。在商品和市场经济的浪潮中，榨菜作为一种产业，终于又在枳城区"雄"了起来。

1993年，涪陵的菜农出现卖菜难，每公斤鲜菜头卖七八分钱还没人要。眼看着辛辛苦苦种出来的菜头被用来喂猪，甚至倒进田里沤肥，菜农伤心得流泪。

百年老牌子不能倒，世界名腌菜要"雄起"！当时的涪陵市委、市政府及有关部门都在苦苦地思索着、寻找着一条重振涪陵榨菜雄风的新路子。

按照市场经济的规律来分析，涪陵榨菜陷入困境的原因主要在两头：一头在市场，多年不变的老包装、老品种，已不适应市场的需要；另一头在菜农，种菜的成本太高，利润太薄，农民赔不起，一受风浪颠簸，就只有两个字的选择：不种!

找准了原因，菜业振兴的对策也就出来了：利用龙头企业，一头连菜农，一头连市场，实施产业化，让榨菜生产、加工、经营中的利润得到较为合理的分配，使各方面的积极性都能调动起来。

在市场方面，把过去的坛装榨菜进行精加工，改变包装，以小包装为主；并把单纯的高盐改为高、低盐合理配备，适应不同消费者的需求，让榨菜真正进入千家万户。货色、品种、包装对路，榨菜自然就有了销路。目前，涪陵榨菜不仅在上海、天津、广东等沿海地区占领了市场，还漂洋过海闯世界……价格随之攀升走高，菜农扳起指头一算：精加工比粗加工增值一倍以上。

在菜农这头，推广了永安2号等优良菜种，使产量大幅度提高，质量也更加优良，增强了菜头的商品价值。另外，农民进行粗加工，获取了加工环节的部分利润。农民有了盼头：每粗加工1吨菜块，可增值200元左右。

龙头企业在涪陵榨菜生产、加工、销售"一条龙"中也确实起到了"龙头"的作用。

涪陵榨菜集团公司是最大的一家龙头企业，该公司下属有24家榨菜加工厂，分布在上至石沱，下到南沱，连绵80余公里的长江沿岸。该公司生产的乌江牌榨菜，是涪陵榨菜中资格最老、声誉最高的品牌。目前，乌江牌榨菜年销售量3万吨，销售额1亿多元，占涪陵榨菜生产、销售总额的30％左右。

这家公司与菜农的利益是紧紧相连的：公司与厂家都拿出部分利润扶持菜农，免费为菜农提供优良种子，并与1 000多户种植大户签订合同，风险共担、利益均沾、互相依赖、共同发展。

"公司加农户"模式使涪陵榨菜雄风重振，榨菜产业成为目前枳城区最大的一项产业。今年，枳城区的14个乡镇种植了榨菜14万亩，占土地面积的一半以上，产鲜菜头28万吨，加工成品菜11万吨，其中小包装的有7万吨。

百胜镇可以说是家家种榨菜，户户腌菜块。今年，这个镇种了3万亩，产菜头9万吨，产量占了全区的三分之一，农民种榨菜人均收入在1 000元以上。镇财政也成了"菜财政"，工商税收中60%来自榨菜产业。

涪陵榨菜在市场经济大潮中崛起，枳城区农村靠榨菜"雄起"。枳城区榨菜办公室的同志说：区里已经制定了宏伟规划和配套措施，不仅要让农民们"挑着榨菜奔小康"，而且要让枳城这个"榨菜大区""榨菜强区"的名声响遍四方。

一品旺，财路畅；一业盛，事业顺。看来，这榨菜头虽小，可市场不小，能量不小，前途不小！

《重庆日报》，1996 年 11 月 15 日

烤烟之乡烟味浓

走进彭水苗族土家族自治县，看的是烟，听的是烟，讲的是烟……烟的新闻、烟的故事一串又一串!

"烟财政"

彭水是著名的"烤烟之乡"：烤烟总量全省第一，占全省收购量的20%；今年全县种植了24万亩，收购量可突破50万担。由于其适宜的土壤和气候，烟叶质量也优良，是全国优质烟叶基地县。

烤烟的税率相当高，收购金额的30%左右是财政收入。所以，在彭水，从县到乡，都是吃烟饭，乃名副其实的"烟财政"。

1995年，彭水烤烟的税收是5 660万元，占全县税收总额的72.6%。今年，彭水的财政收入可达上亿元，但其中80%将由烟税提供。领导们的话语中流露出自豪："年初唱的是烟调子，年中走的是烟路子，年底数的是烟票子。"

"烟饭不仅让农民吃饱，也让我们乡财政吃饱。"平安乡党委书记洪江说，"去年全乡烟税收了130万元，今年可以翻一番!"

"烤烟路"

在彭水有一怪：高山上的公路比平坝的多，不少高山乡都实现了村村通公路。

这些路被称作"烤烟路"。

去冬今春，保家区自筹资金60万元，发动农民义务投工，同时动工修建8条村级烤烟路，总长90公里，修好后，可贯通40个村。

烤烟生产中的运输量相当大，化肥、烤烟用的煤要运上山，烤好的烟要运下山。因此，修建烤烟路就成了政府和烟农的共同愿望。

1989年，县里提出修建烤烟路后，年年冬春，都能见到烟农们挥汗修路的壮观场景。几年来，全县已修好烤烟路500余公里，基本上把山区的乡村连接了起来。

"烟哥""烟头"

在彭水县的种烟区乡，一些被称为"烟哥""烟头"的干部，情况最熟的是烟，说得最起劲的是烟，干得最欢的也是烟。

今年，平安乡鹿平村党支部书记石兴安为了带动村民们种烟，给村民们做出榜样，他带着两个儿子到离家步行3个小时路程的山上搭了一个窝棚，安营扎寨，垦地开荒，种了164.7亩烤烟，成了大"烟哥"。他对乡里的干部说："我听说过北大荒的故事，现在，我要自己干出北大荒的事业!"鹿箐乡大青村的任洪勇是全国劳动模范，是位远近闻名的"烟头"!

大青村有194户农民，任支书带领村民们种烤烟，不仅摆脱了贫困，还逐步走上了富裕的道路。去年，全村户户种烟，共种了800亩，为国家缴税16.3万元，人均种烟收入928元，人均提供烟税257元。

种烤烟使大青村人改变了生产和生活环境，公路修到了家门口，山泉水流进了水缸里，电灯在农家小屋里亮起来，广播喇叭在农家的堂屋里响起来……村里有一户年收入3万多元的农民，自己花五六千元，安装了卫星地面接收设备，买上了彩电。

"烟为媒"

几年前，彭水流传着一句顺口溜："有女不嫁鹿箐山，寒冬腊月缺衣穿。"

如今，鹿箐山一带又有了新的顺口溜："吃烟饭，走烟路，种烟发了娶媳妇。"

"烟媳妇"成了山上频频传出的佳话趣闻，也是山上小伙子们引以为豪、扬眉吐气的事之一。

由于烤烟适宜于海拔700米以上的高山种植，近几年的彭水，平坝没有高山富，山下姑娘嫁上山就不为奇了。

住在海拔1 300米的鹿箐乡石桥村4组的王天银，4个儿子中已有3个娶了媳妇，全是山下的姑娘。其中大儿媳妇和二儿媳妇还是两嬢侄，侄女嫁到王家作大儿媳妇后，见王家种烟致了富，又做媒把自己隔房的嬢嬢介绍给婆家兄弟做媳妇。看到3个比自己儿子长得高大、漂亮的儿媳妇，王大爷整天笑得合不拢嘴。

在彭水，"烟为媒"的故事不时可闻，并且流传得很广，很远……

《重庆日报》，1996 年 11 月 18 日

天城的事当天办

出万县城区，往天城新区方向，柏油公路上立一牌坊，上书一联："建设库区近有利远有功，投资天城你发财我发展"；横批是："天城的事当天办"。

说实话，这副对联从文字上讲，既算不上工整，又无多少文采。倒是"天城的事当天办"这句横批引起了记者的注意。

"天城的事真能当天办吗？"

"天城人无戏言！"1.8米高的区委书记吴锡鹏肯定地说，"天城的事及时办!"

接过吴书记的话茬，几位区领导讲了一连串"当天办"的小故事：

1994年12月，匈牙利一客商到天城来投资办一个项目，下午5点到天城后，区里带着他到新城区选址，7点钟双方达成口头协议，到9点18分正式签字仪式举行时，各种文件都已打印出来。

今年3月11日，在天城区政协一届四次会议上，政协委员们提出"强化城区交通、市场管理"的建议，分管副区长立即召集城管、交通、工商等部门负责人，现场办理政协委员提案，当场拍板确定整治方案。到中午，各部门的执法人员就走上了街头，进行摊点归位、疏散，车辆人流的整顿。

在"当天办"中，天城人还创下了在半天时间内办好让两个省的分管副省长签字的奇迹。福建省福州市商业协会的吴珍宝到天城兴办一家建筑公司，其有关手续需四川和福建分管副省长签字。天城区派人带着手续到省城，找甘宇平副省长签字后，又马上电传到福建省分管副省长手中，签字后又电传回来。半天时间，两个省的分管副省长就在同一份文件上签了字。

"天城的事当天办"是1994年7月提出来的。区里的几位领导说："这是被一件意外的事逼出来的。"

天城区作为三峡库区淹没区，国务院安排福建省对口支援。福建省经济技术协作办为支援事宜，7次打电话到天城区某部门，7个人接电话，无一人有一个肯定的说法。此事被区领导知道后，区委震动了：这样的工作作风和办事效率，岂能让投资者放心，岂能把天城的事办好？

在区委常委会上，常委们经过慎重的研究，明确提出："天城的事当天办!"并成立督查科，对各部门的办事效率进行检查，由区人大对"当天办"的事情进行监督。

在提高办事效率上，区委、区政府的领导给各部门做出了典范。去年6月底，区里的几位领导到福建省考察和洽谈项目，6月30日上午9点到达福州，在接受了福建省省长的会见后，当夜就坐车到厦门，第二天早上6点与一客商洽谈项目，下午2点乘飞机回到重庆，当夜回到万县，次日上午又赶着召开常委会，两天两夜未睡觉。区里的领导都这样拼命地干，各部门还有啥好说的，只有把自己当天该办的事情当天办完、办好。

"天城的事当天办"，给天城人带来了丰厚的回报。

去年3月初，齐齐哈尔市电业局冲着这句话来到天城区考察，拟投资3 050万元建一座年产30万吨的水泥厂。在选址定点后，区里当天就把75亩地的用地手续、注册登记等办好。不到1个月，对方就进场施工。今年6月28日，便正式竣工投产了。

天城人的诚心感动了投资者，天城人的效率吸引了投资者，东南西北的投资商潮水一般涌向天城：黑龙江东兴企业集团投资2.5亿元在天城新区修建小商品市场和天子湖移民商宅区；江西九江实业公司独资1.5亿元在天城修建三星级的天都宾馆；在天城新区的申明坝工业区内，8个企业集团总投资10多亿的项目已经全面动工……短短的两年多时间，全区已与外地签订引资项目100多个，引资36亿元。

在距天城区所在地沙河镇东1公里，有一座山势险峻、绝壁凌空、峭立如堵的古城堡，相传蜀汉刘备伐吴，曾屯兵于此，故称天子城。站在天子城上头，17.3平方公里的天城新区尽收眼底：路道纵横，铁臂如林，一幢幢高楼大厦错落有致……倘若刘皇叔亡灵有知，定要为当今天城的瑰丽壮观而惊叹不已了。

《重庆日报》，1996 年 11 月 20 日

开县：开明、开放、开发

刘伯承元帅的家乡开县，一不临长江，二不见铁路，典型的内陆山区县。

"但近年来推行的开明、开放、开发政策使开县逐步走出封闭，走出贫困！"县里的领导如是说。1995年，开县财政收入突破1.2亿元，综合经济实力居全省第45位；而10年前，开县还属全省42个贫困县之列。

开明，基于"三个有利于"

开县政策的开明是出了名的。

1993年初，县委作出的以发展非公有制经济为工作重点的决定震动了全县，也惊动了理论界的一些人士。但县委、县政府以"三个有利于"为基准，不管外界如何怀疑、议论、指责，坚持从本县的实际出发，大力发展个体私营经济。

县里的领导选择了40多个个体私营企业作为自己的联系点，为这些企业跑项目、跑资金，解决发展中的困难。"县官为个体老板跑腿"，在县里传为美谈，县官们也为此自豪，因为这一跑跑出了开县经济的增长点：1995年，个体私营经济创下的利税达2 517万元，占全县财政收入的27%。

外地人来开县投资，开县总是尽可能地提供优惠、周到的服务。一次，外地一投资者与县里洽谈项目，要求县里为这项投资专门出台几项政策。县长马上与有关部门联系，两个小时后，6份打印好的文件就送到了对方手中。

开放，撞开山门出夔门

开县境内的东河、南河、浦里河、彭溪河、桃溪均流入小江，然后经云阳县的双江镇汇于长江。

伴随着家乡的水，开县30万人撞开山门，顺着长江冲出夔门，走出国门。山外人又逆江而上，溯源而进，到山里来拓展事业。

在广东省东莞市，有12万开县人参加当地经济建设。而在全国各地，30万开县人汇入劳务输出的大军中，甚至在俄罗斯等国也有开县人的身影。

"农民外出经商务工经历三个阶段。"县委书记张天雄说，"先是挣钱饱肚子，后是修房子买几大件，再后来进行人才、技术、资金的回收。"

目前，已到了回收阶段。一批打工仔找了钞票，长了见识，带着技术、项目、资金回到家乡，办起了上百万元投入的企业。乡镇企业两年增加了1 207家，私营企业增加282家，总投入2.8亿元。农民还投入7.3亿元，从事小城镇建设。

开放的开县，引来了港台大客商，招徕了新西兰投资者，3年引资3亿多元。"一引二筹三争取"的资金积累措施，使"八五"期间累计完成固定资产投资16.1亿元。而从1949年到"八五"初期的40年，国家为开县注入的建设资金还不足3 000万元。

开发，富了帅乡老百姓

金秋时节，记者从万县入开县，沿浦里河前往县城的百里山丘地带，经济林木葱葱茏茏，农家小楼浓荫掩映。

"山顶用材林戴帽，半山经济林缠腰。"分管农业的县委李副书记说，"农业综合开发不仅使开县的穷山恶水变了样，而且使老百姓的腰包鼓了起来。"

↑ 开县引进来的金科酒店

"六山三丘一分坝"为开县搞农业综合开发创造了有利条件，加上开县人的主观努力，使农业开发项目在全省首屈一指。川东农业综合开发、世行贷款造林、长江柑橘带、速生丰产林等10大开发项目，使开县得到了国家每年投入3 000万元左右的资金支持，5年总投入过亿元，农民投入达1.5亿元。37万亩柑橘、10万亩竹材、10万亩油桐、10万亩药材、40万亩森林，使开县的"六山"披上"绿装"，"三丘"变成"银行"。

走进开县山区，成片的坡改梯土令人眼睛一亮。海拔1 000多米的关坪乡只有7 000人口，但近三年却改田改土4 500亩。海拔最高的大进片区6个乡镇，几万人上山改土，已成片改出梯土1.5万亩。

"开明促进开放，开放带动开发。"教书出身的县委书记张天雄说："'三开'政策使'土开县'变成了'金开县'！"

《重庆日报》，1996 年 11 月 21 日

农业大县工业梦

"调整结构，突出重点，建成'工业大县'！"走进垫江，不时可见到这样的大幅标语。

垫江是典型的农业大县，由于交通不便、信息不灵等，县境内没有布局一家涪陵市属以上企业。如此脆弱，竟然提出建工业大县，莫不是在白日做梦？

"垫江为何要提出建'工业大县'的思路呢？"带着疑问，我们向县委书记李光华请教。

"不建'工业大县'，垫江便无出路。"李书记坦诚地说，"垫江无山可挖，无水可吃，无洞可钻，无鬼可看。人均耕地只有8分多点，不发展工业，剩余劳力就难转移，经济支柱也就立不起来。"

建设"工业大县"的目标是去年下半年提出的。与此配套，县里制订了4条评判工业大县的标准：工业经济在县域经济总量中的比重达到80%以上；从事工业经济的劳动者在全社会劳动者总数的比重达到50%以上；劳动者素质明显提高，具有高中文化程度及以上的劳动者比重达到50%以上；城市化过程同步发展，基础设施和服务功能配套完善，城乡居民的城市意识明显增强。

按照这4条标准，垫江县集中人力、物力和财力，重点实施"512"工程，即在"九五"期内，建成5个产值上亿元、利税超千万元的企业，10个产值上5 000万元、利税超500万元的企业，20个产值上3 000万元、利税超300万元的企业。

规划毕竟是规划，关键还得看实效。垫江建工业大县的进展到底如何？

"耳听为虚，眼见为实。"县里的同志建议说，"你们最好实地考察考察。"于是，我们驱车从西向东"走马观花"了一番：沿途都在大兴土木，到处都在铺路、平地、修厂房……看来，还真有点大办工业的声势。

在垫江天然气化工总厂，厂长领着我们参观了正在进行技改的合成氨生产线。这条投资3 000多万元的生产线，明年即可全面投产，届时合成氨的年产量将由现在的2.5万吨达到4.5万吨。在厂里的实验室，碰见了大连物化所的几位工程研究人员，他们是来厂里帮助进行科技攻关项目——天然气提取乙醇的中试的。据悉，这项技术在当今世界居于领先地位。

县脱硫厂是一家日产10万立方米净化气的企业，也是目前全国唯一的一家地方办天然气脱硫厂。该厂的厂区不大，但从那整洁的车间以及工人们都坐在自动控制的操作台前操作看来，这也是一家科技含量高的企业。厂长告诉记者，今年6—9月，全厂实现利润227万元，比去年同期翻了一番多，全厂人均创利1万多元。

近两年来，许多地方的国有县属工业都是亏的多盈的少，而垫江却是另一种景象：国有工业的效益比其他行业都好。县工业局所管的13家工业企业，去年实现总产值7 301万元，利润就有1 475万元。今年的产值将突破1亿元，利润1 800万元。今年上半年，涪陵市的地方工业效益居全省第一位，而垫江实现的效益又占涪陵市的60%。

早在去年下半年，垫江县就提出了"一年四季抓工业，关键时刻抓农业"的口号，从县到乡，都把工业提到了突出的位置。

今年10月8日剪彩投产的渝江玻璃厂，投资700多万元，年产15万标重箱平板白玻和蓝玻，其设备和技术都是川东地区第一流的。然而，这个厂却是县长苏裕万顺手"捡"来的。去年国庆节，苏县长休假时拜会朋友，听朋友谈到这个项目，回来后立即组织考察、论证。11月份开始征地建厂，不到一年就顺利投产了。

"用发展来统帅一切！"从外地连夜赶回来的县长苏裕万向我们讲了真经，"要建成工业大县，关键在发展。"

目前，垫江发展工业的基础设施已基本具备，建设"工业大县"已在全县形成共识。

"巍巍峰顶天门开，双河大坝云中来，截断苍山立石壁，锁住洪峰化碧海。"投资4 300万元，1949年以来垫江最大的一项水利工程——双河水库于去年底竣工投入使用后，缺水的垫江解除了工业发展中的用水之忧。

垫江虽然自己没有电力，但经过几年的努力，自己在县境内已建起了2座110千伏和1座35千伏的变电站，使垫江成为涪陵市电力供应最充足的县。

1.2万门程控电话使垫江缩短了与世界的距离；几十公里二级水泥路的建成，使垫江交通"瓶颈"状况得到缓解；浅层天然气开发产量的提高，使垫江发展工业有了能源上的保障。

垫江正在塑造工业化的全新形象，垫江"工业大县"的美梦定能成真!

《重庆日报》，1996 年 11 月 25 日

文化背后有文章

  酉阳土家族苗族自治县，是个革命历史文化和民族民间文化积淀丰厚的地方。孙中山大元帅府秘书王勃山，无产阶级革命家赵世炎、刘仁，女革命家赵世兰、赵君陶都曾生于斯长于斯。

  走在这块神奇的土地上，除了感受到那浓烈淳朴的风土人情外，更让人心动的，是酉阳人充分发掘先辈、先烈们留下的精神财富和文化遗产，古为今用，文经结合，使山区经济快速发展，民族文化空前繁荣。

  后溪乡是被黔江地区命名为土家"摆手舞之乡"的特色文化乡。乡里的大人细娃，都喜欢在那美丽的长潭、三晤山、酉水河边跳摆手舞。特别是长潭村那古老的摆手堂遗址，令后溪人倍感骄傲和自豪。

  然而，在后溪人没有认识、利用自己的独特优势前，后溪在经济上大大落后于同饮一江水的秀山石堤和湖南的里耶等地。后溪人在跳摆手舞之时，也只能感伤地唱出"八面山高雾沉沉，半岩脚下雨淋淋，石堤街上人如云，里耶码头大天晴"的山歌。

  近几年来，频频来此采风、观光的学者、游客给后溪人带来了新潮的信息、开放的观念，使他们看到了当地的文化和旅游资源优势。"发掘文化资源，释放文化能量！"后溪人找到了振兴之路，并率先利用酉水河这条大通道，发展水上运输，带动文化旅游。目前，全村三分之一以上的农户从事水上运输和商贸经营，60多艘机动船、木船使后溪成为邻近10多个乡镇的商品集散地。三暡山、长潭的旅游资源正着力开发，长潭摆手堂等一批人文景观正在修复。

优秀的民族文化和独特的旅游资源吸引了越来越多的人。便利的酉水河通道使后溪人走出了大山，山外人闯进了后溪。

被地区命名为"龙舞民乐之乡"的钟多镇，把传统文化与经济发展融合起来。镇里建立了一个专业文艺团体——钟多镇文工团，投入近百万元建起了文化事业一条街，现有30多个文化经营、表演场所，有2 000多名专业与业余参与者的龙舞队、锣鼓队、唢呐队、电声乐队和歌舞队等。这些文艺表演团体与镇内的企业"联姻"，用文艺形式宣传企业的产品，开拓市场，出现了"文经共搭台、协作唱大戏"的生动局面。

文化与经济的有机融合，使钟多镇的农村经济发展速度高于全县平均水平。去年，全镇乡镇企业产值达到1.69亿元，创利税500多万元，名列全地区前茅；农民人均纯收入也比全县平均水平高出130多元。

土家族每年都要举办"舍巴日"(即跳摆手舞)。"大摆手"一般历时七八天，除跳摆手舞外，还与文艺体育活动、集市贸易等结合起来。近些年来，酉阳人以"舍巴日"为媒，发展边贸。龚滩区地处边区，水上运输方便，区里建起了清泉—两罾—龚滩—沿岩长达26.5公里的边贸走廊。在这条走廊上设立了17个零售、批发中转站，在贵州的沿河、思渠、洪渡等地设立商品信息点，使本地和贵州等地的香菇、席子、红苕粉等土特产品集聚于市，销往山外。本地的个体户也从重庆、涪陵等地购回日用百货，通过这条走廊转销到毗邻县区。

酉阳的南腰界乡，西临乌江天险，南依贵州梵净山，是川黔两省5个县的结合部。1934年4月，贺龙、关向应率领工农红军第三军，从湖北洪湖突围来到这里，开辟了革命根据地。同年10月27日，任弼时、萧克、王震等率领的工农红军第六军团西征于此，与红三军胜利会师。这里，留下了红军的脚印，也留下了革命文化的种子。60多年过去了，这里的老人还念念不忘当年的情景，细娃们也从老人那里学会了"杀尽土豪劣绅，我们都是工农出身"的红军歌曲。"红二、六军团会师大会地址""红三军司令部旧址"，成为革命传统教育的生动课堂。

　　1984年，南腰界乡人均纯收入不足100元，人均占有粮食仅200公斤。近几年，南腰界人在红军精神的激励下，艰苦奋斗，致力开拓，在深山里修筑了水电站和11座小型水库，开垦了上万亩旱涝保收的高产田，建起了粮食、烤烟、畜牧三大商品生产基地。如今，全乡80%的农户照上了电灯，70%的村组通了公路，30%的农户吃上了自来水，45%的农户盖起了新房屋，有6个村已装上了闭路电视……

　　"酉水河畔谱新歌，南腰界上铸辉煌。"今天的酉阳儿女，在浑厚的革命历史文化和民族文化的熏陶下，正意气风发发展新文化，创造新文明！

《重庆日报》，1996 年 11 月 26 日

风吹草低见牛羊

　　"天苍苍，野茫茫，风吹草低见牛羊。"进入城口县境，一幅近似塞上草原的风情图呈现于眼前，令人胸襟为之开阔，精神为之一振。真让人难以相信，这个集"老、边、穷"于一身的地方几年时间里的变化会如此之快、如此之大。

　　城口地处大巴山山区，位居四川盆地东部边缘，以据川、陕、鄂之门户为"城"，扼四方咽喉为"口"而得名。城口是川陕革命根据地7个整县之一，1934年红四方面军曾在此建立了苏维埃政权，当地至今还保存有革命史迹多处。

　　由于地域僻远、环境恶劣、基础薄弱，这一革命老区在较长一段时期里发展滞后，县穷民贫。市场经济之风吹进大巴山后，城口人开始重新审视当地的优势所在。人们这才发现，城口尽管是人口小县、财政弱县、经济穷县，但却是个实实在在的资源大县、草原大县。

　　据调查，城口县有草山草坡173万亩，林间草地92万亩，占总辖区面积的近40%；纯草地面积人均8亩以上，且多属成片草场；其中千亩以上的成片草场约200块，万亩以上的18块，年产草量12亿公斤以上，加上38万亩农作物稿秆，可载畜200万个羊单位。

但资源优势若无思想解放为先导，也不可能转化为经济优势。1993年底以前，城口县虽守着这巨大的绿色宝库，留下的却是"满目青山不见牛羊"的遗憾。

1993年底，万县市委、市政府组织人员到河南省的周口地区考察牛羊生产，领教了别人的先进经验后，城口人才清醒过来。于是，县委、县政府颁发了《关于加速发展草食牲畜的决定》，明令把发展以草食牲畜为主的畜牧业作为进一步调整农村产业结构、实现农民脱贫致富奔小康的战略性骨干项目来抓。县委书记刘才华当上了"牛倌"，亲自担任县草食牲畜生产指挥部的指挥长；县政府增设牛羊生产办公室，配备专人办公；各区、镇、乡成立相应机构，把牛羊发展纳入各级工作的目标考核。

风吹草低见牛羊
↓

脑壳开窍，草山成宝；思路一致，牛羊满圈。短短两年工夫，城口农民便开始"赶着牛羊奔小康"了。今年，全县山羊的饲养量已有37.8万只，黄牛饲养量3.04万头，20万农民人均养牛羊2头。牛羊已成为农民们的一笔财富，牛羊积累的生产资料已达6 820万元，人均340多元。

牛羊已成为城口农民增收的主要来源！

在东安乡政府的大门上，挂着一块山羊开发公司的牌子。这可不是"挂羊头卖狗肉"的企业，正是它组织全乡2 325户农民，对26万亩草山草坡进行开发，由农户养山羊，公司提供技术、流通等方面的服务。两年多时间，全乡的山羊饲养量就发展到4.5万只，人均5.75只。今年，"牵羊头，念羊经，发羊财"的东安农民，仅山羊一项的总收入就可突破200万元。

在城口，有这样一种说法："发展畜牧，脱贫致富；多养牛羊，小康有望。"

海拔2 200米的八台山上有个龙坪村，过去是全县最穷的特困村。当牛羊上山后，短短的两三年，特困村的帽子就被摘掉了。今年，全村人均养山羊8.9只，养黄牛1.2头，出售牛羊的收入人均在700元以上。村民们那高兴劲儿从"高高八台山，青草铺宝山，牛羊跑上山，穷帽甩下山"的山歌中充分表露出来。

在红花乡红日村，有一件靠50公斤腊肉起家后成为养羊万元户的动人趣事。这个村八社的李德章，5口之家仅有2个劳动力，是村里的特困户。1993年，李德章用家里仅有的50公斤腊肉换来4只母羊，逐步发展成100多只山羊。去年，李德章出售山羊64只，收入10 176元，今年至少也要卖70只，收入自然比去年还要高。

牛羊实实在在地为贫困户带来了脱贫的希望，全县已有16 830户贫困户靠牛羊生产人均年纯收入增加100元以上。

牛羊不仅给城口农民创造了致富机会，也使城口振兴县域经济找到了突破口。

"山外抓市场，山内联农户，山上建基地，山下搞加工"的发展思路正在把城口畜牧业引向专业化、集约化、规模化、市场化。组建中的城口县山羊开发总公司将成为城口牛羊生产产业化的龙头企业。一个年产10万张羊皮的皮革加工厂，一座年加工能力100吨的牛羊肉制品加工厂，一所畜牧兽医技术培训中心，一支得力的销售队伍，将使城口县的牛羊生产形成产加销、贸工农一体化的格局。

牛羊业已成为城口第一产业的"带头羊"，牛羊业也必将使城口县域经济"牛"起来!

《重庆日报》，1996 年 11 月 28 日

一巧胜百力

"旧说天下山,半在黔中青;又闻天下泉,半在黔中鸣。"对骚人墨客而言,黔江土家族苗族自治县堪称山清水秀,但对土著的平民百姓来说,黔江县却到处是穷山恶水。

黔江县居武陵山腹地,群山耸峙,江河切割。正是这些高山壑谷阻碍了山里人的商品生产、商品交换,使人们长期囿于传统的小农经济圈内。尽管黔江人曾在"与天斗其乐无穷,与地斗其乐无穷"的口号中向武陵山要田要粮,但因没有顺应自然规律,缺乏科学技术的武装,结果反而打了败仗吃了亏。1985年,黔江县农民人均年收入仅200多元,人均占有粮食不过三四百公斤,国家级贫困县的帽子像紧箍一样牢牢地套在黔江人的头上。

"苦干精神是值得提倡的,但苦干并不等于蛮干,而应依靠科技进步,走科技兴黔之路",黔江人在实践中逐渐聪明和成熟起来。

"七五"期末、"八五"期间,黔江县采取"统筹规划,整体推进;强化管理,落实责任;典型引路,科技示范;加大投入,增强后劲;激励竞争,重奖功臣"等发展措施,分步实施了科技兴农、科技兴烟及科技兴县10亿工程,先后投入资金数千万元,推广使用新技术200多项,20多个项目和19个新产品先后获得国家科技进步一等奖、农业部科技成果推广一等奖奖励、表彰。

"七山一水两分地"，大体概括了黔江县的地理地貌。全县2 400平方公里的面积中，耕地仅有四十几亩。由于多属高山地带，"不冷不热，五谷不结"，粮食生产一直是个老大难。找准症结所在后，黔江县决定从推广"两杂"（杂交水稻、杂交玉米）、实施"两育"（地膜育秧、肥团育苗）入手，用科学种植方法逐渐取代传统耕作方式。同时，对低洼地、低产田进行良田化、丰产化改造，"水田改旱地，一季变两季"。通过"一改带三改"，既提高了复种指数，又提高了粮食单产。"八五"期间，全县水稻、玉米两大粮食作物单产由起初的284公斤、189公斤分别提高到403公斤、329公斤，粮食总产量年均递增11.7%，名列全省前茅。

"两杂种"（杂交水稻、杂交玉米良种）饱肚，"三爷子"（烟叶子、蚕儿子、山羊子）致富。当黔江人根据得天独厚的气候、土壤条件确定大力发展烤烟之后，"依靠科技，提高单产，猛攻质量"便成为全县上下遵守的法则。县烟草公司扛起了科技兴烟的大旗，5年投入500多万元，用于扶持各级烤烟示范片，供应优良烟种，购买技术资料，提供技术培训等。广大烟农也自觉按技术规程耕作，基本做到了好土种烟，培育壮苗，配方施肥，打顶抹芽，科学烘烤。

科技兴烟，使黔江烤烟生产两获国家质量金奖，使黔江成为全国烤烟基地先进县。更重要的是，老百姓从烤烟生产中得到了实惠，找到了贫困山区脱贫致富的有效途径。

距县城50多公里的水市乡，平均海拔1 200米，属典型的高寒山区。1985年，该乡还是全县有名的贫困乡，人均收入126元，人均占有粮食331公斤，远远低于全国、全省的平均水平，农户中85%属国定贫困线以下的贫困户。但自从推行科技兴烟工程以来，水市乡是家家种烤烟、户户发烟财，科技普及率达百分之百。去年全乡烤烟总产达70万公斤，烟叶总产值达570万元，户均收入5 412元。濯水区工委书记梁正华乐呵呵地介绍说："如今的水市乡可得刮目相看了，全乡现有电视机852台、收录机648台、洗衣机118台，农民购买汽车16辆、摩托车26辆、多功能粉碎机844台。水市成了黔江县的小康示范乡，黔江地区的首富乡！"

使蛮力，费力不讨好；使巧劲，一巧胜百力。在黔江县采访期间，我们耳闻目睹了一个又一个依靠科技发家致富的种植大户、养殖大户。水市乡农民谢宝清是当地著名的"烟王"，他通过推广营养袋、双层施肥等新技术，使所产烤烟量高质优，年收入达3万元，被省科协授予"科普先进"称号。寨子乡寨子村的余昌碧，科学管桑养蚕，3年向国家交售蚕茧3 750公斤，去年养蚕36张，收入10 450元，成为远近闻名的"大户人家"。马喇镇的何建祥、张光辉，去年从河北省三河市全国养牛状元李福成那里购到全套科学养牛录像资料带后，便投资13万元着手开办养羊800只、养牛200头的畜牧饲养场，此举轰动了川东南。

多少年来，黔江人一直在思索着、寻找着山区经济发展的启动力、推进力，如今他们终于从实践中感悟到了：科技是第一生产力。

《重庆日报》，1996 年 11 月 29 日

剪却崎岖蜀道平

素享"峡郡桃源"美誉的巫溪县，地处大巴山东段，位居"金三角"旅游区腹心，界连九县、脚踏三省，固有"巴夔户牖，秦楚咽喉"之称。

巫溪有区位之利，却无交通之便。同样是朝辞白帝彩云间，千里江陵一日可还，而百里奉溪路需行大半天。全县无一条高等级公路，仅有的300多公里县级干道、区乡主线大都路窄坡陡弯又急；边远乡村道多属原始羊肠小道，大都盘曲穿行于高山峡谷，"看到屋，走到哭"。旅客、行者无不长吁短叹："蜀道难，难于上青天!"

山重水复，交通不畅，严重制约了商品流通、经济发展。全县每年仅农资运费一项就比周边大县要多支付400万元，因农副产品和中药材不能及时运出，每年又要少收入近600万元，仅这两项损失就相当于巫溪县年财政收入的一半。

"经济要繁荣，交通须先行；农民要致富，先修致富路。"从1994年起，巫溪县委、县政府作出了大打全民交通仗的决定，随后又出台了《关于大办交通的规定》及《实施办法》，提出以改造现有主干道为重点，着力提高公路等级，打通出口，接通联网，高起点、高标准、高质量、高速度建设干支结合、四通八达、方便快捷、安全畅通的公路网络的交通建设基本思路。

1994年5月20日，作为"形象路""样板路"的城凤路13公里高等级水泥路正式破土。几个月后，"命脉路""旅游路"的奉溪东路43公里三级水泥路改造工程全面铺开。与此同时，连通三乡一镇的17公里长的"致富路"宁万路，连通湖北的"出境路"白双路，相继点响了开山炮。

巫溪境内纵横排列着六大山脉，海拔一般在1 400米至2 700米之间。在崇山峻岭、悬崖峭壁上劈石开道，其艰难程度、危险程度可想而知。1976年在沿大宁河修筑47公里长的城泉公路时，巫溪人曾付出过死亡50人、伤残29人的巨大代价。如今改建水泥路面，危险相对小些，但困难依然不少。征地难，拆迁难，最大的问题是资金难。要完成56公里的高等级公路，按最低造价每公里50万元计算，就需2 800万元。这对一个全年财政收入仅2 000多万元、人均财政收入仅38元的贫困县来说确实非同寻常。

困难吓不倒英雄汉。巫溪县除了向上面争、向银行贷外，采取了多渠道集、按车辆吨位筹、发动职工捐、找受益户支、在建设上省等措施。结果，多渠道集资1 100多万元(其中干部集资400多万元)，加上国家投入、银行贷款约1 700万元，资金短缺的难关顺利闯过了。

速度就是效益，质量就是生命。记者在巫溪采访公路建设时，无论是领导还是群众都为他们能创造出"进度快、质量好、造价低"的佳绩而骄傲。

全长43公里的奉溪东路，于1994年11月动工改建，原定工期两年。全体筑路人员深知巫溪人民切盼早日硬化此路，风餐露宿，昼夜奋战，千方百计缩短工期，至今年7月就全部竣工，比原计划提前了半年。"百年大计，质量第一。"县交通局局长何大坤时时告诫施工和工程人员，"公路硬化来不得半点虚假"。为此，局里16名工作人员有12名长期驻扎在工地，现场监督，严格验收。指挥部制订出了"划小承包，公开招标；统一施工，禁止转包；带资进场，验收付款"的管理办法，把住了质量关，杜绝了"人情路"。奉溪东路的建设赢得了上级领导的表扬，万县市委、市政府号召全市学习巫溪速度、巫溪质量。

为了早日修好经济路、致富路，巫溪人发扬艰苦奋斗、自力更生的精神。特别是广大农民顾全大局、踊跃集资投劳，"宁愿少穿一条裤，也要捐资修公路"。

白鹿、燕坪、后坪三村的7位村民，为打通到湖北竹溪双桥乡的省际断头路，没要国家一分钱，未向政府叫声苦，投劳2万多个，自筹资金30万元，修通了7公里长的白双路。

万古乡菊花村党支部书记殷昌友为修筑宁万路，主动担任公路建设

副指挥长。他先后20多次出差争取资金，但从没在指挥部报销过一分钱。为了筹措修路资金，他带头捐资，把准备给女儿办嫁妆的8 000元存款从银行取出，全部投入公路建设。因他长期蹲在工地，家中缺少劳力，酒厂关闭，养猪场停办，每年家庭经济收入减少6 000多元。他说："只要公路修通了，子孙后代能受益，我倾家荡产都愿意!"

如今，随着城凤路硬化的完成，数十辆来去如风的的士、中巴出现在了巫溪这个古朴的"世外桃源"；竣工通车的奉溪东路，使巫溪至奉节的路程从8个小时缩短为3个小时，巫溪的旅游业迅速出现抬升势头。县委书记黄建国兴奋地告诉我们："再用三年时间，巫溪将实现县区主干道硬化、油化、高等级化，全县所有乡镇均通公路。"

离巫溪县城不远，有峰形似剪刀。《大宁县志》载诗云："蜀道蚕丛不易行，几多天险未裁成。奇峰恰似并州剪，剪却崎岖路自平。"巫溪人喜欢观看剪刀峰，更喜欢引用这后一句诗。

《重庆日报》，1996 年 12 月 2 日

而今迈步从头越

今年2月10日，在涪陵市长江北岸的一个小镇上，四川省第220个县级行政区——涪陵市李渡区正式挂牌，开始了她新的历程。

"李渡建区之初一无家业，二无实力，但却有一群可敬的'拓荒牛'。"在涪陵市，有关人士就向记者介绍，"他们披荆斩棘，艰苦创业，为新区建设谱写出了一首首动人的奉献之歌。"

李渡区是涪陵撤地建市后从原涪陵市中分出18个乡镇新建的，总面积1 419平方公里，人口50万。李渡建区有如在麻布上绣花——底子太孬，连区政府都只能设在远离涪陵市区的一个小镇上。

从涪陵出发，沿着弯曲的江边土路驱车前行，两个多小时才赶拢镇上。经过一番周折，记者才在一座居民式住房里找到了区委宣传部，热情的部长说："我们是白手打天下，尽管现在还没有立锥之地，但各项工作却在快节奏高效率地运转着。"

记者在这个小镇上溜达了一下，映入眼帘的是窄小的街道、破旧的民房以及略显冷清的农贸市场；所有的区级机关，400余机关干部，都"隐蔽"在这些类似"前沿指挥部"的普通民房中。在区委宣传部那间拥挤的办公室里，摆满了办公桌，连给客人落座的地方都没有。一穷二白的宣传部至今"与世隔绝"，连部电话都没装。

1995年12月9日，也就是原涪陵地委宣布建立李渡区筹备组的第二天，15名筹备组成员（即现在的区级领导班子成员）便来到李渡镇踏勘。站在镇后面那座高高的山坡上往外看，滔滔长江水，奔腾不息；往里望，阡陌纵横，田畴连绵。百业待兴，百端待举!创业的责任感、冲动感合着那击岸的江水，令人心潮激荡。筹备组成员们深知，建设新区创业艰难，任重道远。

李渡区的干部基本上都住在涪陵市区，因此，拂晓出门，半夜归家，已成为几百名机关干部的家常便饭。每天早上，在李渡对岸的渡口南岸浦，等渡的时间就成了区领导和各部门汇报、研究工作的办公时间。很多重要的决策都是在等渡的车上和船上形成的，不少重大的问题都在这个渡口得到解决。

2月18日，大年三十，区委书记欧会书、区长李强及其他党政领导还在乡村访贫问苦，地处海拔900米以上的马武镇太和小学的教师和医院的医生们见区委领导冒着寒风来看望他们时，眼睛湿润了。当区级领导们带着满身的泥泞回到家时，中央电视台的春节联欢晚会已快收场了。

"帅在前，将岂能落后!"区级各部门以区领导为榜样，在各自的部门和领域里进行着艰苦、细致的拓荒工作。

区地税局的干部放弃了所有的休息和休假时间，在最短的时间里查清了全区的税源，制订出了税收工作方案，使工作正常运转起来；区筹备组办公室的几位干部，自踏上李渡这块土地后，每天晚上10点以前是难以离开办公室的；某部门负责人的爱子不幸夭折，他忍着痛楚，没有告诉其他同志，默默地坚守在自己的岗位上；不少干部累得生病，医生要求休假疗养，可这些同志把休假条揣在衣兜里，照常上班坚持工作……

"经济要发展，交通走在前。"李渡区的交通建设，在新区建设中起到了先行官的作用。

"百拐千道弯，道路爬上山，天晴灰满脸，下雨泥沾衫。"这是对李渡建区之初公路交通的真实描述。全区395公里的乡镇公路，有150余公里因路况太差造成交通中断。区委、区政府作出决定，从1996年开始，用3年时间，开展"三战交通年"活动，彻底改变交通落后的"瓶颈"制约。

涪蔺公路是李渡区长江南岸的一条主干道，但过去往往是"天晴一把刀，下雨一包糟"。区里首先从这里攻坚突破，为新区建设树立良好形象。4月中旬，李渡区交通局与重庆鑫达集团公司签订协议，各投资3 000万元，共同改造这条公路。5月8日，作为李渡区第一个招商引资项目的涪蔺路改扩建工程开工。

在交通建设中，交通局的领导和干部不辞劳苦，不计报酬，夜以继日，连续作战。许多同志自愿拿出工资、补助费捐助到公路建设中。短短的几个月，150余公里"中梗阻"公路有120公里恢复了正常的交通运输。

创业艰难百战多，而今迈步从头越。

建区半年时间，拓荒者们已在一张白纸上绘出了新美的图画：李渡新城区的总体规划编制完成；6月8日，新城建设奠基，开始启动；涪陵市最大的水利工程——天宝寺水利工程通过省里的可行性研究评估；对外开放、招商引资已取得实质性进展……

李渡人相信那句话：先苦不算苦，后甜才算甜。

《重庆日报》，1996 年 12 月 3 日

人比巫山高

巫山，似乎总给人们留下这样一个印象：高。南朝诗人刘绘题诗《巫山高》，梁元帝萧绎赋诗《巫山高》，唐代诗人阎立本、卢照邻、沈佺期、张九龄、李贺均留诗《巫山高》，到宋代，司马光诗赞"巫山高，巫山之高高不极"，王安石惊叹"巫山高，偃薄江水之滔滔"！

"巫山高，其实巫山人更高！"当我们详细采访、调查了巫山县"旅游兴县"战略思路的来龙去脉及实施成果后，不由得发出了这样的感慨。

巫山县地跨长江巫峡两岸，面积近3 000平方公里，境内峰峦叠嶂，沟壑密布，所谓"万峰磅礴一江边，锁钥荆襄气势雄；田野纵横千嶂里，人烟错杂半山中"。特殊的地理环境，给巫山人生产生活带来了诸多不便，但却为"无烟工业"——旅游的发展创造了得天独厚的条件。

"长江三峡壮美如画，巫山小三峡奇异多姿。三台八景十二峰神奇飘渺，马渡河小小三峡、神龙溪金三峡曲径通幽，大昌古城、大溪文化、巫山猿人、巴人遗踪、汉墓群、古栈道、悬棺葬令人神往。"在巫山县，无论是图文并茂的宣传橱窗，还是口齿伶俐的导游小姐，都会这样向来客介绍当地的风光资源和人文资源。

巫山县的旅游业开始于"六五"期间，发展于"七五"期间，兴旺于"八五"期间。

20世纪80年代初，旅游尚未形成一种产业，基本上还没有摆脱会务参观或外事接待的范围。那时，大宁河尚无一艘客船、旅游船，巫山县的旅馆床位也仅有八百张。但1985年以后，巫山县依托长江"大三峡"、大宁河"小三峡"，加快了景点开发和旅游基础设施建设，旅游作为一种新兴产业迅速崛起。

进入"八五"后，巫山县针对本地农业基础薄弱、工业底气不足、商业包袱沉重等实际，抓住长江三峡旅游行情火爆、三国遗迹访古热方兴未艾的有利契机，在全国率先提出"旅游兴县"的经济发展战略，并与"农业稳县，工业富县，开放活县"构成连环经济战略。

循着这一思路，巫山县从指挥机构、管理方式到政策措施、思想观念进行了大跨度的调整和转变，出台了旅游发展10年规划和旅游兴县的实施细则，制定了优先发展旅游的34条优惠政策，创设了华夏第一家旅游法庭。随后，旅游农业、旅游

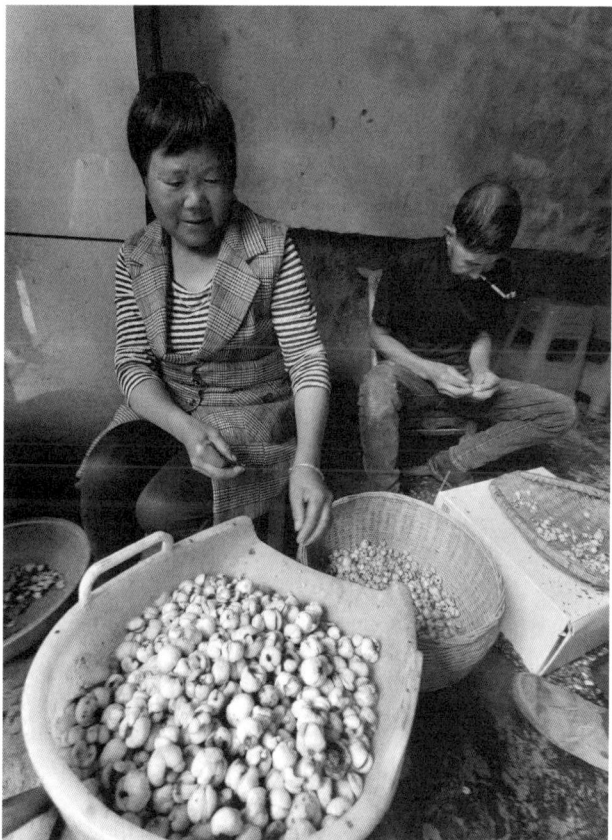

工业、旅游交通业、旅游教育业等一系列全新概念出现在巫山县的文件里、工作中。

新经济生长点一旦被发掘出来，很快就能发育壮大起来，进而成为县域经济的旭日产业、支柱产业。1992年，巫山县接待游客40万人，创社会收入5 000万元；1993年，接待游客50万人，创社会收入6 500万元；1994年，接待游客57万人，创社会收入7 500万元。特别是1995年，巫山共接待中外游客81万人，社会性收入突破亿元大关，旅游上缴财政直接收入2 700万元，占全县财政收入的30%，巫山一跃而居全国旅游第二大县。

旅游不只是一种费省效宏的新兴产业，而且是一种关联性极强的龙头产业。旅游的勃兴带动了交通的发展和通信的改善。"小三峡"开发成旅游区前，巫山县仅有少量货船航行于大宁河、长江之间，客人乘船只能客货混装。随着旅游走热，巫山水运业也水涨船高，现已新建趸船6艘和码头6个，新造了"如意""吉祥"长江客轮，新造小三峡游船159只。与此同时，陆上运输也蓬勃发展，仅一平方公里的巫山县城里就有八九十辆出租汽车来回穿梭。通信方面，"BP机大哥大，市话农话程控化"已成现实，而几年前巫山人还在依靠"摇把子"。

"兴一处旅游，富一方百姓。"旅游资源富集的地方往往正是贫困地区。近年来，巫山县旅游部门立足"旅游扶贫"，有意识地引导当地群众参与景区开发，鼓励他们开办家庭旅馆、加工三峡石、出售农副土特产品等。目前，全县旅游从业人员达3万人之多，直接经营旅游业的企业达120多家，每年创造的社会性经济收入相当于全县农村人均纯收入的40%。居住在小三峡中心的双龙镇青龙村的10来户农民瞄准旅游市场，发展旅游农业，种植两季玉米，创造了亩产2 200元的收入。

旅游业也加速了开放进程，促进了外引内联。近年来，深圳、上海、北京、成都等20多个省市看好"巫山云雨"，先后投资兴建了巫山度假村及环宇、国轻、新大陆等宾馆。广东省与巫山县联合投资上千万元，修筑了环马渡河快速公路，广州市白云区与巫山联合投资75万元组建并共同经营"云发旅游开发公司"。今年10月，借峡江之便，以旅游为媒，巫山县承办了中国三峡之秋招商引资洽谈会，共有4国7省30个代表团莅会，推出洽谈合作项目1 000余个。

"巫山高不穷，迥出荆门中。"人们确信，勤劳智慧而富有机遇意识的巫山人，准能将三峡旅游的重头戏唱得更好，唱得更红。

《重庆日报》，1996 年 12 月 4 日

洞开夔门弄商潮

三峡，号称"瞿塘天险""全蜀咽喉"。三峡天下险，夔门天下雄。拥有百万人口的奉节县东连巫山，北倚巫溪，西邻云阳，南接湖北建始、恩施、利川。

奉节是著名的"诗城"，也是著名的商埠。唐代诗人李益的《江南曲》写道："嫁得瞿塘贾，朝朝误妾期，早知潮有信，嫁与弄潮儿。"说明早在一千多年前，奉节的商人就来往于江浙一带进行商贸交往，并有一定的社会地位。至于"女子行商男作家"之类，则说明当时妇女经商有不俗表现。

史料终归是史料，当今奉节市场建设如何，商贸状况怎样，当是记者此行采访的重点。

"要了解奉节商贸，首先得逛逛夔门市场。"县委宣传部的干事向我们介绍说，"夔门市场已连续五年获省、市文明市场（称号），连续四年获全国文明市场（称号）。"

我们来到夔门市场，果然是商旅盈门，热闹非凡，讨价还价的、搬物运货的、算账点钞的个个忙上忙下，笑逐颜开。

夔门市场是1988年建成开业的，其占地面积尽管只有1800平方米，商品辐射面积却达湘、鄂、川、陕等6省70余个县市。所经营的商品有服装、化纤、鞋类、仔猪、塑料制品等上千个品种，去年成交额达3 000多万元，税收占全县财政总收入的三分之一。

步入一楼仔猪交易厅，仿佛进入了喧闹欢腾的农家养殖场。厅内设有猪栏78个，可容纳上市仔猪1 200头，年交易仔猪24万头，年成交额上千万元，仔猪远销湖南、湖北、陕西乃至江浙一带。

那么，夔门市场为什么会有如此旺盛的生命力呢?关键是政策灵活，环境宽松，管理有序。据介绍，该市场内设施是统一规划，合理布局的。各交易厅设有公平秤、公平尺、曝光台、价格行情牌等。为方便广大经营户，工商部门特地开设了住宿服务部、运输工具免费寄存处、仔猪寄存服务部、淅食加工服务部、司秤开票付款服务部。为解决经营者子女教育的后顾之忧，还专门办了所"市场幼儿园"。

奉节向来为川东、鄂西的物资集散中心，是川江重要口岸和商贸重镇。这里出产丰饶，运输便利，颇能引商聚贾，招财进宝。本世纪初，奉节就有药材、糖纸、屠商、土产等商业行帮10个，江西、湖广、福建、黄州、江浙等地域性行帮5个，另有外商太古洋行、怡合洋行、美孚洋行在此设立了经销处、代办处。

由于种种原因，奉节在三峡、长江的商贸功能在1949年后一段时期被人为削弱，而商业的开放程度也大打折扣。近年来，奉节县利用濒临"黄金水道"的"码头"优势，位居三峡要津的"咽喉"优势，四川东出口的"门户"优势，主动打开夔门，广纳八方商贾，出现了"生意兴隆通四海，财源茂盛达三江"的繁荣景象。

今年1月31日清晨，奉节县城的居民惊奇地发现，一夜之间人民广场就冒出两排整整齐齐的商业摊点。原来，这是由65家个体工商户组成的重庆商团到奉节安营扎寨经营百货、土产。

"我第一次到奉节搞推销就觉得这里口岸好、潜力大。"原系上海南汇电器厂职工，如今已成三峡矿山成套电器设备公司经理的阮章荣对记者说。阮章荣在奉节开办公司两年多来，已拥有资产数十万元，年营业额达三四十万元，最近被评为奉节县个体私营企业十大标兵之一。

奉节旅游资源得天独厚，自然人文景观荟萃，瞿塘雄姿、白帝古韵、巴人悬棺、锁江铁柱、天坑地缝吸引了众多的中外游客。开拓旅游市场，发展第三产业，已成为奉节人的自觉行动。目前，奉节县有正规旅行社6家，上档次的宾馆、酒店就达十几家，旅游业带来的社会性收入超过3 000万元。驰名中外的白帝城，每天接待游客数百人，年创旅游收入500多万元。

旅游业的发展促进了旅游产品的开发。"瞿塘女子好春游"，"八阵图前寻小石"。奉节自古有八阵拾石的习俗，八阵石同其他三峡石一样，利用其天然条纹稍加装饰，就成了一件精美的工艺品。如今，无论在永安城头，还是在白帝庙前，八阵石、石羽拓片乃至三峡红叶等，都成为众多游客争购的纪念品。与此同时，国优产品柿饼、部优产品晒枣、蜀中名柚蘷柚通过旅游市场销往长江流域和北方各省；被评为全国特优水果的奉节脐橙，品质可与美国脐橙媲美，深受港澳地区和新加坡等地游客青睐。

奉节以及奉节产品的名声，正经三峡沿着"黄金水道"向全国向海外传播……

《重庆日报》，1996 年 12 月 5 日

武隆怎样"舞龙"

伴随长江三峡热的快速升温，一个响亮的名字——武隆，在巴山蜀水回荡。

武隆，地处云贵高原大娄山脉和武陵山脉交错的褶皱带。从涪陵溯乌江而上，第一座秀丽的县城，就是武隆的治所。据《太平寰宇记》载："……唐武德元年分涪陵立县，以邑界武龙山为名。"明朝洪武年间，因与广西州田一县同名，故将武龙县更名为武隆县。

武隆算是一条龙，但多少年来却是一条被十万大山所围困的卧龙、病龙！直到1990年，全县人均收入仅365元，人均财力仅2 642元，国家级贫困县的帽子牢牢地扣在武隆人头上。

武隆贫穷，穷根何在?穷在环境，穷在山水。"养儿育女不用教，武隆山水走一道"，在乌江流域广为流传的俚语，说明了武隆山穷水险，环境恶劣。这是一方面。另一方面，也穷在观念，穷在思路。思想落后导致经济落后。

偶然的事件拨动了武隆人的神经。1993年5月26日，一个奇妙的洞穴在芙蓉江与乌江交汇处的江口镇被发现，此洞紧靠芙蓉江，故名芙蓉洞。

时值三峡旅游正热，武隆人突发奇想：将长江线上的游客分流乌江，让他们领略一下"地下龙宫"。不看不知道，一看吓一跳。当一批批游客怀着征服大自然的激情来此探险时，反而很快被大自然征服了。芙蓉洞太美了!正像中国洞穴研究会会员朱学稳教授所评价的："芙蓉洞是一座斑斓辉煌的地下艺术宫殿，内容丰富的洞穴科学博物馆，堪称中国第一峒（洞）。"

"舞旅游龙，打旅游牌!""醒得晚、起床快"的武隆人，由书记、县长带队到涪陵、重庆及长江沿线其他地区，展开了强劲的宣传战、广告战。一时间，游客云涌，车船频往，武隆山区那维持了千百年的宁静被打破了。仅1994年、1995年，芙蓉洞就接待了来自全国各地和澳大利亚、英国、德国、日本等国的中外游客十几万人次，门票收入达500万元。芙蓉洞的开发成功，使武隆人看到了旅游的巨大能量，也认识到了境内所蕴藏的资源潜力。

武隆县旅游景观丰富，自然风光独特，融山、水、洞、林、泉、峡于一体，集雄、奇、险、秀、幽、绝于一身，诚如清代进士翁若梅所言："蜀中山水奇，应推此第一。"特别是芙蓉江、仙女山、白马山、乌江，其开发潜力之大，游览价值之高，在蜀中乃至全国均属罕见。

为使潜在的旅游资源转化为现实的经济资源，进而形成振兴武隆的后续财源，县委、县政府明确提出：要将旅游作为龙头产业来抓，坚持高起点开发，以旅游带动第三产业的发展，扩大对外开放。促进全县经济和社会的全面进步。在发展战略和思路上，强调以芙蓉洞为龙头，重点开发"一江两山"(即芙蓉江、仙女山、白马山)，坚持"两分一统"(统一规划、分散经营、分步实施)。

芙蓉江由贵州进入武隆，35公里的江段有大小河滩40多处，有自然、人文景观80余处，人称"水送山迎入芙蓉，一川游兴画图中"。为有效利用资源，县里由财政局牵头，交通局和江口、石桥、浩口等乡镇及部分村社参加，组建了芙蓉江旅游开发实业有限公司。新开发出的芙蓉江漂流项目生意兴隆，拥有大小皮艇150多艘，熟练艄公百余人，去年4至9月的漂流旺季共接待"漂客"2.8万人，门票收入150万元。

距武隆县城30公里的仙女山景区是名副其实的森林公园，在海拔近两千米的山顶上除30万亩林地外，还有由16块大坝构成的10多万亩草原。该公园通过多方位、多渠道引资600万元用于景点开发，先后建起了会仙山居、风情野居、赛车场、跑马场、射击场、狩猎场等娱乐、休闲设施。这个具有西欧牧园风情的南国草原，像磁铁一般吸引着众多游客，高峰期每天达数百上千人。

"旅游作为龙头产业，不仅可以直接创造巨额经济效益，而且能带动第三产业乃至整个经济的高速发展。"精明强干的县委书记杨京川说。

江口镇近两年可谓近水楼台先得月，其围绕旅游搞跟踪配套服务，大力发展第三产业，先后开办了芙蓉村、醉芙蓉、芙蓉饭店、芙蓉客栈等数十家餐旅馆。县城巷口镇也乘旅游开发之风，兴办了龙都、芙蓉江等数家高级宾馆。交通、通信也应旅游之需加快了建设步伐。随着巷白路、双白路重丘二级水泥公路的相继通车，武隆至涪陵由原120公里减程为75公里；程控电话、BP机、大哥大的开通，正改变着山里人的形象和观念……

旅游这条龙，被武隆人舞活了!

《重庆日报》，1996年12月9日

"鬼话"连篇话鬼城

"鬼文化"·"鬼地方"

在中国，没有一座县城的知名度能与丰都相比。丰都鬼城，鬼城丰都，在老百姓中差不多老少咸闻，妇孺皆知。

丰都历史悠久，文化灿烂，自有记载"巴子别都"以来，已有2 600多年的建置史。"鬼城"之说也由来已久，"鬼城冥府"所在地名山早在唐宋就被道家列为三十六洞天之二十九洞天，七十二福地之四十五福地。后佛教渗透、儒家糅合，在此渐成融仙、佛、鬼、神于一炉的"幽冥文化"体系，俗称"鬼文化"。

然而，在较长一段历史时期里，"阴曹地府"并未得到很好保护，"文革"之时更是在劫难逃，连"阎王

丰都鬼城过奈何桥 ↓

爷""十八判官"都被"红小鬼"们打入了"十八层地狱"，遭受碎尸之灾。"洞天福地"自然也没给当地人带来什么福分，直到20世纪70年代末，丰都这鬼地方都穷得叮当响，当地人形容说："屙屎不生蛆，鬼都不下蛋。"

"鬼主意"·"鬼点子"

"鬼城幽都"就这样衰败下去?丰都人就这样一直穷下去?进入80年代后，丰都人从香客络绎不绝前来还愿这一现象中获得启示：何不打打"鬼"的主意，做做"鬼"的文章。

1980年，县里决定修复名山，成立了名山管理委员会，并将名山列为县级文物保护单位。县里组织大批人力、物力、财力，先后维修了天子殿、二仙楼、玉皇殿、鬼门关、奈何桥等建筑，上百尊鬼神塑像恢复了原貌。旅游兴城的"鬼点子"逐渐明晰。

名山景点的开发开放，引来了大量疑神疑鬼的游客。1980年接待7万人次，次年接待151万人次；1982年，名山被国务院列为第一批重点风景名胜区。游客更是趋之若鹜，一下突破30万人次大关。

我们在与县委书记高荣淼摆谈时得知，国务院批准丰都县为对外开放城市后，县里进一步抓住长江沿线开放开发和三峡旅游热的历史机遇，将旅游业作为全县经济腾飞的基础产业和第三产业的龙头产业来抓，使旅游起到了"一业兴百业旺"的产业关联、辐射作用。至去年，全县共接待国内旅客65万人次，收入达6 360万元，接待海外游客6.5万人次，创汇达400多万美元。

"鬼玩意儿"·"鬼名堂"

80年代中期，每年有30万人次以上的游客涌向丰都。可当时全县的旅游产业尚属空白。为了开拓旅游市场，树立"鬼城"形象，县政府下决心要开发几个拳头产品，可受委托的三家国有企业怕风险，担心"鬼打道士——倒挨"。这时，一位干个体的"机灵鬼"李明安主动请缨，开办起了集旅游、旅游产品、食品加工、饮食服务为一体的长江贸易有限公司。

李明安倒真是个"鬼才"，一出山就看准"鬼"资源，开发"鬼玩意儿"。据丰都民间传说，凡进入鬼城的人喝了梦婆茶（孟婆汤）就可忘却红尘琐事，吃了神仙枣便能延年益寿。李明安化虚为实，于1996年真的推出了旅游产品"梦婆茶""神仙枣"。不久，他又在荣昌纸扇上妙笔生花，推出新品"邪宝扇"，扇面印有钟馗形象，背面绘上名山导游图，并书吉语"鬼城走一走，活到九十九"。这三种旅游纪念品投放市场后一炮打响，被誉为"鬼城三绝"。1993年，"三绝"产品获四川省经委、旅游局举办的旅游商品展销会最高奖——熊猫奖，并迅速成为涪陵地区销量最大、销路最广的旅游产品之一。

除了开发上述"鬼玩意儿"之外，丰都人还弄出不少"鬼名堂"。本着改造老景点、开辟新景观的思路，他们先后投资数千万元，兴建了"阴司街""邪毒城""鬼王石刻""鬼国神宫"等："阴司街"是阴间臣民赶集之所，街头明清建筑群鳞次栉比，错落有致，置身其间，恍若隔世。"鬼国神宫"是集现代声、光、电等高新技术之大成的全国最大的动态鬼神文化景观。进得宫来，群魔乱舞，鬼哭狼嚎，游客惊呼"活见鬼"。据县旅游局局长徐健及名山旅游集团公司总经理阎刚介绍，"阴司街""鬼国神宫"投入运行两年多来已接待游客150万人次以上，营业收入近2 000万元。

"鬼把戏"·"鬼门开"

"鬼城文化"是世界上独特的文化瑰宝，也是丰都旅游优势之所在。为了尽快繁荣"鬼城"、振兴丰都，县里制定了"文经结合，以文促经""政府搭台，群众唱戏"等一系列方针政策。

1988年，丰都县在中断达30余年的香会的基础上举办了第一届"鬼城"庙会。以后每年一度，至今已举办了九届。

每年庙会都十分隆重，县里成立"鬼城庙会指挥部"，县长出任指挥长。庙会期间，各种"鬼把戏"好戏连台，有由上百名学生组成的"鬼城神鼓"方阵，有由数百名工人参与的"天子娘娘婚礼"表演，有旅游艺术团演出的音乐舞蹈《鬼国乐舞》《神宫舞韵》，有吹吹打打、载歌载舞的"妖魔鬼怪大游行"。

举办庙会不仅受到人们的欢迎，更重要的是促进了"鬼城"的对外开放、招商引资，使"鬼门关"变成了"鬼门开"。庙会搭台、经贸唱戏已成一种固定模式，仅今年的第九届庙会就有来自海内外的众多经贸代表团进行了经贸招商洽谈，参会总人数达46万人次。凭借旅游扩大开放，丰都近年来与国内外120多个财团、集团建立了经济合作关系，协议引资20亿元，实际已利用外资7亿多元。

办会惹"鬼"，让"鬼"推磨，借"鬼"招财——"鬼城"人，真鬼！

《重庆日报》，1996 年 12 月 11 日

一条江系两云阳

从万州古城顺江下行40公里，便抵云阳县城，再行30公里，又抵云阳县城。原来，前者是兴建中的新县城，后者是老县城云阳镇。

老县城云阳古名汤口，因地处汤溪河口得名。云阳镇前饮长江水，背驮五峰山，地处要津，水陆两便，商贸兴隆，近3万人住在1.5平方公里的小城里，倒挺悠然自得，其乐融融。

不料，三峡工程上马，云阳淹没有期，一座千年古镇将成水底"龙宫"。面临"灭顶之灾"，云阳人必须做出移民选择。最初的意见是：就地后靠，退后一步天地宽。然而，县城后移，地势渐陡，面积狭小，发展空间显然有限。更重要的一条，县城坐落在东西两个古滑坡堆积体上，随时有灾变的危险。15年前，县城下游30余处古滑坡体复活，一座刚建起的冷冻厂整个儿被掀入江中，长江被迫断航数月。

三十六计，走为上策。但县城迁建是百家姓去掉头个字——开口就说钱。云阳县是个人口大县，全县120万人，同时又是经济穷县，每年财政赤字上千万元。加上全县淹没面广量大，淹没区人口12万人，淹没面积120平方公里，主要淹没指标占全库区八分之一。还有一道难题：新建县城地盘难找。云阳县尽管辖区面积宽达3 600多平方公里，但因地处盆周山区，"七山一水两分田"，地形高低悬殊，地表支离破碎，河谷平坝仅"巴掌"大小。

几经寻寻觅觅，最后确定新县城城址选在老县城上游的双江镇青龙嘴一带。1991年底，国务院正式批准云阳县城迁建。两个月后，

新县城奠基仪式在双江镇群益村隆重举行。新县城以著名的古代军事要塞"万里长江第一寨"——磨盘寨为中心，近期规划9.9平方公里，长期规划18平方公里，近期规划人口6万、中期10万、远期20万。为建好这项功在当代、惠及后人的千秋基业，县里成立了由县长任主任的新县城建设管理委员会，由一名副县长任常务副主任主持日常工作。上树先搭梯，建城先筑基。老县城有主街2条、小巷66条，"既曲折，又狭窄，一到雨天走不得"。新城道路建设本着高起点、高规格、高质量的原则，一开局就挥大手笔，气势非同一般。

云江大道是新县城的形象路，长4 120米、宽30米。该大道东连云双路，可通老县城，西接兴旺路，通过滨江北道、万云路，直达万县城区，是云阳新城的主动脉。承接建设施工的10个县内企业克服地势复杂、工程艰巨的困难，在一年多时间里，削平青龙嘴、狮子包、磨子岭等7座山梁，填平8道沟壑，并在道路外侧筑起了高高的挡土墙，其中最高的挡土墙高达25.5米。

1995年10月1日，云江大道正式通车。不久，兴盛路、下河路、滨江北路相继投入使用，顺成路、碧榕街、滨江南路路基工程基本完成。云阳新城眉目初现。

一通带三通。目前，新县城已建成日供水万吨以上水厂两座，3.5万伏的城东电站和11万伏的城西变电站已并网供电，开通了512门程控电话，并接通了沪汉成光缆线。

栽了梧桐树，引得凤凰来。伴随新城开发步履的加快，一批批厂家、商家纷至沓来，一幢幢高楼大厦拔地而起。

1993年2月，云阳县药用胶囊厂到新区开工迁建，1995年4月1日正式投产，当年完成产值600多万元，成为云阳县建设速度最快、投产最早的搬迁企业之一。占地46亩、总投资4 559元、设计年产值4 000万元的美迪生药业有限责任公司，是最先来新县城"筑巢"的新厂，去年2月破土，8月1日竣工，创造了当年建设、当年完工、当年投产、当年见效的奇迹。

与此同时，移民工作也紧锣密鼓地进行着。当年"湖广填四川"，两湖、江浙等地160余姓来云阳"绾草为业，垦荒置产"，终于在长江两岸落巢安居。如今为了民族大业，他们又得像候鸟迁徙一样背井离乡。在新城区群益村鹞子岩移民新村，村主任刘训友告诉记者，全村2 400多人近期涉迁移民500户1 800人，已有95户迁入永久性移民楼，100余人进厂做了工人，1 300人完成了农转非手续。抓住新城建设的机会，村民们先后购置方圆农用车和小型六轮车60余辆，组成10多个汽车装卸、砂石运输服务队；许多人成了工商个体户，办起了数十家商店、食店、旅行社，从业人员上百人。城市变新了，人也变新了。

巴山永恒，长江万古，人类文明史总是在沧海桑田中得到翻新、延续。"旧的不去，新的不来"，差不多是一条定理，云阳人也相信这个理。

《重庆日报》，1996 年 12 月 12 日

边城边贸：秀山独秀

　　川东南民间有此说法："黔江无江，秀山无山。"其实，秀山并非无山，只是从宽阔的秀山坝子眺望，大山仿佛远在天边。因感受近似成都平原，人们喜欢称秀山为"小成都"。

　　然而，"小成都"与大成都相隔千山万水，乘车坐船得花三四天。由此，秀山又有了另外的别名——"边城""天府好望角"。

　　秀山土家族苗族自治县不仅偏僻遥远，而且区位特别，东挨湖南，南界贵州，一脚踏三省。清代文人章恺以诗言景："蜀道有尽时，春风几处分；吹来黔地雨，卷入楚天云。"

　　到省城难，难于上天，出省外易，易如反掌，特殊的地理位置和条件，使秀山与毗邻省、县联系密切、交换频繁。从传统的商品流向看，秀山市场上的工业品大多来自两湖、两广，其土特产品又多销往长沙、怀化、柳州等大中城市。

　　但在计划经济条件下，地方保护、地区封锁、画地为牢，割断了秀山与毗邻地区的经济往来，使这座川东南的"门户"变成了日益封闭的"孤岛"。至80年代中期，全县社会商品零售额才7 699万元，人均156元；财政收入462万元，人均仅9元。

近年来，在商品生产、市场经济的冲击下，秀山人明确提出摆脱行政隶属的束缚，冲破地区割据封锁，面向川外，敞开大门，与毗邻省、县互为市场、互通有无、互助互利。县里出台了一系列"放宽、扶持、灵活、照顾"的政策措施，大力发展民族边区的商业贸易。

为改变以街为市、以路为市的落后状况，县里先后投资近3 000万元。兴建起边贸、农贸、商贸、民贸等市场40多个，此外建立各类商业服务网点1万多个。

秀山县城在历史上曾是相当繁华的边区贸易中心。光绪县志载："至于居货成市，竞来商贾千里奔走，为一都会。其物通行流衍，达乎江、汉、河、淮、海之间。"乾隆年间，湖南、湖北、江西、贵州等地商人在秀山建有商号100多家，他们利用酉水、邑梅河上运花纱细布，下运油桐皮毛，交易兴隆，财源滚滚。

如今，当记者来到县政府所在地中和镇时，顿觉商风扑面，生意火爆：沿街两旁，服装、食品、日杂等摊点一字儿排开，来自四邻八方的苗族、汉族、土家族人大包小包出货进货，印有"湘运""黔运"标志的货车将轻纺、百货源源不断地运来，又将秀山的土特产品源源不断地运走。

紧靠国道319线和326线交叉处的凤翔小商品批发市场更是人山人海，热闹非凡。这个被黔江地区命名的"文明市场"，占地面积6 000平方米、建筑面积8 000平方米，是中和镇多方筹资160万元于1992年建成使用的。有道是："进货看来源，销货看去向。"在凤翔市场，来自两湖、两广、江浙等8省18个县市的150多家"坐商"，批发经营着五金、交电、大小百货等上万种商品。川、湘、黔诸省的酉阳、铜仁、松桃、沿河等十几个县市的"行商"来此进货，入市采购者年达15万人次以上，年成交金额达两三千万元。该市场每年税收和工商管理费就在50万元以上，设施租金可达30万元。真个是：建一个市场，活一方经济。

与此同时，全县农村涌现出辐射面广、产业相对集中的专业市场近200个，其中清溪场竹制编织品和梅江银丝精制斗笠专业市场以年成交500万元的规模居全县各专业市场榜首。

市场建设、商业贸易的迅速崛起，极大地促进了包括运输业、饮食服务业、传统加工业在内的第三产业的发展。资料显示，从1986年至1995年，全县第三产业以年均11.2%的增长幅度持续上扬；去年，城乡共有4万余剩余劳力转入第三产业，三产产值占国内生产总值的35%。

尤为可喜的是，那些自古"不与秦塞通人烟"的穷乡僻镇，如今也"大门对着省外开"；大批土生土长、自给自足的土家族人、苗族人，摇身一变成了"两头"(一年开头、一年到头)在外的生意人。在中和镇乌杨树村，记者看到这样一幅标语："少生孩子多经商，集中精力奔小康"。据悉，该村利用边区的地理、政策优势，常年有五六百农民活跃在毗邻各省市场上。"羊老板"龚和林，从武陵山区购羊，然后贩运到南方省、市销售，每年获纯利60多万元。

迎八方宾客，纳四海财源。与湘西花垣县一河相隔的洪安渡，正是著名作家沈从文当年笔下的"边城"风景。此地户开两广，锁钥三湘，水陆两便。徜徉街头，只见车水马龙，人货两旺，那热闹场景俨然一幅当代清明上河图。边贸如此繁荣，当然有其政策和环境的背景。洪渡桥头一副牌坊联格外引人注目："物华天宝政策优惠巴蜀东南隅，人杰地灵环境宽松天府好望角"，横联是："欢迎您到秀山来!"

《重庆日报》，1996 年 12 月 13 日

编后

　　亲爱的读者朋友，《峡江行》专栏到今天告一段落了。在一个月左右的时间里，本报连续刊出了记者深入万县、涪陵、黔江等地采写的22篇旅行通讯，在社会上引起了广泛反响。许多同志来电来函反映，通过《峡江行》这个窗口，看到了两市一地经济发展、社会进步的历史痕迹，看到了三峡库区的光明前景。有的同志搜集了《峡江行》的全部篇章，并建议将这些报道作品整理成册公开出版，在此，我们衷心感谢读者诸君的厚爱，感谢你们与记者"同行"。

第二部分

重访库区

主动移民分国忧

——长寿县委书记江朝植一席谈

记者按：长寿地处重庆腹心，古属巴国枳邑，原名乐温县。因县民多高寿，于公元1363年改置长寿县。辖区面积1423.6平方公里。长寿是重庆陆路的交通枢纽和长江上游的重要港口，是重庆特大城市经济社会资源向三峡库区辐射的重要中继站。长寿历史可追溯到遥远的原始时代。研究表明，在距今4000多年前，长寿地区土著居民依山傍水，居住于洪水线以上，进行原始的渔猎和锄耕农业。境内有千古一帝秦始皇为表彰巴寡妇清为国采矿炼丹之功业而修建的"女怀清台"，历代兵家必争之地汉代长江北岸赤甲山古战场，唐初永安县治地阳关城遗址，西南地区最大的人工湖长寿湖风景区。关于三峡移民，长寿县委书记江朝植甚为熟悉，以下是记者对他访问的口述笔录。

在三峡库区，长寿属库尾。

但在移民中，长寿县几十年都在为此而努力工作。早在50年代，长寿人就为国家的水利建设做出过贡献，修建长寿湖、大洪湖就有过艰巨的移民工作。

在三峡移民上，长寿县的历届党委、政府都有长远的目光。长寿县城的河街，是长寿的水码头，本应建设得很好。可现在还基本上是几十年前的老样子，这主要是考虑到三峡工程上马的因素，不能给国家增加移民补偿的负担，因而，对河街的建设一直实行控制。

三峡工程利国利民，国家的负担也很重，特别是在移民上，压力很大。作为库区的地方党委和政府，应该为国分忧，主动搞好移民工作。

三峡移民工程上马后，长寿县不等不靠，采取了积极、主动的态度，出现了"早移民、早发展、早致富"的势头。

在农村移民上，我们采取了调整土地安置的方式，从去年9月到11月，我们抓住稳定和完善农村土地承包责任制的机会，对淹没合作社的土地实行淹没线以上的耕地统一调整，人平承包，一定30年不变。被淹耕地提前调整，人平承包，不定承包期。补偿资金到位后，淹没地归国家所有。在要被淹没的147个合作社中，有101个社的土地做到了一步安置到位。

↑ 在库区一线采访

要在主动移民中发展自己。国家切块补偿给长寿的移民补偿资金是4.7亿元，但我们要把这笔钱当成20亿来用，利用移民补偿资金滚动发展，这也充分体现了在移民中发展、在发展中移民的方针。

处于库尾的长寿县，由于移民在后期，移民补偿资金到位迟。但由于抓住了机遇，主动移民，依靠三峡移民的政策，吸引外资来参与移民工程建设和企业迁建，并结合城区旧城改造，使城区移民分流。目前，县城内的黄桷湾移民小区已初具规模，一些城区移民户已搬进新居。

《重庆日报》，1997 年 3 月 3 日

三十年梦今成真

2月28日下午，记者沿乌江而上，出涪陵城10余公里，来到乌江边上的大堡山腰，一座新建的工厂出现在眼前。

这是三峡库区目前唯一的一个移民示范工程——涪陵水泥厂。从山上飞泻而下的400米长的输送带似巨龙把矿石源源不断运送下山，62米高的烟囱直指云天，高大的五层旋窑雄伟壮观……带我们参观的厂党委书记谭勇说："全厂占地500亩，技术是引进德国、日本和美国的，设备是目前川东地区最先进的，全部采用电脑自动控制。"

涪陵水泥厂的前身是原新建水泥厂，属三峡工程全淹搬迁企业。涪陵市抓住移民搬迁机会，结合技改，决定把这个厂扩建成年产60万吨水泥的大型企业。目前已竣工投产的一期工程总投资1.66亿元，年生产能力24万吨。

"是移民搬迁圆了我们30年的梦！"谭勇说，从60年代起，涪陵人就想建一座大型水泥厂，几十年来，因种种原因未被国家立项。

涪陵的移民任务重、时间紧，全市要搬迁319个企业、22个场镇、2座县城、12.7万人口(静态)、549万平方米房屋，在2003年前要完成总任务的80%。移民补偿资金有限，市里把有限的财力、物力集中用到

移民迁建的重点产业、重点企业上，重点搞好移民的示范点，发挥示范作用。

涪陵水泥厂紧紧抓住三峡工程建设带来的发展契机，利用被淹没的老厂搬迁获得的5 000万元移民补偿资金，同时多方筹集起了1亿多元资金，1995年8月，工程正式破土动工。去年12月19日，在没有庆典排场下点火试产成功，短短的两个月时间，就生产出425号、525号普通硅酸盐型高标号水泥近万吨，销往重庆等地，并受到了欢迎。

"在企业上档迁建的同时，还安置好了移民。"陪同我们采访的涪陵市移民办的同志讲。

下午6点，记者回涪陵时，站在菜场沱朝对岸望去，老厂区那破旧的厂房如故，不过要不了两年，那里将会成为一片水的世界，而新厂36万吨的二期工程也将建成。

美梦定会成真！

《重庆日报》，1997年3月5日

雨中访新村

春雨淅沥，雨湿路滑。

3月1日上午，记者乘车出涪陵城，顺长江而下30余公里，便来到涪陵市枳城区南沱镇联丰村三社的移民新村。

在距长江边200多米的半山坡上，一条360米长，12米长的新街已具雏形，街两边一楼一底或两楼一底的新房全是瓷砖贴面，底层卷门，铝合金门窗，瓷砖厨房。

"治山治水建三峡，利国利民利我家，横批：国兴我兴"的对联贴在一幢三层楼房的大门上，房主人张文敏说："这对联可能在文字上不太对仗工整，但却表达了我们移民的心声。"

对联的作者，年轻的村委会主任陈双亿领着我们边看边介绍说，移民新村是由区移民办牵头统一规划，统一调整土地，统一进行基础设施建设和分户建房，于去年9月1日开始动工兴建的。半年的时间，全社34户移民，已有28户建好新房正在搬迁，其余的6户移民的住房也正在修建，预计在今年8月1日前可以全部建完搬完。

"不是移民工程，我这辈子也甭想住上楼房哟！"68岁的王天云见到记者笑得合不拢嘴，他已在江边的破土墙屋里住了30多年，现在同幺儿一起，搬进了这幢160平方米的新楼。他的老伴在一旁插话道："住新房好哟，感谢邓小平他老人家哟。"说着说着，老人的泪水夺眶而出。

"旧房搬新房，面积增两倍。"33岁的张明把记者迎进他刚落成的那幢200多平方米的楼房，喜滋滋地说，"移民政策好，早搬迁，早发展，早富裕。我现在是安安心心地种地做生意找票子了。"

张明的话有代表性。按三峡工程的进度，这里要2000年以后才会被淹没。移民们在了解了移民政策后，二话不说，拆旧房建新房同时进行，春节后分别离开住了几十年的故土。邻近一社的移民看到三社新村拔地而起，也主动向政府和移民部门请求，要求早建房、早搬迁。

移民新村确实为移民们早富裕奠定了基础，所有的楼房，临街底层都是门面，记者见到有的已开始装修店堂。"又种土地又经商，咋个富得不快呢？"陈主任说。

随同采访的区移民办负责人表示，下一步将帮助解决自来水、路面硬化、房前屋后栽树等问题，让移民的生产生活更加舒心。

淅沥沥的春雨还带着寒气，记者在雨中访了一家又一家，越看心里越热乎。走出村子好远，还恋恋不舍地回头看一眼那雨中的移民新村。村头，移民们用布扯出的一幅标语格外醒目："兴建三峡，振兴中华，功在当代，利在千秋！"

《重庆日报》，1997 年 3 月 10 日

涪陵移出了"一二三"

——涪陵市副市长王耘农的移民经

记者按：位于长江、乌江交汇处的涪陵市，居三峡库区腹地，有渝东门户之称；经济上处于长江经济带、乌江干流开发区、武陵山扶贫开发区的结合部，有承东启西和沿长江、乌江辐射的战略地位。涪陵因乌江古称涪水、巴国王陵多在此而得名。春秋战国时间曾为巴国国都。公元前227年秦昭王置枳县，后历来为州、郡、专区、地区、地级市治所。截至2016年，涪陵城区建成区已达70平方公里，市区人口达到近80万人，是乌江流域最大的城市。同时，涪陵又是移民大市，三峡移民搬迁的任务异常艰巨，以下是对分管移民工作的副市长王耘农的采访实录。

几年来，我们涪陵移民走出了"一、二、三"的路子。

"一"就是坚持一个方针，即全面理解、执行开发性移民的方针

这个方针具有中国特色，具体的方式就是要通过开发本地资源，招

商引资，扩大安置的容量，其结果是要让移民富起来，这个方针的本质就是要加快发展。这是我们对开发性移民方针的理解。近几年，也是按照这个理解在搞移民工作。

"二"就是两个先行

一个是规划先行。移民安置规划是移民迁建的总蓝图，因此，在今年的9月底前，我市的移民专项规划、实施规划、农村移民安置实施规划等，都要全面完成。在实施规划中，定时间、定数量、定项目、定办法，保证一切按规划实施。二是基础设施先行。基础设施好坏，对移民迁建起着重要的作用。近几年来，涪陵已投入的6亿多元移民资金，40%用在了基础设施建设上，这为即将进行的大规模搬迁奠定了一定的基础。

"三"就是移民工作三大战略

第一个是对外开放战略。用开放统揽整个移民工作，在开放中搞好移民。开发要靠开放来实现，利用对口支援的机会，加大开放的力度，把新产品、新技术、新机制引进来，培植新企业、新产业，拓宽移民安置的渠道和容量。

第二个是科教移民战略。结合企业搬迁，引进、

就地后靠的移民新村
↓

消化新的科学技术，推广新的科技成果，提高搬迁企业的科技含量。在教育上，搞好移民培训，提高移民的文化、科技素质，舍得智力投资。这既是顺利完成移民任务的需要，更是安得稳、富得起来的需要。

第三个是重点发展战略。移民补偿资金有限，因此，我们把有限的人力、物力集中用到移民迁建的重点区域、重点产业上，重点搞好移民的示范点，发挥示范作用。在农村移民安置中，重点是沿江经济开发带和这条带上的10个示范点；在城市迁建中，重点是丰都县城和枳城区。

"一、二、三"的移民路子符合涪陵的实际，必须认真地实施。涪陵的移民任务重、时间紧，全市要搬迁319个企业、22个场镇、2座县城、12.7万人口（静态）、549万平方米房屋，在2003年前要完成总任务的80%。

任务重，时间紧，但涪陵人定能按时圆满地完成历史性的移民任务。

《重庆日报》，1997年6月5日

"鬼城"过江

到2003年，以"鬼城"闻名的丰都县城将因三峡库区水位的上升而葬身江中，全城80％以上的居民要因此而迁到长江南岸的新城。

3月2日下午，记者乘车穿越旧"鬼城"老街，过丰都长江大桥，行程约10余公里，便进入了正在加紧建设的江南新城区。虽是星期天，但在新城区施工现场，推土机、挖掘机、压路机等来回穿梭，机器轰鸣，建设者们干得热火朝天。记者从西向东，沿着已经拓展出来的40米宽、3.5公里长的平都大道看去，名山大道、滨江路等15条主次干道，纵横交错，伸向各处。

来到东头的龙河大桥工地，水中的两个桥墩已露出水面10多米，桥台施工接近尾声，工人们正用缆索起重机将水泥、石子、河沙运到对岸的施工点。这座投资1 000余万元、300多米长、24米宽的大桥将于今年7月1日通车。

桥在"鬼城"过江中起着重要的作用。今年1月20日通车的丰都长江大桥，不仅使天堑变通途，更重要的是它为丰都的移民和经济发展铸造、培育出了"善抓机遇，敢为人先，自力更生，团结奉献，厉行节约，尊重科学，注重效率，惜时如金"的大桥精神。

新"鬼城"规划为8.6平方公里,自1992年3月20日奠基以来,经过近5年的建设,已完成总投资1.3亿元。主城2.5平方公里内,已基本完成水、电、路的基础设施建设,为旧城的移民搬迁建房做好了准备。

庙坡移民小区修建的8万余平方米的移民房,幢幢设计别致,装饰漂亮的新楼坐落于半山,面向江北。

钻山堡是高瞭望新"鬼城"的制高点,站在这里俯瞰新城区,只见井架林立,一些企事业单位已开始在新区建房。22层高的建银大厦已经动工,丰都开发公司办公大楼已上升到6层……

新城开发区的同志介绍说,目前,丰都江南新城区已有30余支施工队伍,2 000多名建设者正日夜奋战在工地上。新城区的管网铺设、20万平方米的移民房将于近期动工。明年,旧"鬼城"的移民将开始大规模乔迁江南。

《重庆日报》,1997 年 3 月 26 日

"万里长江第一街"

西沱古镇位于石柱土家族自治县，原名西界沱，古为"巴州之西界"，因地临长江南岸回水沱而得名，与长江明珠——石宝寨隔江相望。

千年古镇——西沱，是黔江地区唯一的长江出口。

古往今来，西沱都因其位居长江出口而成为繁华之地，早在清朝乾隆时期，这里就"水陆贸易、烟火繁盛、俨然一郡邑"。

三峡成库，这"郡邑"将被淹三分之一。

记者来到这里，沿江边高高的石梯爬上半山腰，一条长长的新修公路顺长江延伸，当地人说，这条公路叫月台路。在这条主道上，又分出沿江路、温泉路、衙门路、新屋路、荷花路。

"郡邑"移迁，还真有点气势！记者的脑里留下了第一印象。

在颇为壮观的镇政府办公大楼里，关门闭户，只有计划生育办公室有一位干部在接待群众。他说："现在正是农忙时节，所有的镇干部都到村社工作去了。"

看来采访要遇到难题了，记者心中有点着急起来。

"你们是采访移民的吧？有些情况我也可以介绍一下。"来找计生

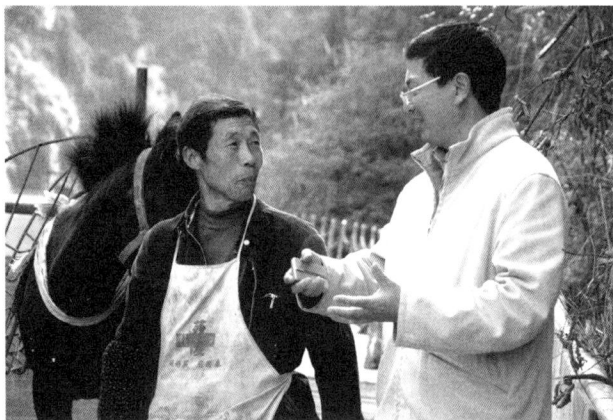

办干部办事的一位农民模样的人说，"我叫谭先成，是水磨溪村的会计。"

真是天无绝人之路。记者欣喜，忙请他谈谈移民的情况。

"我们村是西沱镇移民最多的村。"老谭说，"全村1 331人，有536人要移走，淹没耕地748.5亩。原准备到其他镇去买地移迁，由于大家都不愿离开江边，现改为就地后靠。"

"县里的这种就地后靠方案好哟！"老谭说："全村的移民集中到新城区建3个居民点，每户移民有一个门面经商；安排一个劳动力到企业做工；通过调整土地，每户有1亩高产稳产粮田和半亩找钱地；每户发展一个骨干经济项目。"说起这些，老谭乐滋滋的。

老谭正说着，镇里的组织干事回来了，他听说有记者采访移民，立即带着记者到搬迁的新城区参观。

新迁建的城区与老镇的上半部相接，规划为2.5平方公里，迁建与经济开发相结合，已被定为省级经济技术开发区。

目前，新城区的基础设施已基本具备，街道的平基工程已基本就绪，日供水万吨的水厂正在紧张施工，镇上已建起4所中学，电力、通信等设施工程也已完工。

迁建的新城区除了以商贸为主外，还引进资金、项目，进行库区经济开发，已经有广西、上海等外地的投资者来这里办起了多家企业。

紧张的一个多小时采访结束，记者沿着那闻名的"云梯"下到江边。

云梯街又叫通天街，垂直长江，呈龙形向上，共有113个台阶、1 124步青石梯。从长江边向上仰望，好像一挂云梯直插苍天；从街顶向下俯瞰，犹如置身在云端间。云梯街由此得名。云梯街是长江沿线唯一垂直江面的街道，这在中外建筑史上有着极为重要的科考研究价值，专家称之为"万里长江第一街"。古老的历史，为这里留下了宝贵的旅游财富。街两旁保存着明清遗留下来的层层叠叠的各式建筑，依山而建，错落有致，其间的"紫云宫""禹王宫""万天宫""桂花园"等老建筑，让游客增添了许多思古情怀。随着三峡旅游的兴起，西沱古镇正在规划开发土家风情一条街——新云梯街。这座古老的历史文化名镇，正以新的姿容展现在长江边。

《重庆日报》，1997 年 4 月 2 日

王廷江"移情"忠州城

忠县，古名忠州。

三峡成库，地处江边的忠县县城要被淹没三分之一，移民任务繁重。

曾经被江泽民总书记三次竖起大拇指称赞"你真是好样的""了不起""不简单"的全国人大代表、全国劳动模范、山东省临沂市罗庄区沈泉庄村的党支部书记王廷江，也西"移"忠州城，与人合作，建成鲁川陶瓷有限公司，以支援库区建设。

3月3日上午，记者驱车来到坐落于忠县东移新城区的鲁川陶瓷有限公司采访。

不巧，隧道窑正在检修，大多数工人没有上班，可球磨车间的20多台大型球磨机显得雄伟壮观，深深地吸引了我们。在3 000平方米的成型车间里，排列整齐的几十万件各类碗、盘、杯等坯件，让人眼花缭乱。经过滚压成型的一车车坯件列着长队，等着进窑。彩烤车间的设备已经安装调试好，即将投入运行……

公司办公室的同志介绍说，1994年12月，王廷江随山东省对口支援考察团到忠县考察时，发现这里资源丰富，当即决定沈泉庄村的华盛集团与忠县建筑公司合资，投资4 000万元，集团占股份60%，在忠州新城创办鲁川陶瓷有限公司。

王廷江先后三次到忠县指导工程建设。这项工程占地3.8万平方米，建筑面积2万平方米，拥有2条白瓷生产线，年产量160万件，可创产值3 000万元、利润500万元，从奠基到试生产，只用了1年零2个月。

鲁川陶瓷有限公司的工人全是移民。目前，已安置了600余名农村移民，忠县所有受淹的乡镇，都有移民在这里得到安置。公司的二期工程完成后，可安置上千的移民。

"在这里上班生活安定了！"正在烧制车间工作的工人秦学林说。他今年20岁，是洋渡镇的一位农村移民。

鲁川陶瓷有限公司办公室的墙上挂着一面锦旗："鲁忠合作共携手，移民开发谱新篇。"在离开公司回忠县老城的车上，记者反复品味着这14个字，这可是好支书王廷江崇高思想在移民工作中的一道耀眼的闪光。

《重庆日报》，1997年4月4日

移民需要好环境

——与万县市移民干部的对话

时间：1997年3月4日上午。

地点：万县市三峡工程移民办公室。

记者：三峡工程的成败在移民，移民的重任在移民办，移民干部的工作最重、最难。

夏远忠(万县市移民办副主任)：任务重，光荣。工作难，不怕。当前移民干部最希望的是给移民工作创造一个好环境。

记者：从中央到各级地方政府都很重视移民工作，移民的环境应该是很好的，还有哪些环境需要创造和改善呢？

夏远忠：从大的方面看，环境当然好，三峡移民不仅中央和各级地方政府重视，就连全世界都瞩目。但是，在一些具体问题上，特别是在涉及一些部门的利益时，移民部门在工作中就显得有些尴尬了。

记者：能否说得具体一点？

蒋从伦(万县市移民办调研科科长)：从目前的情况看，移民工作的环境希望从以下几个方面改善：

一是政策环境。中央对移民的政策很优惠，也很细，但落实起来比较难。这主要是有些政策之间相互打架，比如，移民安置中的税费减免政策、用地政策，企业搬迁技改中的贷款政策等，客观上造成有些政策落不到实处，未在移民中发挥出最佳效益。

二是收费项目多，给移民建设项目增加了困难。据调查，目前移民安置建设项目中的各种收费有几十种，而移民建设项目的资金是包干使用，测算时很多收费项目的费用都没有测进补偿资金内。这些收费交吧，项目建设资金肯定要出现缺口，不能按时完成迁建任务；不交吧，又过不了有关部门的关，拿不到有关建设许可手续。

三是移民工作是一件非常特殊的大事情，需要有关部门大力支持，特事特办。前不久，在我们召开的一次移民安置工作会上，移民干部、建设单位等纷纷呼吁：移民安置建设的项目要特事特办。因为，水淹来不等人，移民任务紧迫，时间拖不起，不能把时间浪费在那些跑路、盖章上了。

记者：就你们移民干部本身来说，在工作和生活中有些什么困难和苦衷呢？

蒋从伦：移民干部责任大、工作苦，这是众所周知的。我们所干的每一件事情，上要向党和政府负责，下要向移民负责，后要对历史负责。我们多数移民干部是没有星期天、没有节假日的，带病工作的也不是少数。工作辛苦，我们无所谓，最大的苦衷是有些时候得不到社会、移民的理解，社会上都认为移民部门有钱，钱肯定是有，但这钱是"高压电"，乱碰不得。有少数移民由于对移民政策不理解，对我们严格按政策办事产生一些误解。

移民干部别无所求，只希望得到社会和移民们两个字：理解！

《重庆日报》，1997 年 4 月 5 日

总理关心的工程

　　地处太白岩下的万县市主城龙宝区，库区水位上升后，有三分之二左右的城区居民和企事业单位要搬迁。

　　3月4日下午，记者沿着龙宝区双河口新城小区主干道公路往前走，路边到处都在大兴土木，筑路基，架桥梁，修医院，建学校。这个2.6平方公里的居住和商贸区，基础设施已基本具备，即将进入大规模的建设搬迁。

　　在新城建设指挥部里，分管移民工作的乔副区长指着规划图介绍：龙宝的新城分成4个小区，即双河口移民小区、红光村移民开发小区、金龙经济移民开发小区和学堂湾移民开发小区。

　　在龙宝的新城开发区里，桥特别多，仅在双河口小区内，就要架5座桥，记者见到，这几座桥都已动工。乔副区长说："这些桥不算大，最大的是学堂湾小区内的杨柳大桥。"

　　于是，我们来到杨柳大桥工地，见工人们正在紧张地施工，砌入桥墩的条石，都是用水将泥沙冲洗干净了的，这是为了保证大桥的质量。龙宝区的同志说：这座大桥长100米、宽21米、跨度为60米，是目前万县市除长江大桥外跨度最大的一座桥。

在双河口小区进口处，一片正在紧张施工的场面吸引了记者。乔副区长说，这是龙宝一校扩建工程，是李鹏总理关心的工程。

"与李鹏总理有关？！"记者甚感惊诧。

"去年10月中旬，李鹏总理来到库区，把自己的3000元稿费交给重庆市用于希望工程。"龙宝一校获总理捐款1000元。重庆市市级机关开展了向库区希望工程捐款的活动，筹集资金30多万元，在万县市的支持下，区里决定投入100多万元扩建这所移民希望小学。

站在已经建好的那座连接学校与龙宝中路的希望桥上，望着那正在修建的4层教学大楼，改河扩宽操场等工程，记者心中热流涌动：龙宝人在移民工程的机遇中，定能把龙宝山的老龙头拿下，干出一番功在当代、利在千秋的大事业！

《重庆日报》，1997 年 4 月 9 日

五桥大有希望

"朝辞白帝彩云间，千里江陵一日还。两岸猿声啼不住，轻舟已过万重山。"

3月5日上午，记者来到万县市五桥区新城区一座新修的教学楼前，顿时被朗朗的读书声吸引住了，这里是万县市上海三航局希望小学。

"这是对口支援建起的第一所希望小学。"区里的同志说。由上海、宁波等地在五桥援建的希望小学目前已有5所。

学校占地21亩，一幢5层楼房的教学楼全用瓷砖贴面，颇为壮观，两幢教师宿舍楼正在紧张修建中，水泥硬化的内操场已经投入使用，外操场待宿舍楼基建完成后也将用上。

"为何叫上海三航局希望小学呢？"记者问。

"是由三航局投资60多万元援建的。"总务主任说。1994年，设在上海的国家交通部第三航运管理局将用于50周年局庆的50万元经费捐献给对口支援的五桥区建一所希望小学。在建校中，三航局又支援了10多万元，区里再筹集了120万元。去年初，局党委书记徐重戒还以"三航局一名普通职工"的名义，私人捐款1万元。

1995年8月28日，学校教学楼竣工投入使用。目前，在校就读的

470多名学生，70%以上是移民的孩子。

"你长大了准备干什么？"记者在操场拉住一年级一班的张静同学问。"努力学好知识，长大了为三峡服务，为建设好自己的家乡出力！"小姑娘认真地回答。

青年教师杨豪晔拿出一本学校在建校一周年时编的油印刊物《希望之星》送给记者后说："在这里干，短时间内还很艰苦，教师暂时靠租农房居住过日子，但我们感到充实，有希望！"

学校确实很有希望，30多名教师是经全区公开考试合格录用的。五桥区把这所学校作为区直管完小，要办成五桥的实验和窗口学校。去年底，三航局又做出决定，每年拿出6 000元，作学校的教师奖励基金，奖励优秀教师。

在五桥区新落成的行政中心大楼对面街边，立着一块大宣传牌，上书："李鹏总理说，五桥大有希望！"这是去年10月19日，总理亲临新城区视察后，对五桥人的殷切期望与嘱托。

是的，五桥大有希望，三峡移民工程给五桥人带来了对美好生活的无限向往！

《重庆日报》，1997 年 4 月 14 日

城门洞开

一张移民牌，打出了开放潮！

几次到万县市采访，市领导和有关部门都津津有味地向记者介绍天城区的对外开放。热心的主人拿出一组数据：到今年 9 月底为止，天城区已接待外来客商228批，1 573人次，签订各种合作协议236份，涉及项目286个，已落实项目106个，总投资16.17亿元，其中外方投资14.73亿元。

天城的开放大潮是如何涌进来的？

在移民项目的实施中，封闭和开放两种观念碰撞后，形成一种新认识：越过原始积累阶段，借力发展自己。

"借人之力，壮我之力，发展自我。"

这句话已成为天城区干部和群众的口头禅。每次采访区委书记吴锡鹏，他都反复阐明："单靠天城自己的原始积累，要完成天城的发展是不行的，只有借助外力，才能壮我发展之力。"

与库区其他区县一样，在原始发展积累阶段，天城区由于受多种因素的影响，发展基础较差。三峡移民搬迁，给天城带来了前所未有的发展机遇。如何抓住这一机遇，天城人大胆地提出：越过原始积累阶段，借人之力，超前发展。

要借得别人之力，落脚点就在开放上。

主动出击，架起借力的桥梁，连接起开放的纽带。近年来，天城区政府先后在福州、天津、成都、重庆、宜昌等城市设立起招商引资的办事机构；先后组团62批，前往全国各地招商引资；与天津市东丽区、上海市卢湾区、北京市怀柔县、武汉江岸区、广东花都市、福建晋江市等11个区（市）县缔结为友好区县；与北京瑞达系统装备公司、国家建材总局秦皇岛玻璃工业设计院、重庆大学等29个大中型企业、科研机构和大专院校结为经济技术协作单位。

桥梁的架通，为天城的开放疏通了渠道。友好区县和协作单位不仅自己借力给天城，而且还为天城寻找投资伙伴。区里的同志谈起天津市东丽区帮助他们办的电焊机厂、齐齐哈尔市投资3 000多万元来天城办的三峡水泥厂等企业时，都情不自禁地说："这些友好区县和协作单位是在真心实意地拉兄弟一把！"

打开天门，使天城人敞开了对外开放的大门，留下了"天城的事当天办""人人都是投资环境"等扩大开放的佳话。在天城区新城开发区的黄金路口周家坝，万县海关大楼已经拔地而起。这标志着万县市和天城区已主动面向世界。

从万县老城区到天城新城区，有一座险要的山峰，山上有座天子城，传说是当年刘备屯兵防守的要地，故名天子城。在对外开放中，天子城的"城门"大开，迎接着国内外客商的到来。

在打开"天门"中，天城人留下了对外开放的一个又一个佳话。

"天城的事当天办！"这句话传遍整个库区，也热了众多投资者的心。12年来，来天城投资办企业的客商对此都有深深的感受："在天城投资，啥事都是当场拍板。"

"天城的事当天办不仅仅是办事的效率问题。"区领导解释说，

"还有一层意思是当着天办，不吃、拿、卡、要。"

"要让投资者到天城来都能赚钱，有安全感。"天城区在打开"天门"时，做出了郑重的承诺。

对到天城投资的重点项目，区公安部门将其列入了重点保护名单。对一些来投资不成功的，政府主动扶持其就地爬起来再干。枇杷坪开发区内有一个投资5 000万元的项目当年不赚钱，区里便给业主一些其他能赚钱的小项目作为补偿。"人人都是投资环境，事事都是信誉形象。"这16个字已变成干部和群众的自觉行动。

万县海关大楼选址时，天城人表态："地块用哪里我们就让哪里！"区物资局、燃建公司、农资公司、财政局等都二话不说让出了已经征用的搬迁用地。"建海关是国家大事，我家娶儿媳妇与海关大楼奠基同时举行，是天大的好事！"居民孔德海娶儿媳办喜事的日子早定好，遇上海关用地要搬迁。他二话不说，搬到别人的房子里暂住，为儿子办了喜事。110户居民，300余人，从开会动员到搬迁完毕，只用了10天时间。

天城人就是用这样的具体行动在创造投资环境，树立起对外开放的形象和信誉。

天门大开，开放潮涌。天子城下，街道延伸，大桥飞架，高楼拔地而起……展现出一幅大开放的画图。

记得去年8月，记者第一次到天城新城开发区采访时，区领导指着一条小河沟说："这里将开发建设为一座人工湖。"

一年后，记者再次光临时，这里已是湖光山色美不胜收，15公顷的湖面上，快艇飞驰，游船穿梭，游人的欢声笑语洒落湖中……三峡人工第一湖已见雏形。区里的同志说，天子湖旅游区已完成投资2 000多万元，这座由外地人来投资的天子湖旅游区规划有游乐区、垂钓区、巴人文化区、木屋度假区等12个功能小区，总投资是1.2亿元。

从天子城下进入新城开发区，正在硬化的天城大道笔直地向前延伸，9条总长32.5公里的道路已经建成，横贯东西；横跨苎溪河的万州大桥已开工建设；自来水、输变电站、程控电话、天然气……投资硬环境已基本完备。

从国内外来的投资者，已在天子城下大展宏图。

从日本、匈牙利、加拿大等国引进的4家合作企业，总投资4 860万元。

被称为"总理项目"的格力集团在珠海市委书记梁广大的带领下到天城新城区实地选址后，已落户开发区内的申明坝。

海南客商前来考察后，挥下了大手笔：滚动投资30亿元，开发北山观。目前，这块集工业、商贸、居住、文化娱乐为一体的小区正在按规划建设之中。

天子城索道、防弹防爆器材厂……一大批外来投资项目已经启动。在已经落实的106个投资项目中，已有53个开始产生经济效益。

"惜光阴荏苒抓千载良机再造河山负重任，乘东风浩荡凭万众手笔重绘天地争朝夕。"天子湖大门口的牌坊对联，是天城区人抓住移民良机，扩大开放，发展自己的真言坦露。

《重庆日报》，1997 年 11 月 4 日

帅乡移民，帅！

开县赵家镇，刘伯承元帅的故乡。

三峡成库，江水从小江倒灌进远离长江70多公里的开县，沿浦里河而上淹至赵家镇。所幸的是，坐落于半山坡上的刘帅故居和骨灰墓不会被淹没。

3月的一天上午，记者来到刘帅故居前，想看一看帅乡的移民情况。

刘帅故居属赵家镇周都村，全村1 900多人，其中有700多人都将成为移民。故居后山上一大片葱绿的柑橘林，是周都村为安置移民新开垦的果园，有200多亩，现在长势很好。

站在刘帅故居前，视野开阔，放眼看去，山脚下一马平川，1 000多亩麦苗长得绿油油的，不时传来移民锄草、施肥的笑声。江水进来，这块平坝和赵家场都将被淹没。

镇移民站站长介绍说，在开县要淹掉的像这样上千亩的平坝，还有好几个。望着即将被淹没的赵家集镇，记者不禁脱口而出："刘帅家乡的人民将为三峡工程做出多大的奉献和牺牲哟！"

"我们是开县淹没面积最大的一个镇。"移民站站长说，"全镇淹没涉及14个村、45个镇属单位，淹没安置人口8 831人，占总人口的18.7%，淹没耕地5 440亩，全镇的 8 个平坝粮仓，有 7 个将被淹没。"

帅乡的移民在用刘帅那种百折不挠、奋力进取的精神做着移民搬迁和安置工作。在赵家场后面的山脚下，新镇建设工作正干得热火朝天。记者在现场看到，1 500多米长、24米宽的裕河街道已拓展出来，场镇的基础设施已基本建好，街道两旁，帅桥中学、华承中学等数家搬迁单位正在紧张施工，新集镇的雏形已经显示出来。

↑ 开县汉丰湖畔举子园

"为了三峡工程的建设，我们愿意在移民上做出牺牲和奉献。"青桥村党支部罗书记对我们说，"青桥村有500多移民，我们有信心在预期内搬迁安置好，不能给刘帅的家乡丢脸！"

听了这位基层干部的话，记者心里一阵激动，帅乡的人民多可敬：他们在移民中体现出的顾全大局、无私奉献的精神，不正是刘帅精神的再现吗？

《重庆日报》，1997 年 4 月 2 日

云阳移民第一家

"洋洋喜气喜洋洋，滚滚财源财滚滚。"循着这副春联，3月的一天，记者来到云阳移民第一家——住在新县城鹦子岩移民新村的张继承家门口。

"张继承在家吗？"县移民局的杨副局长敲了几下门，一位老大娘打开防盗门迎我们进了屋。

这是一套三室一厅一厨一厕配套的房子，屋里冰箱、电视机等电器齐备，有点家庭现代化的气息。

不凑巧，张继承夫妻和孩子都出去了，只有母亲刘益珍在家。老人家已75岁了，听说我们是重庆来的记者，一边为我们泡糖开水，一边拉开了家常："4年前，新县城建设开工，我们成了云阳第一家搬迁的移民户。"张大娘说，"搬家前两天，我们心里痛苦极了，住了80多年的老屋要拆，100多根刚进入盛产期的柑橘树要砍，30多笼竹子要毁，真舍不得哟！砍树的那天，我家老头子在屋前房后转来转去，抱着柑橘树直掉眼睛水，两顿没吃饭。"

"想不通归想不通，为了三峡工程的建设，为了国家的兴旺，舍不得也要舍得。"张大娘继续说，"我们全家在两天之内就搬出了老屋，住进了那又矮又潮湿的临时过渡房里，一住就是两年。" 在云阳县，像这样深明大义的老百姓有很多很多，县上的同志说："正是有了这些深明大义的移民们的博大情怀，才使移民搬迁得以顺利进行。"

云阳新县城开工建设的第三天，张继承的妻子生下了一个女儿，为了纪念新县城的建设，两口儿给女儿取名云新。小云新同家人一道在临时过渡房里度过了2周岁。可惜小云新这天不在家，记者没有见到这位与新县城一起生长的幸运儿。

县移民局的同志说，张继承全家人顾全大局，为全县的移民带了一个好头。前几年，由于移民补偿政策不够完善，他家的柑橘树就损失了一两千元，可他们还是没有抱怨。

如今，张继承一家都办完了"农转非"手续，成为云阳新县城内落户的第一批居民。小两口正在县城里打工挣钱，待时机成熟，打算在县城里开一家小饭店，安安稳稳地过日子。

从张家出来，回望移民新村，只见一排5幢的白色移民大楼都住上了移民。县移民局的同志介绍说，这是双江镇群益村的移民新村，共住了160户，都是三室一厅的配套房。

《重庆日报》，1997 年 4 月 29 日

走大农业安置农村移民之路

——奉节县委书记王远顺的移民经

开场白：奉节县位于长江上游地区、重庆东北部，东邻巫山，南界恩施，西连云阳，北接巫溪，是长江三峡库区腹心，渝东北地区的门户。奉节县户籍人口超百万，辖区面积4 000多平方公里。因三峡水库建设需要，奉节不仅成为10个全淹大县城之一，农村移民任务也十分繁重。就地后靠安置是当前三峡库区农村移民搬迁安置的主要渠道，三峡工程蓄水后就地后靠移民安稳致富难的问题，引起各级党委、政府及社会各界的高度重视和广泛关注，能否妥善解决这一问题关系到三峡工程的成败，关系到三峡库区的长治久安。奉节县委书记王远顺传授了移民经。

奉节县农村移民安置工作的实践证明，走大农业安置之路是一条非常成功的路。我们县走这条路安置销号的3 589名移民都非常满意，生活条件改善，收入有所增加。大堡三社迁建后，去年的人均纯收入从上一年的400多元增加到700多元，人均粮食从250公斤增加到400公斤。

奉节农村移民（动态）有4.5万人，目前，大规模的迁建已经开始。

在工作中，我们实行成片开发与见缝插针相结合，紧紧抓住600米以下可开垦地进行开发。利用名品农业，带动农业开发安置移民，使移民能够尽快富裕起来。奉节脐橙，全国闻名。正式投产后的脐橙，每亩年收入是7 000元左右。如果能给每位移民提供1亩的脐橙园，不仅能安稳移民，而且也使移民依靠脐橙园富裕起来。这种大农业安置，比其他渠道安置农村移民要稳当得多。

改土建园，是奉节在大农业安置中创造出的一种好模式。就是在改土的同时，把改出的土建成高标准的优质果园。同时，与移民新村建设、移民安置销号同步进行，也就是把公路修进果园里，把电、水等配套设施建好，在果园内集中修建移民新居，使移民们守着果园致富。

在大农业安置农村移民中，要注意方式。做到"四边"很重要，就是边改土、边落实移民户、边安置、边销号。落实了新改土的权属后，移民们好在自己的土地上对土地进行熟化，提高改土建园的成功率。对这种方式，移民们也愿意，因为这是骑的"双头马儿"，新开的地也种，要被淹的地在水未淹来之前也继续种着。

总之，我们要为移民提供能够赖以生存的生产资料，使他们在一定的条件下通过自己的劳动走上富裕之路。

《重庆日报》，1997年6月5日

后靠一步天地宽

——奉节县实施大农业安置移民纪实

三峡成库，当滔滔长江水漫上夔门时，千百年来住在江边的奉节农民，有37 846人的家园将被没入江中。

如何才能把这3.7万多人搬得出、安得稳，并让他们富裕起来？"后靠一步天地宽。"县长陈孝来说，"就地后靠，以土为本，大农业安置，实施农业综合开发。"

（一）

安坪乡三沱村的一、九社在江边，两个社共有40户、207.4亩耕地将被淹没。

从1994年开始，这两个社按照"同时规划、同时进行土地开发、同时进行水利道路配套、同时安置销号"的原则，就地后靠，在荒坡上成片开发土地。到去年底，就已成片开发出土地268.9亩，新修公路2.7公里，修能蓄水17 845立方米的塘、池5口，修建田间水泥人行路1 040米，修筑引、排水堰1 150米。使每位移民有了土地1.5亩，比安置前人均多0.4亩，147名移民都已签订了土地安置销号合同。自1993年正式移民开始，到今年7月底，奉节县已开发农村移民土地7 600亩，安置农村移民6 319人。

见缝插针"抠"土地。在开发移民安置土地中，奉节县采取"开、改、调、购、围"的方针，实行见缝插针结合连片开发，因地制宜，宜零则零，宜整则整，积极开垦土地，故造中低产田，并调剂土地，购买原来开垦出来的集体果园，在河岸地带围岸造田，拓宽了"以土为本，大农业安置"的容量。

在开发移民安置土地中，奉节县采取"四边"措施，使安置效益好，移民满意。"四边"即边改土、边安置、边落实移民户、边销号。落实了新改土的权属后，移民们好在自己的土地上进行熟化。同时，移民们对要淹的地在未淹前仍继续种，骑"双头马儿"，加快了移民的致富进程。

（二）

水通、电通、路通、广播通。

奉节县在实施大农业安置中，把生产安置和生活安置结合起来，使移民们后靠一步后，生活条件明显改善，生产致富有保障。

水、电、路、广播这"四通"成为奉节县在成片开发移民安置土地中的基本要求。

草堂镇欧营大型移民新村，可以说是库区就地后靠，大农业安置农村移民的一个形象工程。

欧营移民新村实行的山、水、田、林、路、宅统一规划，统一管理，综合开发，分步实施的建设方案，使被安置的移民人均耕园地达到1.2亩，住宅面积20平方米，家家安上了电灯、广播，户户吃上了自来水。

目前，欧营移民新村已完成土地开发1 000亩，200套共计1.6万平方米的居民房也将在年底前落成，实现"四通"后，首批800余农村移民将搬进新居。

在奉节，成片开发、大农业安置的形象工程不只欧营，大保移民新村、三沱移民新村、万胜乡清水片区等，都已成为带动全县农村移民安置的典范。

（三）

把移民安置土地开发与农业综合开发有机地结合起来，让移民们在赖以生存的土地上富裕起来，是大农业安置的关键。

利用名品农业，带动农业开发，奉节县充分利用奉节脐橙这一全国名品的优势，把改土与建园结合起来，建高标准的脐橙园，为移民栽上了"摇钱树"。

正式投产后的脐橙，每亩年收入是7 000元左右，每位移民只要有1亩稳产高产脐橙园，不仅能够安置稳，而且能够富裕起来。

安坪乡是奉节县就地后靠，大农业安置起步最早的乡。到目前为止，全乡已改土近4 000亩，可供安置移民2 000多人。这个乡在已开垦的土地上建起了4个规模较大的移民果园，并引进北京燕山滴灌技术安装引水管道，为移民果园实现稳产高产提供了保障。

结合移民土地安置开发，调整农业产业结构，推行农业产业化，拓宽移民的安置容量和致富渠道。移民大乡安坪乡已种植了脐橙近5 000亩，占现有耕地面积的近三分之一。目前脐橙的年产量已达400余万公斤，全乡人均脐橙收入已有400多元。

《重庆日报》，1997 年 8 月 3 日

移民工作无小事

——万县市市长魏益章如是说

移民工作无小事！对我们来讲，移民工作的任何事情都是大事，马虎不得，拖延不得。

万县市是移民大市，在库区淹没损失最多，搬迁任务最重，移民数量最大。全市要淹没1座城市、5座县城、108个集镇、955个工厂、25万亩土地，实物淹没占库区总量的三分之二以上，动态移民80万人，占库区移民总数的70%以上，每10名万县人中，就有1人是移民。

特殊的市情使我们必须把移民工作当成市委、市政府的头等大事来抓。因此，我们提出了一句口号：万县市的工作以经济建设为中心，经济工作以移民为中心。

万县市是全国18个连片贫困地区之一，现在还有95万人未脱贫。由于前些年三峡工程不上不下等诸多原因，国家对万县的投入少，40年才投了6.1亿，人均仅73元，因此，经济发展的基础差、底子薄。

三峡工程的上马，给我们万县带来了千载难逢的发展机遇，因此，打好三峡移民牌，既是完成中央和重庆市交给我们的历史任务，也是万县市经济发展的突破口，从这个意义上来说，移民工作当然无小事了。

三峡库区的移民，是一道世界级的难题，它不仅是要在规定的时间内把人移走，把企业迁走，最重要的是要把人安稳，对历史负责，不留下后患。因此，在具体操作上，哪怕是一个很小的细节，也要反复考虑，既不能违背国家的移民政策，又要兼顾国家和移民的利益。

移民工作无小事，必须切实加强领导，保证把移民中的任何一件事都当成大事来办。在领导力量的安排上，我们市县的主要领导都主抓移民，分管领导进入同级常委会，移民部门和移民干部专司其职。

加强移民干部队伍的建设，加强移民资金、项目的管理，是移民工作的具体体现。我们除选派优秀的干部抓移民工作外，还要求移民干部做艰苦奋斗搞搬迁的模范、为移民排忧解难的模范、执行政策的模范、廉洁奉公的模范。同时，建章建制，强化监督，堵住移民资金和项目上的漏洞。

《重庆日报》，1997 年 6 月 5 日

奋力把万县市
建成重庆第二大都市
——访万县市委书记辜文兴

到万县市采访，只见大街小巷都悬挂着"努力建设重庆第二大都市"的横幅，市民们议论的也是这个话题。

晚上10点，在那间不到20平方米的单身宿舍里，我们见到了刚回来的万县市委书记辜文兴。

"李鹏总理关于要把万县市建成重庆第二大都市的指示，鼓舞了840万万县人的士气！"刚落座，辜文兴就提出了这个话题，"这个指示为万县市未来的发展定了位。"

"李鹏总理指示中的第二大都市恐怕不只是字面上的大城市，应该有字面意义之外的含义吧。"记者说。

"重要的就是字面意义之外的深刻含义。"辜文兴说，"近段时间来，万县市的广大干部和群众经过热烈的讨论和广泛的探讨，认识到其包含了以下几种深刻含义：所谓第二大都市，就是要把万县市建设成为除重庆直辖市主城区特大城市之外的第二大都市，它首先确立了万县市在重庆直辖市城市格局中的外围中心地位和万县市在区域经济发展中所起的中心城市地位；作为特定区域中的'大都市'，万县市应成为重庆直辖市实施移民搬迁和库区开发的重要支撑点，它应当是带动和辐射渝东地区乃至三峡库区的一个轴心点和辐射源；从总体战略布局上看，万县市将是重庆大城市带动大农村发展网络体系中的重要一环，并成为特大城市带动特大农村传递辐射作用的重要纽带。第二大都市的内涵一般是指中心城市万县市主城区的建设，但其外延绝不仅仅是市区的建设，它应该包含万县市所辖三区八县在内的经济社会发展。"

"按照你所说的这几层的含义，建设第二大都市的总体目标是什么呢？"问道。

"力争通过十余年的努力，到2010年，把万县市基本建成为渝东地区的工业、交通、金融、商贸、旅游和信息服务中心，形成三峡库区名牌产品带的核心区和新的经济增长点，综合经济实力达到重庆直辖市中上水平。"辜文兴说，"围绕这一目标，我们将始终坚持'发展才是硬道理'，解放思想，抢抓机遇，依托大移民，立足大开放，突出大工业，发展大交通，开发大旅游，培育大流通，致富大农村。"

在谈到如何建设第二大都市时，辜文兴胸有成竹地提出了思路：

"稳定提高农业，打下坚实基础。万县市是一个农业人口占90%以上的农业大市，离开了广大农村的发展和富裕，第二大都市的建设将成为无本之木，无异于沙洲建塔。因此，强化农业稳市的思想观念，努力探索城市带农村的路子，以稳粮增收奔小康统帅整个农村工作，加速实施农业产业化，走高产优质高效农业的路子。"辜文兴说，"这是万县市的市情所决定的。"

"大抓特抓工业，开发丰富的旅游资源，培育新兴的旅游支柱产业，为建设第二大都市提供强大的经济支撑。"辜文兴在谈到这一思路时神情显得有点沉重，"目前，万县市的工业经济在国民经济中所占份额很低，工业基础薄弱，财力十分困窘。要有经济实力作支撑，就要大抓特抓工业，突出工业经济的主导地位，大幅度提高工业经济的规模，逐步形成能够支撑第二大都市的工业体系；我们的旅游资源得天独厚，峡谷风光世界之最，人文景观颇具特色。因此，开发旅游资源，把旅游业发展成一项新兴的支柱产业，形成具有库区特色的旅游经济，大力开发巫山、巫溪、奉节'金三角'旅游黄金热线，把万县市建设成为国家级旅游度假区和全国最具吸引力的旅游热线之一。利用旅游业的开发，培植产业，带动第三产业的大发展。"

"加快交通重点建设、城市建设和培育市场，尽快形成水、陆、空交通枢纽，第二大都市的城市格局和与之相匹配的商贸中心。"辜文兴说，"古老的万州在本世纪初叶就成为对外通商口岸，是山东、陕南、鄂西、湘西、黔东的物资集散地。发挥这一优势，需要建立水、陆、空交通枢纽，因此，目前重点是抓好'两路(铁路、高速公路)一场(机场)和一港'，按照适当超前发展、高起点规划的原则，高质量、高速度地抓好万达铁路、五桥机场、万梁高速公路和30万吨深水港建设。今年，我们将保证万达铁路和万梁高速公路开工，并做好机场和港口建设的前期准备工作；在城市建设上，以加快万县市城区建设为主体，抓好各县城城区、移民迁建城镇和农村小城镇建设，形成大中小结合、布局合理、功能齐备的城镇网络体系；在培育发展商贸中心上，利用万县历史悠久、商贸繁荣的历史条件和区位优势，大力培育市场体系，建设一批专业批发市场、集贸市场和综合交易市场。"

"按照建设重庆第二大都市的思路，奋战三五年，万县市的经济和社会状况定会有一个大的改变!"辜文兴充满信心。

《重庆日报》，1997 年 8 月 22 日

勇破世界级难题

——副市长甘宇平谈百万移民

副市长甘宇平，自1992年7月担任原四川省省长助理开始，就专抓移民，4年多的时间，已80次进库区。

"移民工作有五性。"记者刚坐下，甘副市长就坦言，"艰巨性、复杂性、社会性、系统性、权威性。"

"能否把这几性谈得细一点？"

"艰巨性就是移民的数量大，跨越的时间长。"甘副市长说，"百万移民，世界之最，是一道世界级难题，日本前首相竹下登说，三峡移民相当于搬迁一个小国家。从1992年开始正式移民工作到2009年基本结束，要历经四届政府才能完成。"

"复杂性就是移民工作牵涉到方方面面。"甘副市长说，"政治、经济、行政、法律、环保、文化，甚至民风民俗都要涉及。因此，其复杂性是其他工作难比的。"

"社会性就是牵一发而动全身。"甘副市长接着说，"移民工作无小事，只要一动迁，大到居家住行，小到吃喝拉撒，都要触及。因此，再小的事情也要当成大事来办。"

"系统性就是移民工作是一项庞大的社会系统工程，不仅仅是把人搬走就了事，而是在搬的同时，还要考虑让移民安居乐业，富裕奔小康的问题。"

"权威性是指移民的政策和法规。"甘宇平说，"移民工作的方方面面都必须严格按照移民政策和法规办，这是保证移民稳定的关键。"

"重庆库区移民最关键的是哪一段时间呢？"记者问。

"是大江截流后到2003年第一批机组发电，这是我们要过的第一道也是最关键的一道难关。"甘副市长说。

今年11月的大江截流，重庆库区只涉及巫山、奉节、云阳的部分地区，移民搬迁有22 435人。而从明年开始到2003年达到135米蓄水位，重庆库区要搬迁52.4万人。

"对我们重庆来说，大江截流是移民拉开序幕，从明年开始才真正进入大规模搬迁的高潮。"甘宇平说，"破解世界级难题的关键就在2003年前这几年。"

在谈到如何破解世界级难题时，甘宇平说："重点有四点：一是坚持中央定的开发性移民方针，把移民与经济发展紧密结合起来，在移民中发展，在发展中移民；二是在体制上实行中央统一领导，分省负责，县为基础，落脚点在县；三是移民经费实行切块包干；四是在移民资金到位的前提下，移民进度与工程进度相衔接，移民宜早不宜晚。"

"重庆库区完成百万移民有些什么有利条件？"记者问。

"从目前来看，至少有三个方面的有利条件。"甘副市长说。

第一个有利条件是中央的支持，中央对移民工作定了四条原则：一是国家扶持，项目向库区倾斜；二是政策优惠，在库区实行沿江开放城市、沿海经济技术开放区政策，关税减负，企业技改流动资金扶持等；三是各方支援，国务院的几十个部委和全国22个省市对口支援库区；四是坚持自力更生、艰苦奋斗的原则。

第二个有利条件是重庆直辖后市委、市政府的高度重视，已把移民工作列为重庆今后三大历史任务和面临的四大难题之首，提出了移民工作由市委统一领导，政府全面负责，移民部门综合管理，相关部门各负其责，全社会关心支持。

第三个有利条件是库区各个政府和干部群众的创造性和艰苦奋斗精神。经过8年试点和4年多的移民工作，目前已探索出了农村移民、城镇迁建、工矿搬迁等许多成功的移民搬迁经验，创造出了许多开发性移民的模式，在基础设施建设、库区经济发展等方面为大规模搬迁奠定了基础。

"重庆人有信心，有能力破解好百万移民的世界级难题。"甘宇平在与记者握别时肯定地说，"我们不会辜负中央和3 000万巴渝儿女对我们的期望，一定要完成历史赋予的重任!"

《重庆日报》，1997 年 10 月 9 日

站在围堰看大坝

——三峡坝区行之一

1997年11月8日，我们坐在电视机前，目睹了大江截流壮观的场面，那激动人心的时刻至今还历历在目。

一年后，却真的站在了围堰上，看到了千古长江江底的真面目。

11月16日，长江三峡工程开发总公司组织参加三峡工程大江截流好新闻颁奖会的代表参观大坝工地，当我们来到工地上，就被那宏伟壮观、紧张有序的施工场面所吸引。

大江截流成功后，经过对围堰进行加固和填筑并达到设计高度后，从今年6月25日开始往外抽水，到9月12日，积水基本抽干，从未见过天日的长江底终于露出了真容。站在围堰上往江底看，最底部黑黑的淤泥清晰可见，几台挖掘机正在清理淤泥。

"基坑的开挖工程已经开始。"

三峡坝区内景
↓

↑ 三峡船闸

长江三峡工程开发总公司的高级工程师陈福厚介绍说，"基坑要开挖到下面的新岩石为止，总开挖量有700多万立方米，现在是每天24小时施工，最迟要在明年一季度完成基坑的开挖工程，并开始大坝浇筑。"

从明年一季度开始的大坝浇筑是二期工程最艰巨的工程，到2002年10月，大坝要浇筑到185米高程，混凝土浇筑总量1 800万立方米，年平均浇筑量是400多万立方米，浇筑强度最高的年份要达500万立方米以上，为世界水电建设之最。

坝基左岸的电厂工地，是二期工程的关键部位之一，首批安装的5台发电机组的厂房就在这里。站在左岸坝上，只见5台机组的基坑已开始浇筑混凝土，底板的混凝土浇筑已在今年6月完成。据介绍，在二期工程中要安装的70万千瓦的水轮发电机组是目前世界上最大型的机组，因而，制造和安装的任务非常艰巨。

站在围堰上，放眼基坑，挖掘机的巨铲不停地把淤泥和石块铲进运输车里，载着数十吨泥石的载重车在坑里穿梭……目睹了世界上最大水电大坝的建设场面，真乃不虚此行。

《重庆日报》，1998 年 12 月 4 日

大坝旅游渐趋热

——三峡坝区行之二

与世界上任何一座大型水电工程一样，三峡工程在创造经济效益的同时，也将成为一个旅游胜地。

而三峡工程有一个独特的地方：工程还在建设中，这里的旅游就开始热起来。

三峡工程建设用地15.28平方公里，目前已完成了征地、坝区移民，实现了封闭管理。坝区的建设规划除了大坝和发电工程外，还有一些旅游设施。

左岸的坛子岭，是三峡工程坝区特意保留的制高点。岭上已是绿草铺地，鲜花摇曳，大型钻机钻出来的圆柱形花岗石岩心，横卧在草坪中，作为工程建设的历史见证。倒扣的坛肚子上，是大型的雕刻，展现了建设者的风采，站在倒扣的坛子底上，俯瞰整个三峡工地，宏大的建设场面尽收眼底。

坛子岭上，游览参观者络绎不绝，雕刻前，圆柱形花岗石岩心旁，以大工地为背景的栏杆边，游览者不时按动相机快门，留下值得纪念的场景。

↑ 三峡船工

坐落在坝区里的三峡展览馆，既是一个游览参观的地方，也是一个爱国主义教育的场地。这座有三层楼，6 600平方米的展览馆，设有三峡工程建设综合展览，以及三峡工程环境保护、移民、科技进步、电力生产、书画、摄影等专题展览，还为2000年国际大坝会议在三峡工地召开和建设全国水电展示预留了展厅。

三峡展览馆开展几年来，已接待国内参观者7万余人，国外参观者1.2万余人。基辛格、海部俊树、舒尔茨等美、法、德、俄、日、韩等外宾都参观过三峡工程展览。

西陵长江大桥两边的坝区，街道整洁，绿草茵茵，绿地面积至少占了一半。公路上，看不到垃圾，连垃圾箱都没有设置。漫步在洁净的长江岸边，眺望两边耸入云霄的陡峭山峰，不禁叹道：这里真是个休闲游览的好地方。

在坝区里，三峡工程开发总公司已建好了高档次的接待中心、培训中心，一些酒店也落户坝区，旅游的接待能力已形成。

在坝区的3天时间，我们不时见到旅行社的大巴车拉着游客到坝区参观，与火热的工地形成鲜明对比的是游客的悠闲。

《重庆日报》，1998 年 12 月 6 日

秭归的变迁
——三峡坝区行之三

秭归，因屈原而闻名。三峡工程的建设，使秭归新县城成为三峡坝区第一城，更引起人们的关注。

11月16日下午，三峡工程总公司组织我们参观了这座新县城。新县城紧靠三峡大坝，与附坝相连，西距老县城归州37公里，东距宜昌市40公里。

今年8月10日，秭归县委、县政府及县直各部门迁至新城办公，并于9月28日向外正式宣布新县城基本建成，在三峡库区13个搬迁的县市中率先完成整体迁移任务。

这是秭归县城的第七次迁移了。据史志记载，在公元1236—1562年，曾六度迁城。

秭归新县城于1992年12月动工兴建，是一个以食品加工和第三产业为主的旅游城镇。远期规划至2010年，占地461公顷，人口5万人；近期规划至2000年，占地323公顷，人口3.5万人。

新县城的基础设施总投资4.2亿元，开工项目242个，完成土石方2 143万立方米，浆砌石60万立方米；城区供电所建的11万伏变电站和供电线路运转正常，一期1.5万吨水厂已建成供水，二期3万吨水厂正在建设；1.1万门程控电话已经开通；新城的调频广播、无线电视、有线电视同时开通，城区道路和对外交通道路全部硬化，排水体系全部形成并发挥作用；已开工建房401幢，123万平方米，完工225幢，92万平方米。

整个秭归新县城都建在山坡上，宏伟气派的行政大楼位于县城的制高点，站在大楼前，可以俯瞰县城大部分地区。

秭归县在搬迁中，为了最大限度地节约建设用地，对行政机关办公和部分社会事业机构进行了适当调整。县委、县政府及所属的56个单位和部门统一建的这座行政大楼，将用于集中办公。教育机构中原6所中等专业技术学校合并为"职教培训中心"，集中迁建。

行政大楼既是政治中心，也成为县城的社会活动中心，大楼前，是新县城的屈原广场；广场上，喷泉、花草交相辉映，三三两两的县城居民在这里休闲游玩，好不自在。

三峡工程建设把一座旧归州迁建成了一座现代化的城市，秭归县城的第七次迁移，将会是一次历史性、永久性的迁移。

《重庆日报》，1998 年 12 月 15 日

坝区看移民

——三峡坝区行之四

三峡工程成败的关键在移民，因而，三峡工程总公司没有忘记安排我们参观移民安置小区。

车从秭归新县城出发向西，是一条硬化了的沿江公路，名叫滨湖路，实际上是一条移民公路。车窗外，不时见到挖地基、修新房的场面，公路的两边，一楼一底或两楼一底的移民房已矗立起来。

出县城约10公里，车停了下来，公路边是一个移民安置小区，统一规格的移民小楼的墙上，几行大字引人注目：靠路安居城镇化，靠山乐业基地化，靠港致富小康化，靠城发展现代化。

这个名叫滨湖路杏沱移民安置区的地方是秭归县移民的示范典型，江泽民、李鹏等中央领导都来参观过，国内外新闻媒体的记者也常光顾这里。

安置小区安置的是茅坪镇杏沱村的移民，安置移民600人，是典型的"江边一条路，路边一排房，房前搞经商，房后种果粮"的安置模式。

安置小区进行坡改梯22.1公顷，其中种果14.5公顷，种菜0.65公顷，封山管护林有22公顷，退耕还林5.3公顷。安置区内新修公路2条，共3 000米；修排水沟4条，共6 000米；人行道15条，共6 000米；建沼气池300口。利用土地，融生态农业、观光农业为一体，每666平方米的耕地年收入在5 000元左右。

路边的移民房是统一规划设计的，统一修建的别墅式小楼房，猪圈与住房分开，建在了房后靠山的地方。建房资金除国家按政策补偿外，不足部分由移民们自筹。

小区里，一些移民已利用底楼临路的门面办起了小商店、小医药点等，房后的山坡是已改出来的层层梯土，土里已栽种上了果树。

在移民安置区里能见到的多是老年人和妇女小孩，房主人说，年轻人多半都出去打工、经商了。

看完移民安置小区，车返坝上。一路上，看着车窗外移民们正在抓紧修搬迁房的身影，我们不禁为他们为了三峡工程的建设，舍小家、顾大家的精神所感动。毫无疑问，如果没有移民们的无私奉献，三峡工程的建设是不可能如此顺顺当当的。

《重庆日报》，1998 年 12 月 25 日

第三部分

三峡移民

神女当惊世界殊

——万县市移民带动战略备忘录

"巍巍昆仑，滚滚长江，不尽东流。望巴山蜀水，沃野千里。人杰地灵，满天星斗。夔门天险，巫峡奇峰。山川壮丽冠九州。"船至万县港，正逢MTV播放李鹏总理所作的《沁园春·大江曲》，那雄浑、高亢的旋律，荡气回肠，撼人心魄。

万县，古称万州，万县之名源于北周设置的万川郡。万川郡地处盆地东部边缘，因长江毕汇上游千山万川之水，经三峡浩荡东去而得名，万县一向为"川东门户""三峡锁钥"，"西控巴渝收万壑，东连荆楚压群山"，无论在政治、军事，还是在交通、经济上都具有举足轻重的地位。

当历史演进到20世纪90年代，随着举世瞩目的三峡工程一声炮响，扼"夔门天险"、拥"巫山奇峰"的巴国古州，猛地"水涨船高"，成为一方商贾云集、万家抢滩的投资热土。万县走俏了！

但局外人只知锣是一面响，不知鼓是两面敲。三峡工程包括主体工程和移民工程。如果按三峡大坝水位175米测算，移民总量将突破百万人，而居于库区腹心的万县市将承担近80万的移民任务。

80万！一个令世界大吃一惊的数字！印度的萨塔萨洛瓦水库移民10万，非洲加纳的沃尔塔枢纽移民8.4万，已属举世罕见。据悉，在联合国成员国和世界银行会员国中，不足100万人口的国家有55个。怪不得有的西方记者投以怀疑的目光：中国能行吗？万县撑得住吗？

面对三峡大移民这道"世界级难题"，万县人是怎样"求解"的呢？万县的决策者们又是怎样"运算"的呢？

"无疑的，三峡工程上马后，万县市是库区淹没最多、损失最大、移民搬迁任务最重的。但'百万移民'既是挑战，又是机遇。"万县市委书记陈光国对记者说，"我们关键是要抓住机遇，加快发展，艰苦创业，实干兴万！"

市长魏益章说得更直截了当："三峡工程看移民，三峡移民看万县。经济建设是我市当前工作的中心，而移民是中心的中心，我们的基本思路是：以移民为先，从移民破题，通过移民促开发开放，进而带动各项事业协调发展。"

移民补偿为经济发展注入启动力，经济发展为移民拓宽安置容量。在移民中发展，在发展中移民，鱼和熊掌可以兼得

三峡工程的成败在移民！

移，怎么移？

一旦"高峡出平湖"，将有3区6县遭淹，1座城市、5座县城、72个集镇需要挪窝，各项主要实物淹没综合指标均占库区60%以上，占四川库区75%以上——这是万县的实情。

传统的赔偿性移民政策显然难以奏效。"重要的是要树立开发性移民新观念，坚持在移民中发展，在发展中移民。"万县市委书记陈光国

坦言，"利用移民资金做启动，通过开发库区资源，形成支柱产业，进而扩大移民安置容量。"

万县的资源优势是明摆着的。农业资源：桐油、生漆、山羊皮全国数一数二，开县锦橙、奉节脐橙、梁平柚子闻名遐迩。矿产资源：岩盐、页岩、石膏、石灰石，铁矿、镁矿、锰矿、硫铁矿储量丰富自不必说，单天然气就够外地人眼红。据专家称，中国的天然气40%在四川，四川的天然气40%在万县。旅游资源更是得天独厚：大三峡、小三峡、小小三峡，石宝寨、张飞庙、白帝城……资源如此富集，万县市却难以充分利用。"非不为也，是不能也"。客观的因素是：三峡工程"不上不下"，体制上的"不三不四"，造成开发建设"不死不活"。统计表明：国家从1949年至1989年，对万县市的预算内投资仅6.1亿元，人均仅有70多元！

三峡移民带来了空前良机：国家建设资金向库区流动，各种生产要素向库区聚集。万县市抓住国家确定向移民安置静态投资200个亿的历史机遇，全面实施"开发型移民带动"战略，寓发展于移民之中。同时，大胆推进"多元重点突破"战略：通过在公路干线硬化、铁路、航空、港口建设上的突破，推进大交通、大流通格局的形成；通过发挥自然资源优势和重点建设项目上的突破，加快盐气化工和水泥等建筑建材支柱产业的形成，迅速增加经济总量；通过加快乡镇企业、三资企业、民营科技企业，尤其是个体私营企业的突破，培育壮大新的经济生长点。

事实证明，万县市的套路是卓有成效的。回顾"八五"历程，万县市的领导和群众喜上眉梢：全市生产总值年均增长12%，高于全国和全省平均水平，比"七五"期间高7.3个百分点，尤其是1995年实现国内生产总值133亿元，比上年增长16%，增幅名列全省23个地市州的第二位；财政收入大幅飙升，1995年达到8.39亿元，相当于1990年的2.4

倍，年均增长19.1%；5年累计完成社会投资106亿元，相当于"七五"期间的3.3倍。

一张"三峡牌"，赢了个大满贯；一着"移民棋"，活了一盘局!

让对口支援的政治义务与经济回报有机结合，用市场法则、效益原则调节横向协作；你发财我发展，你发大财我大发展

万县人民顾全大局、牺牲小我的精神，赢得了世人的敬佩，也得到了党中央、国务院的称赞与关心。

1992年，国务院发出《关于加强三峡库区移民工作对口支援的通知》，要求中央、国务院各部委及省市单位加大对口支援三峡移民的力度，在工作上帮助，项目上倾斜，政策上优惠，信息上沟通，人才上支持，资金上扶持。

随即，一批批物资、设备、资金从长城内外、大江南北送往万县市的机关、厂矿、街道、农村、学校……

面对来自天南海北的深情厚谊，万县人先是激动，随之沉思，继而担心：这种"施舍"式的援助能解一时之困，可不能解一生之忧啊，关键要有项目合作，有长期联系的纽带。

决策者们也已意识到了这一点：强扭的瓜不甜，要解决对口支援"谈恋爱的多结婚的少"的状况，就得培养共同的"感情基础"。说白了，就是要考虑市场法则，给对方相应的经济收益，你发财我发展，你发大财我大发展。

副市长周金华对此是有一番感受的："受援方要有开发开放受援、强化联合合作意识，以体现互惠互利、优势互补、共同发展的原则；支援方则应将政治义务和经济效益有机结合，既讲无偿援助，又讲有偿回

报，只有这样，对口支援才能形成合力，取得实效。"

新一轮的协作式援助浪潮很快席卷万县大地。

抢先一步闯入三峡库区的大型企业是山东华盛集团总公司。这个年产值近5亿元的"山东大汉"赢得了忠县建筑公司的"爱慕"。两相情愿，合资4 000万元，于1994年10月组建了鲁川陶瓷公司，成为山东援川的样板项目。

上海"白猫"也笑眯眯地走来。这家生产量、销售量、出口量均居全国同行业榜首的洗涤用品公司之所以从上海滩到万县市抢滩，就是因为看中了三峡库区的资源优势和广阔市场。当她以雄厚的资金、技术力量同万县"五一"日化公司的厂房、设备"嫁接"后，"洗衣不用愁，白猫帮你手"的广告词很快就在当地家喻户晓。

《"常万"结了"名牌缘"》。我们在万县市采访时，当地媒体正在宣介常州柴油机厂与三峡柴油机厂成功合作的经验。合资3 500万元组建的常万公司，今年1月底开工，7月份完成土建，创下了当年设计、当年竣工、当年投产、当年见效的"常万速度"。

据介绍，上述三个联合企业投入正常运行后，每年将为万县市增创利税7 000万元。更重要的是，"鲁川样板""白猫效应""常万速度"作为对口支援三峡库区的形象工程，能更有效地吸引国内外商家、厂家来抢滩、投资。

统计资料显示：到目前为止，万县市横向对口支援合作项目共实施100余项，支援方累计协议投入资金4亿多元，已到位2亿元；技术合作项目34个；另有9个省市建立了对口支援基金……

万县的抉择是明智的。由过去的政府行为逐步向企业行为转变，由过去要钱要物向寻求生产性、开发性项目转变，由过去单一要求上新项目向搞企业嫁接、改造、引进名特优新产品上转变——这正是万县人"在移民中发展，用移民促开发开放"思路的体现和升华。

移民搬迁给企业改制、改组、改造带来了转机，通过脱胎换骨、输氧造血，骨干企业愈加身强体壮，病弱企业得以起死回生

三峡水库蓄水，万县市将有955家企业被淹没，涉及账面固定资产原值18亿元。对一个解放几十年来国家财政投资仅几亿元、直到80年代中期尚无一个大中型企业的穷市来说，这不啻是沉重的压力。

按照规定，移民补偿资金仅可供恢复原规模、原标准、原功能，即按淹没的不动产的全新安置价格补偿。如何用活这批有限的资金，把好钢用在刀刃上，无疑是颇费思量的。

万县人没有搞一一对应的还原式搬迁，而是利用移民搬迁的契机，调整产业结构，优化经济结构，按市场经济要求以及现代企业制度"改制、改组、改造"，形成一批起点高、有规模、上档次的大中型企业和有带动力的骨干企业。

由于多年"不迁不建"，万县市900多家被淹没企业中经营状况较好的仅占20%左右，半数以上都是亏损，一部分已濒临倒闭破产。移民搬迁使企业通过脱胎换骨、输氧造血进而起死回生成为可能。

奉节县经过深入反复的调查研究，决定将全县115户工矿企业打散、组装为53户新企业，实施"组合迁建"。

第一种模式是搞联合，主要以乡镇为单位，对同行业的乡镇企业实行联合迁建。如奉节县特种耐火材料厂，就是由原县耐火材料厂与骨粉厂、白马预制厂、幸福预制厂组合而成的，该企业投产后年产值可达900万元，创利税200多万元。

第二种模式是搞股份合作制，按行业或产品组建股份合作制企业，实行组合迁建。奉节塑料包装集团公司就是由县二轻塑料厂、布鞋厂、皮件厂"三合一"的。此种形式不仅克服了迁建配套资金不足的问题，又可避免重复建设，一箭双雕。

第三种模式就是兼并模式，由实力雄厚、效益良好的企业对亏损企业实行兼并组合，并承担其全部债务。奉节罐头厂、大发公司、乳制品厂先后被县乡企燃化公司、建筑公司、水泥厂兼并。

推出上述三种"组合迁建"模式后，奉节县的企业搬迁的步伐明显加快。目前，全县已有14家淹没企业通过重组进行了成功搬迁。

"奉节"模式只是万县市企业搬迁工作的一个缩影。万县市常务副市长莫官元告诉记者，在企业搬迁的规划、实施中，全市955家企业将通过兼并、联合归并为371户。除了借移民迁建之机，适时调整产业结构、产品结构和企业组织结构外，万县市将利用移民资金、争取技改优惠政策，新上一批科技含量高、规模效益好的大型开发项目。不久的将来，一座座投资数千万、上亿元的大水泥厂、大纸浆厂、大纯碱厂、大化工厂，将改变万州古城的风景线。

移民搬迁企业改制、改组、改造，不仅解决了企业原有职工的就业安置，而且拓宽了农村移民的转移空间。

四川索特集团公司率先擎起"企业成建制安置移民"的大旗。自1994年相继将巫山县两家濒临倒闭的企业兼并进而组建成包装工业公司，而后又利用集团力量，使巫峡镇江东村数十名"江东父老"走出了红土地。董事长张铭泰的宏伟目标是：由集团出面，成建制地包下巫山县3万多农村移民。

据万县市移民办透露：近年来全市工矿企业共安置农村移民8 000多人，其中已销号3 000余人。

城镇迁建不能依旧样画葫芦，去搞"仿古建筑"，而要站在与时代同步的高度进行再创作，在一张白纸上绘出最新最美的图画

伴随三峡工程的推进，万县市将有一大批老城、县城、集镇从版图上被抹掉，但与此同时，也会有一批新城镇、新地名被标上新版地图。

城镇迁建可不像农村移民、企业搬迁那么单纯，它涉及生产布局、资源配置、就业安置、二次移民诸方面，是一项要求规划科学、分区合理、设施配套、功能完善的系统工程。

滔滔江水会将沿江城镇人民千百年来创造、积累的文明成果吞没，但另一方面又给当地人以新的创业机会：先破后立，除旧布新，重新安排大好河山。

据万县市建委的同志介绍，由于地理的制约和历史的局限，万县市沿江城镇普遍"先天营养不足，后天发育欠佳"，"街道窄得像腰带，坐车没得走路快"是常事。所以，城镇迁建没有依旧样画葫芦，去搞"仿古建筑"，而是立足时代，着眼未来，高起点，再创作。一张白纸好绘最新最美的图画，万县人深知其中的道理。

万县市抓住迁建机遇，以超前的意识，改革的气魄，重新描绘未来大城市的轮廓。从区域、经济、社会的整体出发，把万县市城市性质确定为长江三峡工程库区的开发开放经济区，长江三峡风景名胜区的旅游服务基地，以盐气化工为主导产业的沿江开放城市。

为进一步完善总体规划，构筑现代城市的总体框架，市里特地委托全国最好的国家规划设计院对城市重新规划，初步确定城市用地40平方公里，以长江为中轴线，依托旧城区，开拓新城区，成组团式布局。

万县人办事雷厉风行。当我们来到五桥区百安坝新城时，但见"六

横六纵"的道路网络正全面施工，号称"川东第一街"的50米宽的城市大道正迅速延伸；4 480门程控电话已经开通，万吨水上水厂陆上供水工程基本建成，江南变电站与葛洲坝大电网已实现联网供电。

在其他一些迁建县城、集镇，也不难看到万县人的"得意之作"。云阳老县城房破街窄，且处滑坡地带。迁建于距上游32公里处的双江镇后，地势开阔，布局从容，一座设计新颖、交通便利、环境优雅的滨江城市已具雏形。

刘伯承元帅故里开县赵家镇，是库区内需全迁的小城镇。近年来，该镇借助库区移民的优惠政策，投入移民资金375万元，用于基础设施建设，改善投资环境，先后建起4座水电站，开通386门程控电话。三峡工程建成后，这里将成为一个水陆联运港口，21世纪初将形成一座新型的中等城镇……

水同城镇的关系是如此密切。水，可能使一些城镇文明悄然消失，但也能使一些城镇文明大放异彩。万县的发展轨迹选择了后者。在远古，巫山人在长江边创造了灿烂的大溪文化；在近代，万县曾以开埠港城闻名天下，在蜀中与成渝鼎足而三。昔日的辉煌已逝，未来的辉煌可待。"万县是个好地方，万县大有希望！"江总书记的激励言犹在耳。"每次来万县都有新变化，希望万县一年一个样，十年大变样！"李鹏总理的要求鼓舞人心。

站在"亚洲第一跨"的万县长江大桥桥头，远望群山峥嵘，近看大江浩荡，行云急走，百舸争流，这一切似乎预示着新一轮发展大潮的到来。触景生情，不禁想起共和国缔造者毛泽东那豪迈的诗章："更立西江石壁，截断巫山云雨，高峡出平湖。神女应无恙，当惊世界殊！"

《重庆日报》，1996 年 10 月 2 日

百万大移民

　　"截断大江，高峡平湖，驯服虬龙。"若时间推移到2009年，当举世瞩目的三峡工程建成时，人们的欢乐是可想而知的。然而，在此之前重庆的107万移民必须搬迁、安置。

　　三峡工程成败的关键在移民！

　　重庆直辖的一项重要任务是移民！

　　三峡工程重庆库区淹没涉及巫山、巫溪、奉节、云阳、开县、龙宝区、天城区、五桥区、忠县、丰都、枳城区、李渡区、武隆、石柱、长寿、渝北区、巴南区、江津市等18个区市县及重庆市区的部分河滩地。静态受淹人口71.49万人，占整个三峡库区受淹人口的85.18%，到2009年工程建成时，动态安置移民将达107万人。淹没耕地22.97万亩，占全库区淹没耕地的89.27%；淹没园地7.44万亩、河滩地5.74万亩；淹没工厂1 392个，以及大量的公路、水电站、码头、输电、通信等专业设施及部分文物古迹。

　　重庆百万移民，在三峡工程的建设中起着举足轻重的作用。

　　离开祖辈耕耘出来的土地，搬出世代居住的房屋，农民生产生活不可能不难。在重庆库区的107万移民中，农村移民有40余万，从人数上看不占多数，但由于其特殊性，农村移民无疑是移民工作的难中之难。

刘伯承元帅的家乡开县，远离长江70余公里，如果不是亲眼到开县看一看，还真不敢相信这个一点不挨长江的县会是三峡库区淹没的重点县。据长江水利委员会1992年对开县的调查统计，全县淹没面积58平方公里，其中受淹陆地45.17平方公里；淹没人口11.96万人；淹没各类房屋454万平方米。淹没的土地、人口、房屋分别占整个三峡库区的9.9%、14.13%和13.08%。开县境内有7个大平坝，有6个将被淹。记者在厚坪坝见到，6 000多亩的一个刘坝子，江水进来时将是一片汪洋。

在整个受淹的实物指标中，万县市的农村移民占了重庆库区农村移民的87.89%，房屋占了83.64%，耕园地占了76.94%。11个区县有9个承担了移民任务。在万县市采访，常听到市长和区县长们称自己是"移民市长""移民县长"。

千年古镇没江中。上百集镇要动迁。上千家工厂要新生。淹掉的是破屋旧厂，重建的是新街高楼。

神女峰下有一个江边小镇培石镇，是渝东第一镇。3月中旬，记者来到这里，只见江边的古老旧房里已开始人去房空。11月大江截流后，这里将成为重庆库区被淹没的第一个集镇。

从江边往里走2公里左右，一座颇具现代化气息的新培石镇在山脚下出现：宽敞的街道，瓷砖贴墙的楼房，卫星接收的闭路电视，全国直拨的程控电话……使千百年来目睹着培石古镇沧桑的神女也为之欢颜。

万县市的龙宝、天城、五桥3个区迁建后，在长江两岸形成像武汉三镇的格局，一桥飞架南北，连接3座新城，更有利于经济的发展。

按照175米水位线，重庆库区的巫山、奉节、云阳、开县、丰都5座县城将被全淹或基本全淹。万县、忠县、长寿将部分被淹。而全淹或部分淹没的集镇有113个。60多万城镇人口(动态)，97座水电站，842公里的公路，1 341公里的高压输电线，2 467公里的通信线，6 088公里的广播线将搬迁。

"90米水位线，135米水位线，175米水位线。"记者从长寿到涪陵、忠县、万县直至巫山，沿江而下的县城、集镇，都能看到在建筑物、岩壁上标出的这几道警戒线。

要离开祖辈居住、创业的地方，并没有给移民们带来太多的苦恼。因为他们已经看到，那要住进去的地方已不是窄巷破屋，而是新街高楼，那重建的工厂，已不再是手工作坊，而是现代化的工厂。

"舍小家，为大家。"为了三峡工程。移民们体现出了中华民族的传统美德——奉献。

"多改一亩地，少受后人气。"在云阳县高阳镇的小江边，记者被这条标语吸引，向几位移民问道："水淹上来了，你们愿意搬迁吗？"

"水来了，不搬又咋办？"一位姓谭的移民说，"为了国家建设嘛，牺牲点个人利益也没啥!"

在库区，到处都能听到这样朴实的语言，虽说不上是豪言壮语，但却体现出了移民们的高尚风格——奉献。

奉节县万胜乡清水村一社社长李平安，主动为国分忧，自己到朱衣镇一位亲戚家联系，在那里开垦出了6亩果园，修了一幢房子，全家6口人迁移到了亲戚处。县移民局的同志说，在李平安的带动下，全县有上百的移民主动到亲戚朋友处联系，主动提早移迁走，为国家分了忧。

在库区采访，一个又一个"舍小家，为大家"的动人故事令记者感动不已。

云阳县普安乡姚坪村会计汪学才，主动积极出任村移民工程指挥长。在迁建工程中，有107座祖宗的坟要搬迁和深埋。汪学才身先士卒，先迁自家姐姐和岳母的坟。动土那天，两个外侄女跪在汪学才面前放声痛哭，苦苦哀求。舅子睡在岳母的坟上，又哭又闹……迁坟受阻。

"你们是你妈心头落下的肉，可我也是爹生娘养的，要多为国家着想呀！"汪学才泪流满面，动情地劝住外侄女和妻兄，迁走了两座坟。

老汪带了头，107座坟很快就迁走和深埋。在这块曾埋下祖宗亡灵的土地上，开垦出了新的赖以生存的耕地，建起了移民新村。汪学才，这位"湖广填四川"大移民的第10代传人，也因此而走进了中央电视台《东方之子》栏目中。

在库区，像这样动人的故事数以百计，在这些故事里，人们看到了库区移民们那博大的胸怀，那无私奉献的精神，那重建家园的创业气魄！

"舍小家，为大家，建新居，奔小康！"在万县市龙宝区白岩办事处红光村，移民们用这幅大标语展现了他们为了三峡工程建设无私奉献的胸怀。

有这样可亲可敬的移民，重庆百万大移民定能谱写出可歌可泣的壮丽篇章！

《重庆日报》，1997年6月15日

展宏图，恰逢新时代

    百万移民虽然是一项艰巨的历史重任，库区人民要做出牺牲和奉献，但是，三峡工程给库区经济和社会发展带来的是千载难逢的发展良机。

    在库区采访，不管是党政官员，还是实业家和移民百姓，与记者谈论最多的就是两个字：机遇！

    敢立万丈潮头，不负时代良机，奋力大展宏图，发展库区经济。

    这就是库区人对移民的认识，从移民中所迸发出的机遇意识。

    历史的重任，时代的挑战，移民工程给昔日封闭的地区带来开放的浪潮，让世界认识了库区。

    重庆库区是一个资源富集的地区，但长期以来，由于诸多原因，这里成为国家投入滞后、观念封闭陈旧的地区。

    三峡工程上马，世界级难题的百万移民，使库区一下子成为全国乃至全世界关注的地区。

    在谈到机遇问题时，涪陵市市长聂卫国认为："移民工作是经济社会调结构、上台阶、求发展的不可多得的历史性机遇。"

    为了加快库区的经济发展，中央先后制定了沿江经济发展战略，把库区的涪陵、万县等城市列为开放城市，享受特区的开放政策，组织全国对口支援三峡移民工作，使库区与全国甚至全世界缩短了距离，成为大开放的前沿阵地。

肩挑历史性的移民重任，面对时代的挑战，库区人民掀起了大开放的浪潮。涪陵市确定了"以开放统揽全局，以开放促改革，以开放促移民，以开放促发展"的大开放战略。

在万县市，以移民工程为契机，出现了全方位开放的格局。天城区主动出击，引进了数十个外来投资项目，协议投资好几个亿，已到位完成1.8亿元。

长寿县在扩大开放中提出了"打好三峡牌，建设新长寿"的目标，抓住移民工程契机，扩大开放，招商引资，仅去年，就与市内外达成合资合作等项目协议59个，协议总金额1.7亿多元，到位资金1亿元左右。

大开放给库区经济带来了大发展。涪陵卷烟厂本是一个年亏损1200万元的企业，在开放中引进云南玉溪卷烟厂技术，不但扭亏，而且已成为涪陵市的利税大户和财政支柱。1995年，该厂实现利税3.11亿元。

小摊摊走向集团化，小作坊迈向高精尖，在移民迁建中，库区的企业实现了"脱胎换骨"的转变。

移民迁建，给库区的企业带来了大规模、上档次、上效益的机遇。

重庆库区有1 392家企业需要搬迁，在搬迁中，不是"一对一"地重建，而是利用搬迁的机遇，调整产业结构，实行组合式搬迁，培育出支柱产业。万县市在搬迁过程中，把需要搬迁的955个企业通过优化组合，合并为371个企业。涪陵市按照现代企业和"两个根本性转变"的要求，进行组织结构的调整，使企业上规模、上水平。涪陵市榨菜集团公司是21个小榨菜厂的松散联合体，被淹没的固定资产原值3744万元，在搬迁中，拟将21个厂合并建成9个厂，实行专业化生产与协作，企业减少12家，但生产能力将增加1倍，利税增加2.8倍。

把搬迁与技术改造结合起来，使企业的技术设备、科技含量显著改观。万县市淹没企业五一日化公司，在搬迁中通过嫁接引进名牌，与上海白猫集团联合投资1000万美元，组建白猫有限公司，设计生产规模为年产8万吨，产值4亿元，利税7500万元，是原企业效益的12倍。涪陵市新建水泥厂是一家全淹没企业，迁建中通过淘汰旧设备，引进德国、日本技术，使生产规模从几万吨扩大到60万吨，圆了30年的梦。

企业迁建，推动了库区工业经济的发展。涪陵市的工业经济效益12项指标综合考评，年度创利税由1990年的1.39亿元提高到1995年的5.5亿元，年递增31.7%。

在开发中移民，在移民中开发。移民工程给库区农业开发带来了资金、项目和技术。

穷变富，田变多，路变通，房变好。开发性移民使库区农村经济得到长足发展，脱贫致富奔小康步伐加快。

1990年，库区农民人均纯收入不足全国农民人均纯收入的一半。近年来的开发性移民，库区利用一定的开发资金，实行土地综合开发，加快二、三产业发展，增加了农民收入。1996年，万县市有35万人脱贫，人均占有粮食360公斤，人均纯收入超千元。

开发性移民，同时给库区农村争取了更多农业综合开发的机会。

开县在农业开发中抓住机遇，争取到了一些国家和原省里的重点农业综合开发项目，全县已投入农业开发资金1亿多元，建成了7大产业基地，为农民稳定增收奠定了基础。

奉节县安坪乡是一个淹没大乡，移民安置坚持以大农业为主，奋力开发土地，改土建园。目前，全乡已种植脐橙近5000亩，年产果400余万公斤，仅此一项，人均收入就有400多元。

"今年全社人均可以增收1 000元。"记者在长寿县朱家镇石盘村九社采访时，社长感慨万千。移民补偿资金帮他们修通了公路后，社里开始建果园，办渔场、石场、沙场，致富路子一下子就拓宽了许多。

住的是楼房，行的是公路，收入靠果园。记者在涪陵枳城区、奉节县、开县、云阳、巫山等地，看见那一幢幢移民楼、一片片大果园、一条条移民路的大农业开发安置移民新村，深深地感受到农村通过开发性移民所带来的大变化。

"天堑变通途"，窄巷变大道。移民工程给库区的基础设施建设带来了历史性的机遇和变化。

作为移民工程的两项重要基础设施建设项目——丰都和涪陵长江大桥已建成通车。万县长江大桥也将通车。

短短几年时间，重庆库区的江面上已"天堑变通途"。

175 m水位淹没线标识
↓

要说移民工程给基础设施建设带来的机遇，万县市的感受更深。

1949年以来，国家对万县地区的投入是6.1亿元，人均仅73元。而开展移民工程后的1995年，万县市全社会固定资产投资就达到了37亿元。万县人怎不为此而心花怒放呢？随着三峡工程的进展，库区经济的开发，达万铁路、渝怀铁路、渝万高速公路和国道318、319线的改造，库区深水港的建设……李白那"蜀道难，难于上青天"的嗟叹将会使后人感到怀疑了。

"石板路，穿斗房，街道只有丈把长。"在库区，这样的顺口溜随处可以听到，而且也是对那些即将淹没于江水中的集镇、县城的真实写照。

然而，记者在万县市五桥新区百安坝看到，一条50米宽的百安大道已经拓展出来，据介绍，这条大道是目前库区最宽的一条大道。

云阳人形容老县城为"街无两丈宽，路无三尺平，房无十层高"。但几年后，出现在人们面前的新县城将是一座"平坦大街十里长，高楼大厦入云天，滨江公路花满园"的现代化滨江城市，一个库区的新景观。

在重庆库区，将有113个集镇淹没搬迁，这113个集镇也将在搬迁中实现彻底的改观。刘帅的家乡赵家镇，旧场镇房屋低矮、街道狭窄。而在就地后靠的新镇，记者见到的却是24米宽的水泥大道，管网设施全走地下的现代基础设施，已经矗立起来的房屋透露着现代化高楼的气息。

移民工程给库区赐予了千载难逢的发展机遇，库区人民正抓住这一机遇，加快发展自己，创造更美好的明天。

《重庆日报》，1997年6月19日

移民牵动亿人心

百万移民，世界关注的难题，更加牵动着全国人民的心。

去年10月20日，李鹏总理在三峡移民工作会议上的讲话中说："建设新库区主要依靠库区人民发扬自力更生、艰苦创业的精神，同时也离不开全国人民的支援。全国20多个省市对库区进行对口支援，是一种行之有效的支援形式，也是我国社会制度优越性又一生动体现。"

三峡人民为工程做贡献，全国人民为移民做奉献。在对口支援三峡移民中，高唱着一首首奉献之歌。

去年11月9日，距忠县县城10公里、处于长江中心地带的皇华岛，由沈阳市电业局捐款20万元修建的皇华村通电工程落成，皇华村人为感谢沈阳人民而树立的一块功德碑也揭幕，上书"亿万斯年，天造地设，皇华岛成"。

皇华岛是三峡成库后库区内的一座孤岛，现有的6.5平方公里面积，将有五分之二被淹。几十年来，皇华岛人盼电如盼宝。1995年，挂职到忠县任副县长的沈阳市三峡办副主任郭彬到岛上考察后，回沈阳做了汇报。沈阳市常务副市长张瑞昌也亲自率员前往考察，当场拍板由沈阳市电业局帮助皇华岛村的移民完成这一夙愿。

在国务院号召全国对口支援库区后，全国有22个省、市和中央有关部委对重庆库区进行了对口支援。据不完全统计，对口支援单位已与我市签订了支援协议项目1 084个，其中已实施498个。协议项目总投资45.85亿元，已到位资金16.6亿元。库区接待了国内团组1 300多个、2.5万多人次，接待外国和地区团组42个、360人次。各地为库区培训各类人才2 000人，赠送汽车和柴油机50台及其他一些物资。几年来，对口支援工作已为库区创利税6亿多元，安置移民5 000多人。

中华民族拥有三峡，在支援三峡移民中，一双双友谊之手伸向了三峡。

广东、浙江、上海、山东、辽宁、福建、江苏等省市领导亲自率团到重庆库区考察，确定支援项目，帮助培养人才。

全国好支书王廷江来了，把上千万的资金投在忠县，办起了陶瓷有限公司，安置移民近千人。

深圳市石化公司的职工们喊出了"奉献在三峡"的口号，3 000余职工集资180万元，援助巫山县建设液化气储备库。

吉林省派出专家到巫溪县考察后，帮助巫溪移民种植西洋参，饲养梅花鹿、野山鸡，培植长白山落叶松。

在万县市五桥区，一幢投资1 200万元的邮电大楼正在紧张建设之中，这是上海市邮电局无偿援助的项目。在这之前，他们已无偿援助了700多万元的设备，帮助五桥区的所有乡镇开通了程控电话。

涪陵卷烟厂的同志谈起云南玉溪卷烟厂的支援之情，就赞不绝口。去年，涪陵卷烟厂实现利税4亿余元，占涪陵全市当年财政收入的20%以上。

移民先移校，支援重支教。一座座移民希望学校的矗立，显示出了库区经济和社会事业发展的希望。

记者在库区采访时，每到一处几乎都能见到对口支援中援建的希望学校。

"移民先移校。"这在移民迁建工程中已成为库区党政干部和群众的共识。

"支援重支教。"这在全国对口支援中体现得特别充分。

万县市五桥区区长罗化南向记者讲到这样一件事：几年前，他带着区里相关部门的同志到浙江宁波市联系对口支援事宜，在没有离开宁波时，该市的团市委就抱了6万元捐款给他们，要求五桥建一所移民希望小学。

在入渝第一镇——巫山县培石镇搬迁的第一个单位，建得最好的是"广东珠海市培石希望学校"，这是由珠海市支援90万元，加上移民补偿资金建成的移民形象工程。

去年9月，国家教委在万县市召开全国教育对口支援三峡库区工作会议后，在全国教育系统掀起了对口支教的热潮。到12月底，万县市教育系统就与各支援方商定了支援项目60余个，援教资金3070万元。

广东省在支援库区教育中表现出了极大的热情。省里要求15个市地州，对口帮助巫山县的15个淹没乡镇各迁建一所希望学校。去年下半年，广东省教育厅考察团到巫山签订了帮助巫山建希望小学、教育电视台、电教站等11个援建项目，总投资3000多万元。深圳市宝安区投资300万元，帮助巫山县建一所实验学校；新会市拿出100万元，支援巫山迁建了县幼儿园。

地处北疆的长春市教委，在全市30万中小学生中开展"爱我中华，支援三峡"的捐资活动，筹资20万元送到巫溪建革新希望小学。

在支援库区迁建学校中，社会单位也做出了无私的奉献。

万县市五桥新区的"上海三航希望小学"就传颂着一个又一个动人的故事。

1994年，交通部设在上海的第三航运管理局成立50周年，局里准备了50万元资金准备搞庆贺。当接到对口支援万县市五桥区移民迁建任务后，他们毅然取消局庆活动，把这50万元资金捐给五桥区建一所希望小学。建校过程中，五桥区又收到"三航局一名普通职工"的私人捐款1万元，经多方查找才知捐款者是航管局党委书记徐重戎。

如今，三航希望小学已经成为五桥区的一所窗口学校。而三航局的支援还在继续，去年12月，局里作出决定，每年拨出6 000元，在学校设立教师奖励基金。

优势互补、互惠互利、共谋发展、投桃报李给对口支援奠定了坚实的基础，拓宽了合作的领域。

对口支援，也是支援方和被支援方优势互补、互惠互利、共谋发展的过程。

在涪陵，对口支援频频出"创举"。

"移民经费与移民任务总承包"的对口支援方式，是涪陵在对口支援中的一个创举。浙江娃哈哈集团公司与涪陵市三家淹没企业联合组建有限公司，使原先濒临倒闭的三家企业的搬迁工作顺利解决，职工也有了稳定的工作和收入。

涪陵市枳城区、李渡区与浙江省的"结对子"支援方式，被誉为"对口支援的一条好经验"。其做法是：由支援方一个经济发达的地市对口支援一个或几个移民乡镇。目前，已结成了24个"对子"。

玉溪卷烟厂与涪陵卷烟厂共同探索出的"长期技术合作"对口支援方式，用支持方的名牌、技术、管理、设备、原料实施对口支援，提高库区企业产品的档次。邹家华副总理赞誉此为"对口支援三峡库区成效最显著的一例"。

在万县市，"常万联姻""白猫进万""格力落户"……引进嫁接、名牌效益使优势互补、互惠互利的对口支援一浪高过一浪。

今年2月26日至3月1日，江苏省常州市政府组织常州18家知名企业，由一名副市长带队到万县，开展"97常外企业服务三峡工程"活动，万县市准备了40多个项目与常州的客商洽谈，江苏华东电缆厂、常州华电变压器集团等分别与万县市的有关企业和区县达成了合作项目的协议。

作为库区，在对口支援上不仅仅是要接受支援，而更重要的是以真诚之心，与支援方在优势互补、互惠互利的基础上实现共同发展，合作之路才能长期走下去，开出绚丽的合作之花。

"人人都是投资环境，事事都是信誉形象。"在万县市天城区，为了给对口支援方提供最宽松的投资环境，创出了"天城的事当天办"的办事效率，使对口支援出现了投资热。海南、武汉、成都、哈尔滨以及台湾等把几个亿的资金拿到天城来，进行了大规模的开发性移民工程。

投桃报李，库区的合作企业已开始给合作方回报。广州市白云区经委、交通局等4家单位在对口支援巫山县中，联合投资与巫山组建了"云发旅游开发公司"，连续两年开发公司都给广州白云区分红。而白云区也将分的红利捐赠给巫山县政府，用于移民迁建工程。

回报无已日，合作无尽时。正是在真诚合作的基础上，对口支援的互利之花才越开越灿！

《重庆日报》，1997 年 6 月 27 日

移民走出路条条

百万大移民，没有现成的路可走，也无成功的经验可借鉴。

经过8年的移民试点，库区各级政府和移民部门不断探索，走出了一条条较为成功的移民之路。

以土为本、以农为主、就近安置、广开门路，使农村移民有了生存之本、富裕之门

土地，农民赖以生存的生产资料。农村移民，首先考虑的就是要给移民提供这生存之本的土地。

然而，重庆库区的土地资源是极其有限的，就以万县市为例，农民人均耕地只有0.95亩，而要被淹没的耕地就有25万亩。

土地减少了，移民安置的土地从何而来？

改、垦、调、护。库区的人民发挥聪明才智，一点一点地在移民中抠出了可供生存的宝贵土地。

改造中低产田，提高土地的质量，增加土地的安置容量。近几年来，库区结合农业综合开发，对坡瘠地、中低产田等进行山、水、田、

林、路的综合改造，有效地提高了土地的效益。

垦土建园，新增土地。记者在奉节、巫山、云阳、开县、忠县等地采访，到处都能见到非常壮观的改土造田的场景。云阳县普安乡姚坪村要被淹没土地198亩，几年来，村里已另开垦出土地299.5亩，并在开垦片内实行了山、水、电、林、路、移民新村综合开发修建。巫山县七星移民新村已开发土地3 000亩。奉节县在去年就开发土地3 140亩。

调整土地，稳定安置。去年下半年，长寿县抓住土地承包期延长30年不变的机遇，在全县147个淹没合作社内实行了淹没线上耕地统一调整，使移民人人都有土地种。

加强防护。对有可能进行防护的农田，采取防护措施，保护耕地。开县经过多方的科学论证，对防护可行性较大的1.2万多亩耕地实施小防护方案，既解决了部分移民的土地安置，又保护了大片良田沃土。

开发性移民，不仅拓宽了移民的路子，而且为移民打开了致富之门。

在奉节，移民们对改土建园种脐橙致富的开发性移民积极性很高，经过几年的努力，现在每位移民有1亩以上的果园，每年就能有上千元的稳定收入。"搬新居，电灯亮，公路通，摇钱树。"移民咋不高兴呢？

"库周一条路，路边一排房，前屋做门面，后屋搞加工。"涪陵市沿长江边修通了从涪陵到丰都的沿江公路，正着手建设沿江农业综合开发带，让移民们不仅有地种，而且二、三产业同时发展。

石柱县西沱镇，按每户有一个门面经商、有一个劳动力在企业务工、有1亩以上高产稳产粮田和半亩找钱地、有一个骨干经济项目的要求安置移民。这一措施很受欢迎。

兼并、联合、股份合作，"组合迁建"给淹没企业搬迁找到了效益之路。"三个有利于"在企业迁建中得到了具体体现

如何才能让重庆库区内的1 380个企业顺利迁出，并在迁建中上规模、上档次、上效益？

"组合迁建"是库区人民走出的一条较好的路子。

去年10月25日，奉节县新县城南岸工业规划区内，奉节特种耐火材料厂开工。这家投资400万元，引进技术设备，年产5 000吨特种耐火材料的新企业，是永安镇5家将被淹没的小企业联合迁建的。

这种不搞简单的复制迁建，而是利用补偿搬迁的机遇进行搬迁的模式，被称为"三个有利于"：有利于集中用好移民资金；有利于及时迁建尽快投产；有利于企业上规模上档次。

涪陵、万县在企业迁建中已摸索出了兼并、联合、股份合作三种模式：

兼并。由经济实力较强、效益较好的企业对负债亏损企业进行兼并。涪陵柴油机厂兼并了几家企业后，其摩托车缸体产品生产能力超过100万只，成为大型摩托车缸体生产企业。奉节县燃化公司、建筑公司、水泥厂等分别兼并了罐头厂、大发公司、乳制品厂等。

联合。以乡镇或地区为单位，对同行业实行联合迁建，资金打捆，扩大规模。涪陵市把分布在两区两县被淹没的21处小水电站的补偿资金集中打捆，投入涪陵石板水电站的建设，使装机总容量比原21处小电站的总和增加15倍。

股份合作制。即把国有、集体中小企业，按行业或产品组建成股份合作制企业，实行组合迁建。万县等地的实践已得出结论，这种模式不仅有效地克服了迁建配套资金不足的问题，而且避免了重复建设，扩大

了规模。

在库区淹没企业的搬迁中，按照实现"两个根本性转变"的要求，走出了一条"五个结合"的路子：

淹没企业的搬迁与企业组织结构调整相结合。对同类产品或产品性质相近的企业进行归口规划，组建成集团搬迁。

淹没企业的搬迁与企业的技术改造相结合。目前，淹没企业多数技术装备落后，产品科技含量低。在搬迁中坚持高技术、高起点、高效益的原则，淘汰落后的技术设备，使企业迁建后在一个较高的技术起点上参与竞争，求得发展。

淹没企业的搬迁与产品结构调整相结合。涪陵市在企业迁建中，以市场需求为导向，以科技进步为动力，大力调整产品结构，使工业产品由低档产品向中高档产品转变，由低效益产品向高附加值产品转变。

淹没企业的搬迁与开展对口支援相结合。按照优势互补、互惠互利、发展经济、安好移民的原则，开展对口支援，争取支援方的大中型企业、明星企业来租赁、购买、兼并、嫁接淹没企业。

淹没企业的搬迁与发挥地方资源优势相结合。库区水能资源、矿产资源、农副产品资源等都非常丰富，在企业的搬迁中，立足资源开发，把资源优势转换成商品优势、经济优势。

城镇搬迁带动二、三产业发展，为移民安置提供了更加广阔的空间，创造了一个安居乐业的环境

今年大江要截流，处于低水位下的31个集镇的搬迁任务成为移民工作的重点。

利用集镇搬迁的机会，加快小城镇的建设，促进二、三产业的发展，为安置移民创造了良好环境，提供了更加广阔的空间。

巫山县处于低水位线下的培石、大溪、双龙、曲尺、南陵5个集镇，在实施搬迁中，不仅加快了二、三产业的发展，而且结合土地的开发，加速了移民的安置。

重庆库区淹没的第一个集镇培石镇，在搬迁中安置了112户农村移民进镇安居，发展二、三产业。

开县对10个受淹集镇的搬迁，采取适度扩大小城镇建设规模的办法，把集镇搬迁与小集镇建设结合起来，创造城镇建设安置模式。虽然这里多是2009年才被淹，但10个集镇的迁建工作都已展开。刘帅故乡赵家镇的新镇基础设施已基本就绪，目前已开始了移民进镇的迁建工作。

随着农村移民的集中迁建和移民新村的建设，一些新的"移民一条街"和小集镇开始出现。

在涪陵市枳城区南沱镇联丰村三社，在建起移民新村的同时，一条360米长、12米宽的街道已经形成。移民新居都是楼上为住宅、底楼是商业门面。

在距云阳县城东32公里处有个故陵移民新村，这是移民们靠自有资金主动移到淹没线上建起来的。108户、440名移民建起了一条1.5公里长的"移民一条街"，走出了一条依托场镇安置移民的路子。

《重庆日报》，1997年7月1日

百万移民，一道世界级难题

百万移民，世界水利工程建设史上没有先例。三峡库区85%的移民任务在重庆库区，因此，共和国最年轻的直辖市义不容辞地承担起了百万移民的重任。

百万移民安置和大规模的工矿企业搬迁，涉及面之广，时间跨度之长，动迁规模之大，为中外历史上前所未有。库区的现状是：经济不发达，基础设施落后，属全国18个连片贫困地区之一。移民工作异常艰巨而复杂。正如外国人所评定的：这是道世界级难题。

难在何处？

规模大，世界没有先例；任务重，没有成功的经验可借鉴。难在要在移民安置中稳妥地探索出成功的路子

"我们不仅要完成目前世界上最大的移民任务，而且还要保证在安置中探索出成功的路子。"在库区采访，不管是万县市的领导、涪陵市的领导，或是在移民第一线的县乡领导，都不约而同地感受到了肩上的重担，"上要对党中央负责，下要对移民负责，后要对历史负责。"

规模大，举世无双。

根据长江水利委员会调查测算，到2009年三峡工程建成，重庆库区淹没涉及18个县(区、市)和重庆市主城区部分河滩地；万县市、涪陵市2座城市和7座县城及107个集镇需要迁建。此外，还将淹没公路622公里，高压输电线1 325公里，通信线2 686公里，广播线4 175公里，港口、码头653处，水电站97座和一大批专业设施及众多的文物古迹等。

重庆库区大规模的移民，是区域经济和社会功能的重组和再造，对区域经济结构和生产力布局将产生决定性的影响。因此，其移民的规模和难度都是举世无双的。非洲加纳的沃尔塔枢纽移民8.4万人，印度的萨塔萨洛瓦水库移民10万人，被称为世界罕见；共和国成立后，新安江水库移民30万人，丹江口水库移民38万人，其移民数都不及重庆库区的一半。

今年大江截流，重庆库区大规模的移民拉开序幕。今后5年，平均每年要动迁6.74万人。而在后7年，平均每年要搬迁安置10万左右。在短时间内集中搬迁安置，压在3 000万巴渝儿女肩上的担子确实是够分量的。

然而，最难的不是人数的多少，而是没有成功的经验可借鉴。需要在移民中探索出"搬得出、安得稳、能致富"的成功路子，历史要求这一探索只能成功，不许失败。

既要背负千斤重担过河，还得背着重担自己去架过河的桥。这也是巴渝儿女义不容辞的责任。

要求高，使百万移民要在难中求好；基础差，使移民工作是在难上破难、难中解难

在总结了几十年来水利工程建设移民中的教训后，中央对三峡工程

移民提出了"搬得出，安得稳，能致富"的高要求。

这个要求的关键是在"能致富"三个字上，致富的标准是：移民生活水平达到和超过届时当地老百姓的平均水平。

生活水平的高低取决于生产和生活条件的好坏。而库区移民搬迁面临的是：农村移民就地后靠是从生产生活条件较好的江边，搬上目前条件较差的山上；城镇移民是从目前各种生活设施基本配套，赖以生活的市场已基本形成的地方搬到需要重新开拓、形成市场的地方。

与高要求不相适应的是目前库区的经济底子薄、发展经济的基础设施差。

库区的同志谈了一个不容忽视的现实：前40年，由于三峡工程在反复论证中，不上不下，国家对库区的投入少，三峡工程未最后确定，库区的企业也处于不迁不建的状态，导致企业不敢改造、难以发展；库区的体制在反复酝酿中，使这块地方"不三不四"，在一定程度上成为"被遗忘的角落"。

不上不下，不迁不建，使库区几十年来投入少、基础设施脆弱，经济发展的基础与全国和邻近地区相比，弱了一大截。

在这样的经济基础上，不仅要移民，还要扶贫，而且要让移民的生活水平达到和超过届时当地老百姓的平均水平，确实是难上加难，在难中解难。

安置容量小、人员文化素质低、思想观念旧，使农村移民成为难中之难

在重庆库区72.25万人的静态移民中，农村移民有29.29万人。单从数量上看，农村移民只占少数。但是，从搬迁安置的难度上看，农村移民又是最难的。

安置容量小，这是农村移民中遇到的一个最大难题。

"以土为本，实行大农业安置。"这是被实践证明农村移民中最有效、最稳妥的安置方式。可目前库区的实际是开发土地安置的容量十分有限。

万县市是重庆库区农村移民的大头，全市农村动态移民有28万。可偏偏万县市的耕地资源又十分有限，特别是淹没区，农民人均耕地仅有0.729亩。三峡成库后，万县市要被淹没耕园地25万多亩，在移民搬迁中，城市新建要占地14.5平方公里，县城和集镇要占土地30余平方公里，由此库区的土地资源更为紧张。而库区可供开垦的土地资源，少得可怜。据长江水利委员会调查，把库区所有能开垦的土地后备资源开发出来，也只能安置50.1%的农村移民。

而目前库区移民的文化素质、旧的思想观念又使安置容量和渠道与移民的要求产生矛盾。奉节县县长陈孝来曾对上千名农村移民的心态做过调查，发现凡是25岁以上的和初中以下文化程度的移民都希望以土为本的大农业安置。

安得稳，这对农村移民来说，可能是难度最大的一个问题。

安得稳的前提是要让移民们富裕起来。如何让移民富起来？农村移民相对来说比城镇工矿移民的难度要大得多。农村的富裕，当前来说，需要的是科技，而目前农村移民的文化和科技素质都还不适应科技致富的需要。新开垦的土地需要一个熟化的过程，如果水利等配套设施跟不上，要在生地上产生出好的效益来，难度就更大。

因此，要让农村移民富裕起来，实现安稳的目标，不仅需要为移民们创造比搬迁前更好的生产和生活条件，还需要做好提高移民的文化科学素质的工作，让移民们掌握致富的本领。

搬走容易搬好难。项目难选，资金难筹，市场难找，成为企业搬迁中的三大难点

1 387个工矿企业的搬迁，虽不像农村移民搬迁那样复杂，但也不是一件易事。

"搬走容易搬好难!"

这是库区企业搬迁中流传的一句话，它形象地反映了企业搬迁的难度。

库区的工矿企业，由于历史的原因，结构极不合理，设备非常陈旧，产品市场占有率低，亏损面大。受淹没的企业，国家都按规定给予补偿。但是，对企业的搬迁，不是"一对一"的复建，不是搬到175米水位线之上就完事，国家和库区经济发展都要求企业的搬迁要搬好，这个好就是能适应市场经济的要求，搬出好的效益来。

如何才能搬好? 通过搬迁，调整结构，走技改搬迁的路子，让企业上规模、上档次，增强市场竞争能力。

话好说，但具体操作起来，又是一件非常棘手的难事。

选项目难。在库区采访，从党政官员到搬迁的企业，都感叹要选准一个好项目非常难。在库区新上项目，不仅要考虑市场、技术、人才等因素，而且还要考虑生态环境。从库区目前的信息掌握、人才资源、交通状况等来看，单纯依靠自己的决策能力选出众多的好项目，确实有较大的难度。

资金难筹。这是库区企业搬迁中遇到的又一道难题。实行技改搬迁，这是企业必须坚持的一条原则。但技改需要大笔的资金投入，而国家在对企业的补偿中，设备的补偿费极低。就以万县市为例，国家对企业搬迁中的43亿补偿资金中，设备费的补偿仅占11.4%。有关部门对调整结构、技改搬迁做过测算，全部搬迁好后需170亿左右的资金，尚有

130亿左右的资金需要另筹。

市场难找。这是库区企业搬迁中一个非常关键的问题。目前，库区的企业本身在市场上的占有率就低。在搬迁过程中，不仅要考虑老产品市场的稳定，而且要考虑新市场的开拓。从库区企业现有的产品结构、营销能力和经济实力来看，寻找、开拓新的市场，需要付出比沿海和发达地区企业高数倍的代价。

世界级难题。难，是客观存在的，是不可回避的。看到难点，从而认识难点，是为了更好地解决难点，解好这道世界关注的难题。3000万巴渝儿女，定能交出一份让党中央放心、百万移民满意、经得起历史检验的答卷！

《重庆日报》，1997 年 9 月 25 日

难得的机遇　振兴的希望

（一）

三峡工程，举世瞩目，可谓世界水利史上的鸿篇巨制；

百万移民，全民关注，堪称中华民族史诗般的空前壮举。

位于三峡库区腹地的重庆，其所辖的万县、涪陵及黔江，动态安置移民将达100余万，淹没耕地22.97万亩和工厂1392个，以及大量的公路、水电站、码头、通信等专业设施及部分文物古迹，足以让人动容。在人类即将迈入21世纪之时，三峡库区百万大移民，必将名垂青史。

毋庸讳言，离开生于斯、长于斯的故土，是一件令人伤感的事。但为了几代人的梦想，通情达理的三峡人将告别那难舍难离的家园，到新的地方去开始新的生活。

移民，当然是一个艰难的过程；移民，自然要损失巨大的财富。但是，移民也是一次机遇，一次千载难逢的发展库区经济的机遇，甚至也是调整产业结构，壮大重庆经济，形成我市新的经济增长点的机遇。

这一点，许多有识之士已看到了。

（二）

万县市有80万移民，是三峡移民中的重头戏。万县经济这些年来虽然有了一些发展，但总的说来是比较落后的，没有像样的支柱产业，所辖8个县中有6个是国定贫困县，有26个乡至今未通公路，702个村未通电。由于诸多因素，40多年来，国家投入仅6.1亿元。加快发展已成为万县人迫切的愿望。

今天，三峡工程为万县提供了难得的发展机遇，移民迁建使腾飞的梦想有了实现的可能。

国家对万县投入的移民费将达203亿元，这将是推动万县经济发展的强大动力。

当然，有人一算账，认为这笔钱还是少了，仅用这些钱，莫说把80多万人安置好，连按原样"一对一"地复制都还不够。就万县需搬迁的955个企业而言，也很令人头痛。目前，万县市预算内企业有64%处于亏损状态，本来就十分困难，如果再实施搬迁，到新址后干什么？走老路，肯定不行；寻找新的产品，又不知从何着手。万县经济主管部门的一位负责人就曾对记者说：我们真不知为搬迁的企业干点什么好。以前是盼国家投资，现在随着三峡工程的开工，每年国家拨给大量的移民资金，去年给了11亿元，至今还有4亿多元未用完，从明年开始到2003年，每年30个亿，真的不知道怎么去用。关键是没有好的项目，硬是叫人心焦。打个比方，是米还未下锅，可火已点起来了，你说急不急。

一方面是喊移民经费不够，另一方面是不知如何去花。有识之士指出：这恰恰就是机遇，而且是千载难逢的天赐良机，因为这是发展中的烦恼，一旦"破题"就是库区经济腾飞之时。

（三）

从中国近现代史看，万县、涪陵其实是开放比较早的地区之一。《马关条约》使之打开了城门，产生了近代工业；抗日战争爆发后，江浙等地大批企业内迁，造就了一时的繁荣。然而，其后却陷入了发展停滞的状况，其原因是多方面的。这种落后的局面不仅使这一地区的经济停步不前，更为重要的是造成了思想观念的落后。

三峡移民，使这里一下子成为国内外瞩目的热点。中央给予了许多优惠政策及大量的投资，一批基础设施将动工兴建——万县五桥机场、达万铁路、万县1 500吨深水港……这一切，将极大地改变库区的面貌和形象，使之焕然一新，成为重庆的重要一翼，在全市乃至中国西部经济大格局中占有相当重要的地位。

如果说，这些都是看得见的机遇，那么更大地改变库区经济结构和水平，促进其腾飞的良机会更诱人。

三峡移民，使外面的资金、人才、项目到库区来了，库区形成了大开放的格局，新的思想观念冲击着古老的库区。万县天城区委书记吴锡鹏说：我们这里小农经济的痕迹是很严重的，不思进取，不敢冒风险，看问题只是从自身纵向看，对外界知之甚少，落后的观念和意识已成为改革与发展的阻力。如今，大量人流带来了物流、信息流，促成了新的观念的树立，这是不可估量的一笔财富。经济要振兴，思想观念先得走向开放，不然肯定是格格不入的，无异于戴领带穿长袍马褂，别扭之极。

正是由于三峡移民搬迁，众多的企业有了大发展的机遇。库区经济的长期落后，使企业大都处于不景气的状态，规模小、工艺设备落后、产品档次低是比较普遍的特点。通过搬迁，可使企业设备得到更新，规模得以扩大，更为重要的是产业结构、产品结构得到调整，产品适销对路了，其档次、科技含量提高了，企业效益得以大幅度增长。万县飞亚企业公司是该市工业的排头兵，年产味精1万吨，创利税1 000万元，但长期得不到改造，总经理杨锋说再不技改，企业就有垮掉的危险。三峡移民迁建，为他们创造了难得的契机，从去年底起，开始了投资近亿元的技术改造，今年10月竣工后，产量将翻一番，利税达3 400万元，企业将迈上一个新台阶。

也正是由于三峡移民搬迁，国内许多知名企业纷纷来到这块热土搞对口支援，名牌产品落户库区，有力地带动了库区经济的大发展。万县五一日化厂生产上海白猫洗衣粉，一下子就供不应求；涪陵卷烟厂正因为与云南玉溪卷烟厂合作才"一飞冲天"，年创利税4.6亿元，如今已是重庆工业50强的"亚军"了。今天，库区工业成了国产名牌的"万花筒"，"春都"来了，"娃哈哈"来了，"万家乐"来了，"东宝"来了，"格力"来了……难怪有人称：库区将成为中国名牌产品的经济带。这些外来者，不仅带来了名牌产品，而且带来了市场经济的运作机制，这对库区经济的引领作用是不可估量的。

（四）

"给一块钱，用一块钱不是本事；给一块钱，引来两块钱、五块钱，甚至更多的钱，才是本事。"一位经济界人士如是说。的确，国家给的移民经费是有限的，但它犹如一颗酵母，给库区创造了无限的良机，让库区人充分发挥聪明才智，去吸引八方物流、资金流，来这里共图发展。这就是对中央提出的"在发展中移民，在移民中发展"的最好注释。

涪陵近年来就是紧紧抓住这一机遇，大做对外开放的文章，引来八方凤凰。他们提出：要以开放总揽全局，以开放促移民、促改革、促发展。正是因为指导思想明确，才产生了许多"求贤若渴"的举动，为了求得与玉溪卷烟厂的合作，当时涪陵的主要负责人到玉溪去苦苦等待了28天，以诚感人，方有今日涪陵卷烟厂的辉煌。"的士"可以开进涪陵市政府的大院里面，他们解释为：方便外来办事者。近几年来，涪陵预算内企业每年增加值都在30%以上，不能不说是充分利用"酵母"的结果。万县天城区在改善投资环境上下功夫，给外来者以充分优惠的政策，并把外来投资者列上公安局的保护名单，使之有安全感。有部分企业来这里投资的项目因种种原因亏损了，他们就主动承担责任，分担一定的损失，以诚意换取人家的诚心。这就是他们提出的"别人发财我发展"的创造性做法。近年来，来天城区的投资者越来越多，至去年底，该区与区外客商签订各类经济技术协议192份，引资16.85亿元，其中已落实项目86个，总投入9.64亿元。天城迎来了前所未有的大发展机遇。

滔滔长江在奔腾了千百年后，在这世纪之交时，即将在库区为人类所截流，使其更大限度地为人类服务。而处于库区的上千万巴渝儿女，在迎来新世纪曙光之时，也迎来了本世纪最大一次也是最后一次发展机遇，它对下个世纪新重庆的经济腾飞将起决定性的作用。移民，是新重庆肩负的首要任务；发展，是新重庆振兴的必由之路。机遇如今就在眼前，素以勤劳、豪爽著称的重庆人自然不会放过。我们期待着那一天：宏大的三峡工程建成后，一个全新的三峡库区，一个全新的重庆，展现在世人面前，"努力把重庆建设成为长江上游的经济中心"的宏愿就将成真。

《重庆日报》，1997 年 10 月 2 日

移民中发展　发展中移民

　　"开发性移民"，这是中央定的三峡工程移民的方针。如何才能使这一方针体现在移民工作中呢?

　　1995年初，在四川省人代会上，万县市的代表在讨论移民时提出:"在移民中发展，在发展中移民。"这个提法一出，就受到了中央和省里的肯定，并被中央定为开发性移民的方针。记者在库区采访中，发现不管是领导，还是一般干部，甚至移民们，对这12个字的方针都能谈出非常深刻的感受。

移民促发展，发展促移民。发展才能使移民富裕起来，发展才能拓宽移民的安置容量

　　移民的本质是发展!

　　"搬得出，安得稳，能致富。"这是中央对移民工作的基本要求。

　　如何才能搬得出?一个基本前提就是要为移民提供生产条件和衣食住行等基本生活条件。创造、提供生产和生活条件，离不开发展。

　　如果不从根本上解决移民致富的问题，即使搬出去了，也安不稳

当，甚至会造成大量移民返迁。

"在移民中得到发展，在发展中才能顺利地做好移民工作。"云阳县故陵村党支部书记谭和平用该村的实践证实了这一点。故陵村有576户2 000人属移民。村里不等不靠，主动提前搬迁，并在实践中闯出了农、工、商"三业兼有安置"的路子。村里通过调整土地，使每一户移民都有一份基本饭碗田；利用生产安置费发展起水泥厂、预制场、供水站、建筑公司等企业，使每一户移民都有一人进厂务工；在搬迁中修建起移民一条街，使每一户移民都有一个商业门面。这种在发展中形成的"三业兼有安置"的移民，不仅使村里的移民得到了顺利安置，而且开始让移民们富起来。

移民的主体是人，移民的真正内涵是把移民转化为现实生产力，这个转化的过程就是一个发展的过程。在库区，像故陵村这样众多典型的实践都证明了这一点。

发展，才能拓宽移民安置的渠道；发展，才能扩大移民的安置容量。

大开放促大发展，大发展推动大移民。全方位开放才能在更大范围内实现生产要素的合理流动和优化组合，促进库区经济大发展

"开发性移民的方针，靠开放来实现。"这是涪陵市近些年来坚持"以开放促移民，以开放促发展"所得出的深刻体会。

自1992年以来，涪陵市把移民中的对口支援作为实施大开放战略中的一项重大举措。按照"优势互补，突出重点，共谋发展"的思路，拿出最好的项目，创造最优的条件，以移民资金为"引子"，吸引全国各地的明星企业和优势产业到涪陵安家落户。目前，涪陵市抓住移民对

口支援机会，全方位地大开放，与外地签订了400多项合作协议，协议资金14亿多元，启动、实施了110多项合作项目，为涪陵经济结构的调整、经济总量的增加注入了强大的活力，也有效地促进了移民的安置。

重庆库区属内陆地区，又是贫困地区。库区的开发、百万移民，都迫切需要各类人才、大量的资金和先进的技术。这些问题，只有通过大开放才能得到有效的解决。

万县市五一日化厂与上海白猫公司在开放中联合，使人才、技术、市场等诸要素实现了重新优化组合，利税增长了5倍。涪陵市在大开放中，引进浙江改革月报实业集团，兼并了4家市属企业，盘活存量资产3 500万元，安置移民600人。

中央确定的对口支援库区，是库区实行大开放的极好契机。万县市向各区县提出，在对口支援中，着重点放在向对方要技术、要名牌、要人才、要信息上，利用这几项来发展自己。涪陵市的办法是，用对外开放的政策来迎接对口支援，使对口支援变成了实质上的对外开放和招商引资。

基础设施先行，安置移民为重。夯实移民安置和经济发展的基础，构筑"发展中移民"起飞的跑道

三峡工程要淹没库区大量的公路、通信等专业设施，但同时也给库区重新构建现代化的基础设施带来了机遇。

"基础设施先行。"这是任何一个地方经济发展都需坚持的一项方针。"在移民中发展，在发展中移民"，更需要这样。

集中资金进行水利、交通、通信、能源、市政公用设施建设，这是为移民安置奠定好基础；集中力量高质量、高效率地建设好贯通库区、沟通城乡的交通、通信网络，以及淹没区的港口、码头、公路、输电

线、通信线路的复建，是库区实行大开放，经济大发展的需要。

近些年来，库区在构筑"移民中发展，发展中移民"的跑道时，几乎是集中了所有可使用的资金，使库区的基础设施得到了极大的改善。涪陵市已投入20多亿元，修建了2座桥——涪陵长江大桥和丰都长江大桥；改造了2条公路——国道319线涪陵至武隆段和涪丰公路；建好了2座电站——龙桥火电站和石板桥水电站，总装机16.8万千瓦；建立起了两大网——通信网和天然气管网。万县市也投入上十亿元，修建起了"世界第一跨"的长江大桥，对市区连接各县、县与县之间的公路进行了拓宽硬化改造。

技改搬迁，组合迁建，嫁接联合……按照"两个根本性转变"的要求，使淹没工矿企业在搬迁中建立库区新的产业群，培育起支柱产业

简单复建，企业只能搬死了事。

技改、组合、嫁接、外联等，按照"两个根本性转变"要求的搬迁，虽然难度很大，却能给企业本身和库区的经济带来活力，也是淹没工矿企业搬迁中应该走、必须走的路子。

重庆库区要被淹没搬迁的1 387家企业，基本上都是规模小、设备旧、科技含量低、市场占有率低的企业。这些企业如果采取简单的复建式搬迁，不被累垮也会被市场挤垮。组合搬迁，集中使用移民资金，使企业在搬迁中上规模、上档次，产品、技术等结构都得到有效的调整。

奉节县有114家企业受淹需搬迁，县里针对搬迁企业的实情，打破所有制不同、企业主管部门不同、企业产品不同的界限，实行"跨所有制、跨行业、跨部门"和新的资产组合。县里把114家搬迁企业按照兼并、联合、股份合作制等模式，组合成53个新企业进行搬迁，现已有20

多家企业按照组合迁建的方式开始搬迁。

"以资源换技术，以产权换资金，以市场换项目。"涪陵市采用多种形式吸引全国各地的大中型明星企业以租赁、购买、兼并、嫁接等方式盘活本市的淹没企业。目前，已有35个企业动迁或建成投产，一些新的产业已开始形成。工矿企业的搬迁推动了涪陵市工业经济的高速发展，1995年工业总产值比上年增长34.5%，1996年又比上一年增长24.4%，工业经济效益12项指标综合考评连续三年在原四川省23个市地中居首位。

依靠科技，发展"三高"农业，推行农业产业化，提高有限、可开发利用土地的含金量，以大农业为基础，多渠道、多形式安置好农村移民

农村移民是百万移民工程中的重点和难点，是移民攻坚中的硬骨头。如何才能啃下这块硬骨头？

"以土为本，就地后靠，大农业安置。"这种让每一位移民拥有一份赖以生存的生产资料的措施，是最受农村移民欢迎、安置得最稳的一种方式。但库区的耕地资源有限，按现有生产水平测算，尚有10万之多的农村移民需另寻安置渠道。但依靠科技，提高土地的含金量，使有限的土地产出更多的效益，就能提高有限土地资源的安置容量。

改造中低产田，在现有可开发利用的土地上进行农业综合开发，发展高产、优质、高效农业，然后再通过以合作社或村、乡为单位统一调整土地，就能较好地解决部分土地资源不足的矛盾。万县市分管移民的副市长周金华说："如果靠常规农业，要1.3亩地才能安稳一个移民，而高效农业只要半亩左右就可安稳。"

加快推行农业产业化，把库区移民引进市场，不仅增加农业效益，

↑ 库区的中药材基地

而且产业化中的各链条环节还可增加移民安置容量。目前，库区的农业产业化已有一定的基础。奉节的脐橙、巫溪的药材、涪陵的榨菜、云阳的畜牧等，只要有龙头企业的带动、科技的投入，是能够迅速地发展起来的。

"沿江一条路，路边一排房，房后种果粮，房前搞工商。"涪陵市和万县市经过几年的实践，提出的建设沿江高效农业经济安置带，把沿江修路和库岸资源开发有机地结合起来，为农村移民安置找到了好的路子。涪陵市已修通了沿江的涪(陵)丰(都)公路和涪(陵)武(隆)路，涪(陵)蔺(市)路也在抓紧修建。万县市也在抓紧沿江公路的规划和修建，以沿江路为中心的40个农村移民新村已开工建设。

利用库区丰富的资源，发展二、三产业，形成农村新的经济增长点，既可加快库区农村经济的发展，又增加移民的安置容量。在库区，已经出现了像云阳县故陵村、涪陵市联丰村三社等一批发展二、三产业，依靠自己的力量拓宽、安置好移民，又使经济发展起来的典型。

纵观历史，每一次移民，都使巴渝人有一次发展。在本世纪末下世纪初，巴渝本土上的百万大移民也将会使巴渝儿女在发展中求解好世界级难题的同时，实现让全世界都关注的大发展。

《重庆日报》，1997 年 10 月 3 日

直辖元年

1997年，重庆直辖元年。滚滚长江东出三峡，龙吟虎啸般地向大海奔去。乌江的咆哮，酉水河的奔腾，大宁河的翻滚，为长江奔涌的波涛增添了雄浑的音符。

探索大城市带大农村的路子，是中央交给重庆直辖市的一大任务。峡江地区是大农村的重点，也是我市农村工作的难点：百万人口的移民，300万贫困人口的脱贫，都要峡江地区的1500万人民努力完成。市委、市政府对此思路明晰：举全市之力，带动"两市一地"发展。

1997年11月下旬，张德邻书记亲自率领市委、市政府及有关部门负责人赴黔江、万县召开现场办公会，帮助其理清发展思路，解决发展中面临的具体问题。张德邻特别要求各部门把帮助"两市一地"发展经济作为重要工作来抓。

就在两次现场办公会上，市里出台了一系列专门的政策措施，从财税、金融、扶贫开发、基础设施建设和教育、医疗卫生等方面为黔江和万县地区"开小灶"，赋予其更多的发展自主权。

与此同时，市委、市政府还组织社会力量，参与峡江地区的经济发展。在市里的组织下，一批国有、集体和私营企业主动到峡江地区，用资金、技术、项目、市场等带动其发展。就在黔江现场办公会的同时，张德邻书记特地组织了全市50家民营企业老板"进山"，鼓励他们参与黔江的经济建设和企业改革。重庆金辉企业(集团)有限责任公司在黔江考察后，与黔江签订了投资发展牛羊养殖项目、改造黔州宾馆、新建三星级的石峡宾馆等5个项目。这是市里组织百名老板进山考察投资取得的成果之一。

组织集团扶贫，是重庆直辖后在扶贫攻坚上的一项创举。20个扶贫集团进峡江，300名干部驻山乡，20多所大专院校和科研机构到武陵大巴山区科技扶贫，使万县市、涪陵市、黔江地区20个贫困区县的扶贫攻坚力度大大加强。1997年，南川、黔江、忠县、龙宝4个县(市、区)成建制摘掉了贫困县帽子。

峡江唱起了发展歌。

打通动脉，峡江地区的发展才能快起来。"蜀道难，难于上青天。"昔日唐代大诗人李白的嗟叹，在直辖后的峡江地区，已开始逐步得到改变。

1997年1月20日、5月1日、6月28日，丰都、涪陵、万县三座长江大桥相继通车，使库区两岸"天堑变通途"。峡江地区的主动脉，连接库区的渝万高等级公路梁平—万县段，达万铁路，连接黔江武陵山区的长寿—涪陵高速公路等相继开工。饱尝动脉不通之苦的峡江地区也积极、主动地打通境内连接境外的公路动脉。处在最北边的城口县，已自筹资金3 000万元，把城(口)万(源)公路城口段40公里，城口到万县公路城口段的60公里改造成了二级路基面，并把县境内城口到万源的公路段进行了硬化。巫山县在广东省的支援下，投资上千万元，打通西至奉节、东到湖北巴东的出境公路。黔江地区的几个县，已把境内的国道全部改造成了水泥公路。峡江地区58个不通公路的乡，已有17个修通了公路。

通信动脉也开始畅通。1997年，万县市、涪陵市、黔江地区的22个区市县的不少乡镇都开通了程控电话。今年底，将取消长途区号，进入重庆"023"网。

长期处于封闭状态的峡江地区，直辖后抓住移民和扶贫开发的机遇，敞开大门，在对外开放中加快了发展。

三峡移民和对口支援的机遇，使万县、涪陵沿江名牌产品群已见雏形。继上海白猫、杭州娃哈哈等名牌产品落户库区后，1997年，河南春都，广东格力，江苏维桑，浙江希安达、东宝，北京博华……一批名牌产品和企业又先后"嫁"来。

重庆成立直辖市的行政优势，使峡江地区成为国内外的投资热点。前不久，四川禾嘉集团与万县市人民政府签订协议，投资5亿元，与万县市合作开发兴建"三峡国际旅游城"，组建旅游食品企业集团，建立良种繁育示范基地，开发性移民高效农业带等。涪陵市在1997年的开放大潮中，新签订合作协议70多项，协议引资5亿多元，引进先进技术11项，名牌产品6个。黔江地区虽然在区位上处于劣势，但凭着一片诚心和诱人的资源，也引进了浙江等地的投资者进山开发。国外的投资者也看好峡江地区，美国施格兰有限公司投资2 000多万美元，长期贷款1 000万美元，与重庆三峡建设有限公司合作开发三峡库区柑橘产业化项目等，使峡江地区的开放浪潮如长江之水，一浪高过一浪。

1997年，万县市、涪陵市、黔江地区的发展歌唱出了希望。万县市以建成重庆第二大都市为目标，以开发旅游资源，大抓特抓工业，建设高效农业经济带为突破口，培育新兴支柱产业，带动库区经济全面发展，财政收入比上年增长20%左右，出现了快速增长的势头。黔江地区按照"强农兴工重科教"的发展思路，按市场的需求调整产业结构，利用优惠政策和资源优势发展非公有制经济，使粮食总量比上年增产3%左右，乡及乡以上工业总产值增长20%以上，财政收入也增长了14%

左右。涪陵市在搞活国有企业上下功夫，在"抓大"上迈出了更大的步子，同时，在开放中引进优势企业和名牌产品进来嫁接、兼并中小企业，在盘活存量资产上走在了重庆市的前列，预算内国有工业企业销售收入利润率由上年的2.3%上升到了5%以上。

端详新的版图，重庆形如一只老虎：主城区是虎头，涪陵是虎颈，黔江是前爪，万县是后脚。共和国最年轻的直辖市——重庆，正虎虎生风，奋力起跳！

《重庆日报》，1998年2月15日

定向安置稳移民

——惠友集团开发安置移民探新路

12月10日，重庆惠友集团公司在云阳县招聘的第二批三峡库区移民劳务合同工到达璧山白云湖后，144名移民合同工便开始了为期2个月的紧张培训，随后将在白云湖旅游开发区的各类工作岗位上得到安置。

这标志着白云湖旅游开发安置移民的路子取得初步成功。

白云湖的探索得从去年说起。

去年9月，重庆惠友集团公司总裁向有关部门提出了利用旅游开发中的就业容量，以招聘劳务合同工的方式安置移民的建议。该公司在璧山开发的白云湖旅游区，就可提供1 000个移民的安置容量。

惠友公司的这一建议引起了市移民部门的重视，经过进一步的协商，决定把白云湖作为一个移民安置基地，进行旅游开发安置移民路子的探索。

这种旅游开发安置移民的办法是，坚持"政府组织、企业自立、移民自愿"的移民劳务合同的用工方针，移民首先要写出申请，经移民部门批准后，在政府的组织下，企业根据用工原则择优录用，最后报经市移民局确认。

今年8月，惠友集团从云阳县的高阳、南溪等镇首批招收了30名移民劳务合同工，这批移民工经过培训上岗后，安分工作，努力学习，目前，已有6名移民员工被提拔到管理岗位上。

12月12日，记者来到白云湖，探访移民劳务合同工的工作和生活情况。

在花园式的移民员工住宿区里，记者见到员工们住在有暖气管道的楼房里，房间里卫生间、学习用具等设施齐备。

"在这里满意，有发展前途。"21岁的陈小玲是从云阳县南溪镇来的移民，现在是白云湖管理办公室档案室的管理员，她说，"我感到自己很幸运，这里不但给我提供了工作、生活的条件，还有良好的学习条件，只要自己肯努力，自身素质的提高，事业的发展都有很多的机会。"

赵奎是从高阳镇来的移民，现在已当上保安分队的队长，月收入700多元。他夫妻双双来了后，又把自己的一个弟弟和妹妹带来，一家4个移民已准备在这里扎根，购买房屋，安居乐业。

最近，市委副书记、副市长甘宇平委托市政府一位副秘书长和市移民局局长等到白云湖旅游开发区对三峡库区移民劳务合同工的安置工作进行检查后，对旅游开发安置移民的路子给予了充分的肯定。

旅游开发安置移民在移民中也引起了反响，今年11月，当惠友集团公司到云阳县招聘第二批移民劳务合同工时，竟有上千的移民自愿申请报名。

三峡库区的百万移民，是中央交给我市的一大任务。拓宽移民容量，寻找多渠道安置的路子，是完成好这一任务的基础。

白云湖的探索，给了我们有益的启示。

《重庆日报》，1998 年 12 月 29 日

莫等"水赶人走"

——万州移民开发区城镇搬迁的调查与思考

在库区采访，常听到这样一句话："莫要消极等待水赶人走。"

2003年，三峡水库二期蓄水将达135米，如果二期移民不能如期完成，就只能水赶人走了。

二期移民成了万州移民开发区最关键的问题：城乡移民搬迁30余万人，其中城镇居民搬迁有20多万人。在城镇搬迁中，要完成5座港口和29个集镇码头、43个集镇的迁建，巫山、奉节、云阳三县县城要迁移，还有大量的公路、电力、通信等专业设施要复建。

在二期移民中，农村移民是难点，但任务最重的还是城镇的迁建和专业设施的复建，并且时间紧迫：除去清库的时间，从现在起，二期移民的有效时间不足3年。

从面上看，万州移民开发区的城镇迁建进展较好。到目前为止，已有54座集镇开始在新址建设，各搬迁新城的基础设施工程量完成了48%，建房169万平方米，已有25 600人入住新城，万州区天城管委会党政机关已迁入新城办公。

然而，从整个繁重而紧迫的城镇搬迁任务来看，万州目前的现状不容乐观。

其一，主动搬迁的意识还没有真正形成，消极等待观望的单位还不在少数。据某县的调查，目前在新县城落实了迁建用地的93个单位中，只有27个单位进场建设，多数单位都停留在扩充地盘、等待观望上。而没有形成主动搬迁意识的关键就在领导。库区一些地方政府和部门，甚至个别党政领导还认为移民工作是你给钱我办事。正是这种错误的雇佣观点，导致移民工作没有从部分人的行为转化为全社会的行为，没有形成主动搬迁的大氛围。

其二，个别地方和单位有擅自扩大规模，超标准建设的现象。有的迁建单位不顾自己的实际情况，扩大迁建项目的规模和标准，造成补偿资金不够，只好四方筹钱，或形成半拉子工程，等待上面给钱。这种现象如不加以注意，将会影响到移民的搬迁，造成恶劣的社会影响。

其三，移民工程的管理有待加强，质量有待提高。各种专业基础设施和迁建房屋的质量，关系到千秋大业，关系到移民工作的成败。目前，虽然从整体上看移民工程的质量较好，但仍存在很多不容忽视的问题。如云阳县在去年开展的移民工程质量拉网式大检查中，就查出56个质量问题，其中有5个较大质量问题，1个质量隐患；万州龙宝建委在对双河新城建设进行整顿中发现，工地管理人员到岗率只有18.8%，管理人员混岗率达25%，原辅材料中沙库存合格率只有11.9%，施工秩序规范率只有12.5%。此外，由于对工程质量监理认识不到位，不少迁建单位怕多花钱，因此监理制的建设与实施也很不理想，有的县工程监理面还不到50%。

如何加快城镇迁建的进度，确保工程质量，确保按期完成二期移民任务，不出现"水赶人走"的状况？记者在与万州移民开发区和一些县的同志的探讨中得到了答案，认为应从以下几方面加强工作：

首先，要加强对城镇迁建的领导，落实领导责任制。要明确各级一把手是移民工作质量和移民工程质量、安全、进度的第一责任人，哪个地方没有完成任务，哪个单位出了问题，就要追究责任人的责任。

目前，加强领导已引起万州移民开发区的重视，因新县城选址、地质等原因使城镇迁建落后于奉节县，近日从加强领导和规范建设秩序入手，分别建立起县级领导联系移民工作、对移民迁建实行督导、建立一支13人的专职移民督导员队伍、实行移民工作公示制等6个制度，把责任落实到了各级领导和移民工作干部的头上。

其次，坚持基础设施建设先行。对新建县城、集镇的水、电、路、气、通信及生活配套设施，应该加紧建设，尽快形成迁建和居住生活的条件，这样才能调动迁建单位和居民主动搬迁的积极性。同时，党政机关是一个地方的政治中心，因此，在迁建中，县乡党政机关及所属部门应带头搬迁，政治中心的移动，必然带动文化、商业等中心的迁移。

再次，严格执行移民迁建规划，把移民工程纳入基本建设项目的规范化管理，这是控制城镇迁建超规模、超标准建设和确保工程质量的关键。万州区龙宝管委会针对新城建设中工程管理较混乱的情况，果断地决定由建委统一负责移民工程建设的管理，建委接手后，按基本建设的法律法规对移民工程建设进行整顿，规范建设秩序，完善相关制度，使建设的速度加快，质量得到了保证。应该说，这种由专业管理部门统一管理移民工程建设的做法是值得推广的。

最后，严格管理，节约迁建经费。移民补偿资金是有限的，只有从设计方案上优化、建筑施工上加强管理，才能降低迁建成本，保证移民工程不成半截子工程，按期完成。龙宝管委会所辖的瀼渡镇，是库区第一个移民全迁镇。在集镇的迁建中，这个镇采取了一系列降低成本的措施，其中包括自办采石场，蓄存河沙、卵石在洪水期使用，自办水泥构件预制场和购置自用运输车等，使集镇迁建工程累计降低成本200多万元。

二期移民迫在眉睫。必须加快城镇搬迁速度，才不会"水赶人走"，也唯有强化工程管理，才经得起历史的检验。

《重庆日报》，1999年8月2日

置之死地而后生

——万州移民开发区移迁企业采访札记

进入二期移民阶段，工矿企业的搬迁便成为万州移民开发区移民搬迁的重头戏之一。

为了三峡工程的建设，万州移民开发区共有955家企业需搬迁，受淹工矿企业补偿投资总额39亿多元。在一期移民中已搬迁了64家工矿企业，按照规划，二期移民中需搬迁322家企业。

淹没搬迁企业普遍存在规模小、装备落后、产品档次低、经济效益差的状况，在这样的现状下，企业迁建的路如何走？

市场经济的法则表明：原样复建、"克隆"式的搬迁注定要走进"死胡同"。

事实已摆在面前：从1993年到1998年，万州移民开发区已搬迁工矿企业169家，经组合迁建竣工投产建成121个项目。据对竣工投产的92家企业的统计，盈利企业只有28家，仅占30%。

这一严峻的事实说明，工矿企业的搬迁需要寻找新的出路。

路咋走？

开发区党工委、管委会在认真总结了前阶段工矿企业搬迁中的经验教训后，果断地作出决定：搬迁后不能起死回生的不搬，没有新产品、新技术项目的不搬，污染严重、亏损严重的不搬，结构、产品趋同未经联合及班子不力、管理不善的不搬，同时支持有科技含量、有市场前景、有外来合作伙伴的企业优先搬迁。按照这一原则，该关的必须关，该停的坚决停，能并的加快并，可转的立即转。

新的工矿企业搬迁思路以效益为中心，按照市场的需求，丢掉"瓶瓶罐罐"，抓住搬迁的机遇，大胆地调整结构。开发区有关部门对工矿企业的迁建规划重新作了调整，开发区淹没的955家企业，按原规划是压缩成590家组合搬迁，修订调整后，除已搬迁的169家外，只保留在建、拟建企业122家，其余的都将"关、停、并、转"。

这是"置之死地而后生"！

"置之死地"的路子探索任务交给了企业迁建任务较重的奉节县。

奉节县有114家淹没迁建企业，按照新的迁建思路和原则，有67家企业要被置于"死地"，实施破产关闭，解体安置销号。

县里按照"企业解体关门，职工拿钱走人，补偿一次到位，移民安置销号"的原则，选择了在所有制性质、资产状况等方面具有代表性的两户国有企业、1户集体企业和1户乡镇企业进行试点。试点工作严格按照法定程序进行，即国有企业由法院宣告破产，组成清算组，依法清理处置资产，安置人员；城镇集体企业和乡镇企业由原批建部门作出关闭决定，依法组成清算组，清理处置资产，安置人员。在此基础上进行"两签两证"，补偿销号，即销号企业与移民部门签订销号协议，职工与销号企业签订一次性补偿安置协议，两个协议分别由公证机关和劳动仲裁机构鉴证生效。

今年3月上旬，两家国有企业已被法院宣告破产，实施销号将在近期结束，另两家企业也将由政府宣布关闭，实施解体销号。

在奉节县开展试点的基础上，忠县、云阳、巫山、开县等把没有市场前景，该关、该停的淹没企业"置之死地"的工作也开始稳妥有序地进行。

"置之死地"的工作并非万州移民开发区在孤军作战，国务院已研究将在政策上给予支持，重庆市也派出工作组，进行具体的指导。

"死"的要让其死得干净利落，不留后患；而生的，则应让其活得潇潇洒洒，有滋有味。

咋个活？

利用对口支援的机遇，敞开万州大门，引进国内外的资金、技术、项目、品牌、市场等，带活一批淹没迁建企业。

在引进了常柴、白猫、春都、迪康等一批国内知名企业和品牌进来与迁建企业合作并取得成功的基础上，今年以来，万州移民开发区进一步改善投资环境，加大开放的力度，引进资金、项目，采取兼并、合作等方式促进了企业的迁建。仅1至5月就落实了107个项目，有70个项目动工。

活出来的迁建企业已成为万州移民开发区新的经济增长点：奉节县糖果厂被成都国泰集团兼并后，迁建成重庆民安药业有限公司，年产高科技新药安产灵、促熟灵50万瓶；云阳县在引资合作搞迁建中，培育起了一批工业"小巨人"；万州天城通过企业迁建，已形成10个新的经济增长点……

调整产业、产品结构，实施转产、组合搬迁，也给万州移民开发区能够活的迁建企业带来了生机。

在万州龙宝，企业组团搬迁的万里鞋业有限公司、重庆市双金复合材料有限公司等，已成为库区工业经济的亮点。在万州开发区还有一些工矿企业在搬迁中转向第三产业，如奉节县新兴实业公司就在迁建中转向三产项目，修建"长江宾馆"。

"置之死地而后生"，万州移民开发区企业迁建中的这一路子，使移民企业的迁建走出一片新天地，使库区形成一批市场前景看好，有强大竞争力的新的经济增长点。

《重庆日报》，1999 年 8 月 3 日

公路通，财路通

——奉节县库区公路建设纪实

库区要致富，先把路来修。

奉节县位于三峡库区腹心，东接巫山，西邻云阳，北连巫溪，南与湖北的恩施、利川接壤。特殊的地理位置，使奉节位于旅游大金三角的中心，是渝东的交通枢纽和大门。但当地人长期习惯水里来水里去，不大重视陆路建设。

黄牌警告下的奋起

在前几年的交通建设大战中，奉节落伍了。北面的巫溪把奉溪东路的水泥路修到了奉节县境边，南面恩施、利川的修路工地上也是热火朝天，奉节却动作迟缓。在1996年的公路建设考核中，奉节县受到了当时的万县市委、市政府的"黄牌警告"。

知耻后勇，奉节把交通强县作为发展要务。1997年下半年，县几大班子经过反复思考，通过专家论证，制定出了跨世纪的"53712"交通建设工程的实施计划，计划用5年的时间，改造硬化东西南北出境干线和区乡干道371公里，兴建长江大桥和梅溪河两座大桥，从而形成西安—大三峡—张家界的金三角黄金旅游线，达到以交通带流通，以交通兴经济的目的。

今年是奉节实施交通建设"53712"工程的第二年，该县开工建设了渝巴路奉节段，完成100公里公路的改造和硬化，两条沿江路和城朱路、城草路的建设速度加快，梅溪河、下窑湾、李家沟、白衣庵4座桥梁日夜不停地施工，长江大桥的前期准备完成，即将开工……

在去年创下硬化公路130公里的佳绩后，今年，奉节的公路建设又掀新高潮。

这是在"黄牌警告"下的奋起！

连接南北大手笔

今年4月，连接南北大动脉的巫恩路奉节段共137公里全部改造硬化完成，至此，从奉节到湖北恩施的巫恩路全线硬化竣工，实现通车，金三角旅游黄金线打通。

南北主干线的改造和硬化是奉节县在交通建设上的大手笔。这项投资1亿多元的工程，只用了1年多时间就顺利完成。

北岸从奉节到巫溪的干线有37公里，县里筹集4 000万元，采用公开招标的方式，有12个建筑公司夺标。夺标后的建设单位在修建中相互竞赛，抢进度，比质量，短短的几个月内就在悬崖峭壁上改造出了一条平坦的水泥公路，使从奉节到巫溪的路程缩短了一半。

南岸到湖北恩施的100公里干线的改造和硬化是一场硬仗，不少路段都要从悬崖峭壁上重新辟路。这条线不仅是南边的出境干道，而且是开发天坑地缝的旅游线，是带动南岸几个区农民致富的富裕路。因此，县里把这场硬仗交给了民兵。以区为单位组建的10个民兵营、78个民兵连，共6 800余民兵开上了工地，日夜奋战，打起了硬仗。

从高桥至荆竹的16.5公里路段是新修工程，由于山势险恶，地表破碎，修了垮，垮了又修，工程难度相当大。负责啃这块硬骨头的兴隆区民兵营激战半年，圆满地完成了任务。城关、甲高、草堂、竹园等民兵营在修李家坝至高桥路段中，只用50天时间，就完成了路基的土石方工程，创下了修建山区公路的高速度。

奉节县这种组建民兵营修建公路，将市场经济手段与民兵的奉献精神相结合的做法，受到了中央军委的肯定。

实事得民心

修建公路，改善交通状况，是为老百姓办实事，因而，奉节县大兴公路深得民心。荆竹乡白屋村村民唐成登因公路改线，3次拆迁自己的房屋，但这位朴实的农民没有半点怨言，他说："这是政府在为我们办好事，受点损失没啥！"

公路修建沿线的农民，像战争年代支前那样支持公路建设。长凼乡母猪槽村和荆竹乡椅子淌村的农民，因修路放炮房子被飞起的石块砸得千疮百孔，但从未有人到工地提要求，总是自己悄悄把砸烂的地方补好。有的群众宁愿自己住岩洞、搭临时窝棚，让出房子给修路人员住宿。

县城机关单位的干部职工和沿线的老百姓，经常买上猪肉、蔬菜到筑路工地上慰问第一线的工人，据不完全统计，已为筑路工人们送去了价值近20万元的慰问物资。

县里组织主干道的改造和硬化，也激发了农民们自发地修村社公路的积极性。今年，尖峰乡樟木村的农民自筹资金20余万元，400多名村民经过3个多月的奋战，在悬崖峭壁上修通了一条20公里的山村公路。南部山区里的新民区，修通了46条、共568公里的山区公路，其中新民镇洞湾村的村民把公路修到了每个合作社，80%的农户家门口通了公路。公路通，财路通，源源不断的山货运到了山外，销往湖北、湖南、陕西等10多个省市。今年新民山货外销已达4000余万元，全区农民因此人均增收400多元。

公路，为山里人打开了致富的广阔天地。

《重庆日报》，1999年9月2日

重组现希望
——调研"移民经济"

企业搬迁是二期移民中的重头戏，企业搬迁中的"移民经济"发展，是库区最头痛的一个问题。

奉节县国有印刷厂是一家淹没企业，在迁建中因结构调整实行了关闭。当国家按有关政策对职工们进行一次性补偿安置，由职工自谋职业后，厂里的一名副厂长联合了12名职工入股，新组建起渝东商务印刷有限公司，为原厂80%的职工重新找到了就业岗位。

像这种利用关闭或依法破产后的残值资产，进行人员、资产等的重组，是库区搬迁企业在发展"移民经济"中闯出的一条出路。

在二期移民搬迁中，重庆市共有677家淹没企业需要搬迁，有13万搬迁企业职工需要妥善安置。而在这些搬迁企业中，大多数都因是"五小"和弱势企业，按规划要走关闭或依法破产的路，也就是说，13万职工中的大多数都得重新寻找就业门路。

妥善安置关闭、破产企业职工，使他们的基本生活得到保障，并积极扩大再就业门路，帮助他们尽快走上新的就业岗位，这是移民搬迁中不可忽视的一项任务，也是"移民经济"发展的一个重要方面。

如何才能让这部分移民的经济发展起来？重组，给企业迁建中的

"移民经济"发展带来了希望!

万州区龙宝移民开发区管委会已依法关闭、破产了23家移民迁建企业，通过引导，目前这23家关闭、破产的企业中，已重新组建起了9家新企业，使关闭、破产企业中40％的职工重新找到了就业岗位。

企业关闭、破产后，有一部分残值资产是可利用的，关破企业职工中的管理、技术和市场营销人才也可充分地利用。因而，政府和有关部门通过引导和扶持，让资产、人才等资源进行重新组合，催生出机制、产品、市场等都是全新的企业，这可能是目前库区关闭、破产企业最好的出路之一。

在对外开放中实现企业的重组，还可以大大推动迁建企业的技术更新、设备上档、产品升级，让迁建企业真正实现"置之死地而后生"。奉节县抓住对口支援的机会，引进了50余家全国各地的优势企业，对关闭、破产企业的残值资产进行收购或兼并，重新组建新的企业，并由此而培育起了一批新的经济增长点。奉节白帝水泥厂在1999年搬迁后就一直亏损，后引进辽宁一家优势企业兼并后，通过技改，采用先进的技术，今年的产量已达到21万吨，不仅把900多名移民安置稳了，企业也重组出了好的效益，职工收入成倍增加，企业利润上升，国家每年也有了数百万元的税收。

重组，给关闭和依法破产的移民迁建企业带来了希望，也给迁建企业中的"移民经济"发展带来了生机。

《重庆日报》，2001年12月5日

扶持需打提前量

——调研"移民经济"

"发展生态高效农业。"记者在调研中，几乎所有地方的领导都提出这一思路。看来，生态高效农业是农村移民们最看好的"移民经济"。

思路没错，而且已经有了成功的典型。

云阳县双江镇兴隆村就地后靠安置的19户移民，搞起了22个蔬菜大棚，种植市场需求的反季节蔬菜，收入可观。万州区采取建设生态高效农业示范园的方式，发展了上千亩的花卉、荔枝等高效农业项目，集中安置了上千的农村移民，生态高效农业支撑起了移民们的经济收入。

可惜，这样的典型还只能停留在典型示范上，大面积的推广还受到很多条件的限制，绝大多数农村移民在"移民经济"的发展上还面临着诸多的困难。

生产条件的限制是需要跨越的第一道门槛。从江边后靠以后，水源、土质等条件都发生了变化。因而，如果现有的生产条件没有得到改善，要发展生态高效农业，只能是纸上谈兵。

巨大的投入对移民来说是又一道门槛。高效农业多是初期投入较高的项目，而移民们在搬家中几乎是把多年的积蓄都用光了，要再在生产上有大的投入，对大多数移民户来说，确实是有点困难。

农村移民的"移民经济"发展需要扶持！

"前期补偿，后期扶持。"这是三峡移民搬迁中的政策。库区的干部们都建议：扶持提前。

水利是农业的命脉，扶持移民们改善水利设施，可以说是当务之急。目前，库区的政府已经看到了这一点，而且不等不靠，主动想法改善移民地区的水利设施，云阳县在去年筹集了920多万元专项资金的基础上，今年又投入900多万元的资金，改造莲花、渠马等移民大镇的水利设施。万州区近两年已投入5 000多万元解决了8 000多名农村移民的生产和生活用水。但是，从整个库区来说，还需要扶持，需要地方政府集中使用一些专项资金，重点帮助移民们改善生产和生活条件。

加强对移民科学文化素质的培训提高，增强他们发展"移民经济"的本领。有关部门可以适当增加移民培训的投入，有针对性地对他们进行高效农业技术、市场经济知识等方面的培训。

抓住对口支援等机遇，有意识地引进一些生态高效农业项目到移民地区，对移民们进行扶持，这样可以有效地解决移民们在发展高效农业中的资金、技术、市场等难题，直接扶持他们发展起生态高效农业。

拓宽农村就地后靠安置移民的就业渠道，多元化、多层次地增加移民的经济收入。比如因地制宜地发展旅游产业等第三产业，组织国内甚至国际劳务输出等。

农村移民的"移民经济"发展，需要把"后期扶持"提前。

《重庆日报》，2001 年 12 月 7 日

三峡大移民（上）
——看重庆怎样破解世界级难题

　　1993年，当三峡百万移民工程正式启动时，国外水利专家断言：这是一道世界级难题。

　　10年后的2003年4月27日，当国务院长江三峡二期工程验收委员会移民工程验收组在重庆审议并通过了《长江三峡二期移民工程终验报告》时，我们可以自豪地向全世界宣告：百万移民这道世界级难题正被破解！

夔门"让路"，"神女"惊叹——在破解世界级难题中，重庆人创下了世界奇迹

　　根据1992年三峡水库淹没调查，三峡工程正常蓄水位175米设计淹没线下，将淹没重庆库区862平方公里，其中陆地面积471平方公里。淹没涉及16个区县（自治县、市）的237个乡镇、110个城（集）镇，其中城市两座，县城7座，淹没涉及企业1 397家，淹没耕园地30万亩，以及港口、码头、公路、通信线路等一批基础设施和沿江部分文物，主

要淹没实物指标占全库区的85%。到2009年三峡工程建成时，重庆库区将最终完成103万移民的搬迁安置任务，移民搬迁任务也占三峡库区的85%以上。

据有关资料显示，世界百万以下人口的国家有36个，当今世界上最大的水电站——巴西、巴拉圭合建的伊泰普水电站，总共移民仅4万人。加纳沃尔塔水利枢纽工程移民8.4万人，印度萨塔萨洛瓦水利工程移民10万人。中国的新安江水库移民30万人，丹江口水库移民38万人，其移民数量最多也不到三峡移民的1/2。难怪国外水利专家要把三峡移民工程称为"世界级难题"。

10年艰辛可歌可泣，10年心血结出硕果，10年攻坚创下世界奇迹！

经过8年的移民试点后，从1993年正式实施移民工程以来的10年，重庆人民向党中央、国务院和全国人民交出了一份满意的答卷：完成二期移民56万人，累计搬迁移民57.76万人，比规划流程提前了10多个百分点；累计完成移民投资293亿元，建成了各类房屋2 000多万平方米，迁建了8座城市和县城，搬迁了51个集镇，复建了一大批公路、桥梁、港口、码头、输变电线路和通信设施。

就地后靠，外迁移民——与时俱进使百万移民这道世界级难题得以破题

从开始的就地后靠到外迁移民，坚持依法移民，在破解百万移民这道世界级难题中，始终坚持了4个字：与时俱进。

1994年底，奉节县安坪乡大保三社的47户移民将91亩荒坡地和14亩低产地改造成了脐橙园地，并分户落实到移民户，同时完成了水、电、路的配套工程。从1995年夏天开始，该社的移民们开始修建移民房，随后从江边就地后靠搬到了175米蓄水线以上。

这是移民之初涌现出的就地后靠典型中的一个。在就地后靠安置方针和典型的推动下，到1997年，重庆库区在荒山荒坡上开发出移民安置土地10余万亩，安置农村移民1万余人。

然而，1998年发生的长江特大洪水，使人们认识到库区的环境容量有限，单一的"就地后靠"搬迁安置办法已行不通了。党中央、国务院及时调整和完善了移民政策，提出了坚持多种方式安置农村移民的方针，把本地安置与异地安置、集中安置与分散安置、政府安置与自找门路安置结合起来。按照这一新的农村移民方针，重庆库区开始了前所未有的外迁移民工作。在党中央、国务院的统一安排下，重庆库区的11.6万农村移民外迁到了广东、上海、湖北、山东等11个省市及重庆市内的江津、合川、铜梁等地。

三峡移民是一项政策性很强的工作，在移民的具体实践中不断产生的新矛盾、新问题，又使移民工作进入了依法移民的轨道。

早在1993年，国务院就制定并发布了《长江三峡工程建设移民条例》。2001年2月，国务院又重新修订公布了《移民条例》。与此同时，市人大常委会、市政府也根据重庆库区移民工作的情况，制定出台了相应的法规和政策，使移民工作规范到了依法移民的轨道上。依法移民在二期移民的最后攻坚和解决难点问题上起到了关键性的作用。

与时俱进使百万移民这道世界级难题得以破解，与时俱进是全面破解这道难题的一大法宝。

云阳"模式"，奉节"路子"——不断创新为破解世界级难题找到了一个又一个解决的方法

世界级难题需要在实践中不断探索才能破解，在破解这道难题时，库区各地根据自己的特点和不同的情况，充分发挥创新精神，不断创造

出新的搬迁经验，找到了一个又一个"解题"方法。

在县城移民搬迁中，云阳县在重庆库区中率先走出了一条政府部门"组合搬迁"的路子。1999年，当云阳新县城还没有搬进几户移民时，县四大班子和48个部门联合在县城修建起行政大楼，率先整体搬迁到各种配套设施还不齐备的新城办公。这种组合式搬迁行政单位的模式，不仅加快了搬迁进度，而且节约了41亩土地、1 400万元资金，也为今后方便群众到政府部门办事奠定了基础。由于行政中心率先搬迁，带动了其他单位和居民的搬迁，云阳县因此成为重庆库区二线水位移民中第一个完成县城搬迁任务的县。随后，"云阳模式"在重庆库区迅速推广。

移民先移校，这是奉节县率先走出的一条路子。由于地质原因，奉节新县城选址延后了3年，而搬迁任务又是最重的：5年时间要完成8年的任务。因此，必须调动全体移民主动搬迁的积极性。于是，他们创造出了移民先移校的办法，先在新县城把中小学建好，学校先行搬迁，促使旧县城的居民为了自己孩子上学方便，主动把家搬迁到新县城，从而带动了整座县城的搬迁，终于用5年时间完成了8年的搬迁任务，保证了三峡工程二期蓄水的需要。

万州区龙宝移民开发区创造的"移换安置"，丰都县创出的"一字工作法"，巫山县创出的"一包三挂"，云阳县创出的"联户自建"……在破解世界级难题的10年时间里，重庆库区的干部群众用创新精神攻克了一道又一道难关，为2009年最终破解百万移民这道世界级难题积累下宝贵的经验。

《重庆日报》，2003 年 5 月 26 日

三峡大移民（下）
——记那些舍小家为国家的人们

10年移民的风风雨雨，把库区人民无私奉献的博大胸怀展现得淋漓尽致。10年移民的坎坷历程，把库区儿女的心血汗水铸成一座永恒的世纪丰碑。

舍小家，顾大家，50多万搬迁移民用自己的奉献写下了三个大字：为国家

深明大义的是移民，无私奉献的是移民，可亲可敬的是移民，值得大书特书的是移民！60多岁的宋公林是巫山县石碑乡青石村七社社长，他家10口人都是移民，占了全社后靠安置移民总数的1/3。搬迁前他家的房子是镇上最好的，两楼一底的砖混结构，还有一套古屋。自从神女溪旅游开发以来，他把房子装修一新，前年国庆节期间，他家接待游客近百人，直接收入5 000余元。

在二线水位移民中，全村的移民都盯着他，如果他不拆房搬迁，其他人是不会搬的。

在去年"五一"黄金周到来的前两天，他毫不犹豫地把房拆了，搬到了后靠的新居民点上。

见到这位"损失"最大的移民户搬了，其他移民也跟着搬到了新居民点，把旧房拆了。

"果树砍了还可以栽，房屋拆了还可以建，移民任务不能耽误，我先搬！"万州区河口乡姜家村八社的李银芝搬迁前家有一片年收入好几千元的桂圆林，这是他一家的主要经济来源，也是他的"命根子"。当二线水位移民搬迁期临近时，他主动把树砍了，把房拆了。在他的带动下，全社18户移民都主动搬到了新的地方。

52岁的冉以奎是云阳县高阳镇红庙村移民，他家有200多株佛手树，100多株柑橘，一家小酒厂，50多头肥猪。在当地算得上是"小康之家"。当他的日子过得正红火时，外迁移民开始了，政府动员他家外迁到江津市的西湖镇。50多岁的人了还要搬迁到几百公里外的地方去重新创业，老伴一时想不通。可老冉却不这样想，他对老伴说："哪一方水土不养活人，大不了就是苦点累点，这是为了三峡工程建设，我们做点奉献是应该的！"在他的带动下，该社冉家的6户共26位移民也主动外迁到了江津。

离开难舍难分的故土，亲手拆掉祖祖辈辈居住过的老屋，砍掉自己亲手培育起来的果树……在已搬迁的57万多移民中，像这样动人的故事数也数不清。

掉皮肉，流血汗，库区数万移民干部用自己的心血写下了三个大字：为移民

吃苦在前的是移民干部，忍辱负重的是移民干部，令人感动的是移民干部，默默奉献的是移民干部。

冉绍之是我市移民工作中涌现出的先进人物，他的事迹在全国传扬。数以万计的移民干部们在移民工作第一线流汗、流泪、流血，甚至用生命为破解"世界难题"默默奉献。

"死后把我埋在山丘上，我要亲眼看到全村的移民迁出！"这是云阳县高阳镇牌楼村60多岁的党支部书记叶福彩对老伴的临终遗言。2000年7月，叶支书带着村里的50多位外迁移民到湖北省去对接，刚到湖北就病了。他忍着病痛，坚持工作了26天。

当最后一名移民的对接工作完成后，他才到医院检查，结果让人惊呆了：肝癌晚期。半年后，他就离开了人世，可在他临终之时心中惦记的仍然是移民。

2002年11月14日晨，年仅44岁的万州区移民局副局长杨钢带着遗憾离开了人世，这位从移民工作一开始就奋战在这条战线上的移民干部，因过度劳累而患上绝症，住进医院仅几个月就去世了。5年前，当他还在云阳县任移民局局长时，他的母亲去世，正忙着一期移民工作抽不开身的他只好背着"不孝子"的名声，没能去为母亲送终。事后，他把母亲去世的时间设定在传呼机上，每天通过传呼机的定时呼叫来表达对母亲的怀念。

何树华是万州龙宝移民开发区高笋塘街道办事处副主任，在二线水位移民最紧张的时刻，他的妻子和岳母都相继住进了医院。几个月的时间里，他白天坚持在移民工作第一线，深夜才赶到医院照顾妻子和岳母。在帮助街道一户移民搬迁时，这户移民家的女儿一时想不通，拉着何树华一起去跳崖。站在悬崖边上，何树华继续做对方的思想工作，最终让对方冷静下来，思想通了后搬了家。

"掉皮掉肉不掉队，流血流汗不流泪。"这是从移民干部们心中喊出的声音，移民干部们没有星期天，没有节假日，不少移民干部虽与孩子住在一起，可经常是十天半月也与孩子见不上一面，早上出门时孩子还没有醒来，晚上回家时孩子已经睡熟……

流血事件也不时发生在移民干部们身上。去年，在护送外迁移民的船上，两名移民发生纠纷相互提着砍刀动武，奉节县新城乡乡长张剑冲到两人中间拦阻，身上被砍了两刀，鲜血直流。到岸上包扎后，他继续坚持把移民们护送到目的地。

忠县监察局副局长张兰权倒在了移民工作的岗位上；巫山县检察院副检察长张恺在做外迁移民思想工作中摔断了腿……

为国家，为移民，10年艰辛，10年心血，凝聚成一座丰碑：三峡大移民

当二线水位移民刚刚结束时，奉节县就开始进行规划设计，在新县城里修建一座移民纪念碑，把老县城和新县城模型及移民搬迁史镌刻在上面，让这段波澜壮阔的历史流芳百世。

从2 000多年前的巴人入渝的第一次军事移民到清初的"湖广填四川"的大规模移民，三峡库区的4次大移民都是从外移进三峡。这4次移民造就了以威武、刚烈为主的三峡文化，在三峡的历史上写下了浓重的一笔。

在历经10年的三峡移民中，当年走进三峡的外来人的后裔们又以舍家为国的壮举，续写

了壮丽的三峡历史，为三峡文化增添了新的内涵。

数十万搬迁移民和数万移民干部用10年的艰辛和心血铸就成一座丰碑：三峡大移民。

在三峡大移民这座丰碑上，既铭刻下了库区干部和移民在近4 000个日日夜夜所上演的可歌可泣、威武雄壮的"历史剧"，更刻下了激励后人不畏艰险、不怕困难、勇往直前、敢破世界级难题的三峡大移民精神。

站在这座"丰碑"前，我们不能不为三峡移民那种舍小家、顾大家、无私奉献为国家的博大胸怀而顿生敬意。

站在这座"丰碑"前，我们不能不为移民干部们那种宁可苦自己、绝不误移民的高尚情怀而感动。

三峡大移民这座"丰碑"不仅让国人感到骄傲，也让全世界瞩目！

《重庆日报》，2003 年 5 月 27 日

从量变到质变

——巫山旅游开发带动移民开发的成功实践

　　"吹一支小三峡的牧笛，听一首神女溪的恋曲，有谁看见巫峡深处的女神，爱恋从不放弃。啊，巫山云；啊，巫山雨。十二仙女的传奇，平湖高起的明丽，一半是相思，一半是爱意……"4月12日下午，著名歌唱家王宏伟走进录音棚，为巫山旅游演唱起《神女等待你》。

　　该县一负责人说，巫山旅游在10年的磨砺中，日渐走向理性。

"老旅游"陈健的亲历感："疯狂"过后变冷静

　　经过公招考试，竞争上岗的巫山县旅游局副局长陈健，1998年就开始搞旅游，虽然年龄不大，但算得上是巫山的"老旅游"了。

　　"直辖这10年，巫山旅游从'疯狂'走向了理性，实现了从量到质的转变。"陈健对记者说道。

　　1997年是巫山旅游最"疯狂"的一年，在"告别三峡游"的舆论下，还没有充分准备好的巫山小三峡，一下子涌进来132万名国内外游客。那一年，巫山人感到"遍地是金"，哪怕就是在县城摆一个小摊，每月也可以赚上几千元。

"可是，'疯狂'过后带给巫山旅游的是冰霜。"陈健说，次年，来小三峡旅游的游客，一下子降到了38万。在"告别三峡游"中赚了钱的巫山人傻眼了，财政收入大幅度减少不说，旅社、餐馆、小摊都冷清下来——旅游的钱，不那么好赚了！

面对小三峡的冷清，巫山旅游也冷静下来。陈健说，1998年，巫山针对三峡成库后将带来的变化，作出了以小三峡为主的第一个旅游发展总体规划，开始按规划把巫山旅游从量变引导到质变。

这个规划除了保护好小三峡外，还把小三峡延伸向上，开发小小三峡，并努力注入三峡民间文化的内涵。规划首次提出了旅游市场营销的理念，把游客来源进行了重新定位；在文化内涵的开发上，在琵琶洲、马渡河等处增加三峡歌舞表演、地方美食，开发三峡旅游产品等。

"这个规划把我们从'疯狂'引导到理性后，巫山旅游开始一步一步地打基础了。"陈健说。他们把县内的几十家旅行社整合起来，成立了旅游集团，从等客上门转变为主动出击，向外进行产品促销。在旅游景点的建设上，又开发了小三峡内的小小三峡漂流项目、罗家寨景点等。

2003年三峡工程135米蓄水后，给小三峡旅游带来了新变化。面对新变化，他们对巫山旅游重新予以了定位。

"这重新定位的巫山旅游是在打造巫山的自然景观的同时，挖掘巫山丰富的文化内涵，并进一步完善规划。"陈健说，在完善旅游总体规划的基础上，又制订出小三峡、小小三峡、十二峰景区、神女溪景区保护建设，巫山城周旅游开发建设等10余个相关规划；明确了以北部小三峡、东部巫峡、南部龙骨坡景区为重点，有步骤地实施全县旅游开发的基本思路，力求把巫山从过境旅游地变为度假休闲胜地。

按照新规划，巫山旅游先后开发出了神女溪，复建了大昌古镇，推出了梨子坪森林公园项目等；同时，正着力打造龙骨坡巫山人遗址科考游项目。

陈健说，冷静让巫山旅游开始实现质变。2000年以来，巫山相继建成了"中国优秀旅游城区""中国优秀旅游名县"。今年初，小三峡景区又成为了"全国首批5A景区"。

"疯狂"过后的巫山旅游，虽然每年的接待人（次）比1997年有所减少，但凸显出质量，对巫山经济的带动力明显增强。陈健说，目前，巫山旅游行业的直接从业人员有5 000余人，被旅游带动起来的相关从业人员已有1.6万人；直接收入和间接收入比已达到1：5，旅游的综合社会年收入已超过3亿元。

"猴粮"撒放人龚清兵的成就感：
从"山大王"到"猴司令"

4月13日凌晨6点钟，专门负责为小三峡内的三峡猴撒粮的龚清兵便早早起床，赶到"风景二号"工作船上，迎着清新的河风，往第一个放粮点赶去。

8时许，船到达第一个猴粮投放处。老龚习惯性地抬头向山崖上望去，只见上千只早已等候在山崖上的猕猴，眼光都齐刷刷地盯着他。

"又等不及了！"龚清兵咕哝一句，从船上扛起一袋玉米，跳到河边的石崖上，健步攀上早已选定的放粮点——一边走，一边松开扎好的袋口，将金黄色的玉米撒在了地上。

"嘘……"两袋猴粮撒放好后，他吹了一声口哨。顿时，山崖上、树丛中的上千只猴子窜了出来，奔向猴粮撒放地。到了放粮的平台，猴群站在旁边，等着一只尾巴较短的大猴子吃了后，才一拥而上抢吃起来。

"那只大猴是一只公猴，是猴王。"老龚说，三峡猴的猴王是从激烈争斗中得胜才坐上猴王这把交椅的。每次选猴王时，公猴们都要进行决斗，在决斗中，几乎都要受伤。你看那猴王的尾巴要短一点，就是在决斗中被咬了的。但一旦决斗得胜，坐上猴王的交椅后，就享福了，吃粮要优先，群猴中所有的母猴交配，都得由它来进行。

"但是，它享福的时间也不长，一般是3年左右，老猴王就得隐退。"龚清兵说，新决胜出来的猴王上任后，老猴王就只有躲在山洞里，不久就老死或病死了。在这上千只三峡猴中，有好几群猴。

8点40分，船到灶门子放粮处；9点钟，船到马渡河放粮处……共有5个放粮点。每到一处，老龚撒放好猴粮后，都要与早已等候在那里的猴群吹口哨打招呼。

"每周星期一、星期五是猴粮的固定投放时间。"龚清兵说，现在每次的投放量是480公斤。一年要投放4万多公斤猴粮。

"你可是小三峡里名副其实的'猴司令'哟！"记者与他开了一句玩笑。

"当然。"他很有成就感地说，"开始投放猴粮时，小三峡里只有几百只猕猴，我还只能算是一名'山大王'。现在，我变成了一名'统领'3 000多只猴子的'司令'了。"

"三峡猴的增多，说明我们保护小三峡的生态环境取得实效。这也是小三峡旅游的变化之一。"

船工黎圣平的自豪感：从艄公到大型旅游船船长

今年37岁的黎圣平，18岁开始就在大宁河上开旅游船。谈起这10年的变化，他感到无比自豪："这10年间，我从小旅游船上的一名撑竹竿探水的艄公，变成了一位驾驶大型旅游船的船长。"

黎圣平的家在小三峡深处的大昌镇双兴村，从爷爷开始，到父亲和他，一家三代人都是大宁河上的船工。爷爷和父亲当年撑的是柳叶似的小舢板。黎圣平说，小时候，常听爷爷和父亲讲起撑着小舢板船过银窝滩、牛撑尾等险滩时的情景，那简直就是拿着命在滩上玩。

1988年，黎圣平18岁，子承父业，到小三峡的旅游船上当上了一名撑竹竿探水引路的艄公，逐步成长为前驾长和船长。

"在三峡工程135米蓄水前，我们驾小游船也很艰辛！"他说，"从龙门峡到小三峡，要经过银窝滩、琵琶洲、牛撑尾三道险滩，船过这三道滩时，由于滩险，游客得下船来走一段路，船工有时得下河推船过滩，然后再让游客上船。在小三峡开旅游船，游客们是兴奋不已。但我们开船的人却连眼睛都不敢眨一下，生怕触礁打船。就是这样百般小心，船底被擦、船桨打坏也是经常的事。有时走一趟船，要换几次船桨。"

"2003年6月12日，是我一生中最难忘的日子。"黎圣平说，那天，三峡工程蓄水至135米，小三峡可以行大游船了。游船公司提前打制的深圳号和小三峡10号两艘大游船在那天首航。他作为小三峡10号游船上的一名水手，走了第一趟船。

"作为在滩多水急的大宁河上走了几代船的船工，我第一次驾着现代化的大游船，载着国内外的游客在小三峡旅游，体验到一种从未有过的自豪感！"他说，那天，他虽是一名水手，但特别尽兴。

也就从那一天起，游人游小三峡不再下船过三次滩了。同时，经常船底被擦的小机动游船退出了小三峡旅游。黎圣平回忆道："说实话，当我离开那艘与我朝夕相伴了10多年的小游船时，还真有点舍不得哩！"

"如今，小三峡内已有了18艘大游船。"黎圣平说，几年间，他从一名水手升任为副船长，后又升任为船长。每当他驾着能容纳120名游客的大游船进入小三峡，经过银窝滩、牛撑尾等险滩时，总要拉响汽笛，好好享受那份自豪。

移民黎常琼的满足感："旅游让我一家生活有了保障"

在巫山新县城广场边，有一家只有20余平方米的三峡艺苑古玩店。说是古玩店，其实只是卖旅游工艺品的小店。

店老板名叫黎常琼，40多岁，看起来精明能干。记者来采访时，她在店里忙着，不时招呼着客人。她说："一直都很忙，所以请了姐姐来帮工。"

"是巫山旅游的发展，让我一家生活有了保障！"黎常琼感到满足，她说，这家小店虽然赚不了大钱，但可以让一家人衣食无忧。

她家有两个小孩，还有70多岁的老人。一个孩子在读高中，一个在读小学，每个月家里的开支也不小。"要不是有这个店，我一家的生活还真不知咋办。"她说。

1996年，黎常琼就在老县城里摆了一个小摊，经营旅游工艺品。老县城搬到新城后，她又在新县城广场边租下这个门面，开办了这家工艺品店。2003年，丈夫张家胜又去小三峡内的罗家寨摆了一个工艺品摊，每月收入还不错。去年，张家胜不摆摊了，到一家旅游公司工作，顺便帮自家店进一些货。

说话间，她的手机响了起来。"对不起，我接一下电话。"她掏出了手机。打完电话，她说，她订做的一批货做好了，要她去拿。

"其实，在巫山新城，像我们家这样吃旅游饭的移民不少。"她指着街上生意兴隆的各种店说，这些店多半都是做的有关旅游商品的生意。

"旅游，让我们的生活过得殷实。我们，离不开旅游了！"她说，随着旅游产业的发展，他们的生活还会更好。

《重庆日报》，2007 年 5 月 9 日

第四部分

峡江调查

苦干巧干战贫困

峡江，绿水青山，风光秀丽，山光水色如诗如画。

峡江，穷山恶水，土地贫瘠，贫困缠绕峡江儿女。

贫困区在呼唤，振荡着峡江的山山水水；峡江人在期盼：2000年脱贫致富奔小康。

古有峡女《负薪行》，今有峡江人居洞。300万处于贫困线下的峡江人在渴盼：在本世纪内能摆脱贫困

乘船过瞿塘峡、巫峡，望着长江两岸青山连绵、绝崖峭岩，翻出唐代大诗人杜甫的《负薪行》读起来："夔州处女发半华，四十五十无夫家。更遭丧乱嫁不售，一生抱恨长咨嗟。土风坐男使女立，应当门户女出入。十犹八九负薪归，卖薪得钱应供给。至老双鬟只垂颈，野花山叶银钗并。筋力登危集市门，死生射利兼盐井。面妆首饰杂啼痕，地褊衣寒困石根。若道巫山女粗丑，何得此有昭君村。"

这首诗真实地反映了古代峡女的贫困生活，为了谋生，她们筋疲力尽地登上高高的白帝城卖柴，冒着生命危险贩私盐，由于生活劳苦，脸

上经常是泪痕斑斑。

千年过去，峡江地区人们的生活已有了翻天覆地的变化，但是，贫困还没有离开他们，还像一道绞绳缠绕在他们身上。

地处峡江的万县、涪陵、黔江，有两个（黔江、万县）是全国18个连片贫困地区。而黔江地区的5个县都是贫困县，80%以上的农民是贫困人口，这在全国都是独一无二的。

在涪陵、万县、黔江的22个区（市）县中，有12个是国定贫困县，即石柱县、酉阳县、黔江县、彭水县、秀山县、天城区、五桥区、云阳县、忠县、巫溪县、城口县、武隆县。有8个是省定贫困县，即涪陵市的枳城区、李渡区、南川市、丰都县，万县市的龙宝区、巫山县、奉节县、开县。22个弟兄，有20个穷哥们凑到了一起，使峡江地区成了最大的连片贫困地区之一。

到1995年底，峡江地区的481.37万人口中，还有316.42万是贫困人口。其中万县市128.91万人，涪陵市48.91万人，黔江地区138.6万人，大大高出全国贫困人口的比例。

12个国定贫困县的贫困状况更为严重，1993年，12个国贫县的建卡贫困户是74.74万户，建卡贫困人口340.44万人，有特困乡镇248个，特困村2 414个，特困户44万户。到1995年底，这12个国贫县还剩下246万多贫困人口。

贫困区县和贫困人口大都分布在深山区、高山区、石山区。至今还有一部分人过着食不果腹、衣不蔽体、住不避风雨的生活，有8万农村贫困户没有解决住房问题，170万人没有解决饮水问题，58个乡不通公路。

峡江地区的农村究竟有多贫困？

在黔江，几年前有100万人闹春荒，4万人睡岩洞、住窝棚……

巫山县移民局的同志告诉我们说，就在离县城10多公里的山上，有一个合作社，至今还是一家人同穿一套出行衣裳。乘船过三峡，两岸峡谷的岩洞里，还有人烟……

不仅耳闻，还目睹了一些贫困的现状。

在忠县咸隆乡蓼叶村三社，有一位贫困户邓和，至今还住在岩坎边的一个草棚内，三面为墙壁，不避风雨，一口撕裂缺口的烂铁锅放在土坎边挖成的一个灶坑中煮饭，其贫困景象令人掉泪。

在彭水县平安乡新场村三组邓文奎家，我们见到外面下大雨、屋内下小雨的破房里空空如也，一床烂棉絮在一张破床上裹成一团，四壁透风的墙上用烂麻袋遮挡……

贫困，缠绕着峡江。

峡江，在向社会发出呼唤：

依靠自己的双手，需要全社会的扶持，要同全国的农村一样，不能把贫困带到21世纪去，要在2000年的钟声敲响时，迎来小康。

山是贫瘠的山，水是贫穷的水，人是处于封闭状态的人，峡江地区贫困的根源是恶劣的自然环境加上人的文化科技素质低

峡江地区的20个贫困县，可以说都处于穷山恶水的自然环境中，绝大多数贫困人口都生活在武陵山区、大巴山区。

山，是贫困的第一个原因。黔江地区的5个县都是山区县。从自然风光来看，这里群山起伏，溪河纵横，溶洞密布，树茂花繁。在大山的怀抱里，平地与高山媲美，峡谷与江河竞秀，河水如琉璃般碧，坝子似锦缎般丽。武陵山之奇，小南海之秀，大酉洞之清幽，三十七洞天之神秘，乌江之雄奇，酉水之妩媚，男女石柱之俊俏，官渡峡之神奇，都叫人流连忘返。

然而，自然风光可以令人心旷神怡，但终究不能饱肚子，这里的山地占总面积的76.2%，海拔最高1938米，是典型的喀斯特地貌。国务委员陈俊生在考察黔江地区的贫困时说："山外青山还是山，只见石头不见天。"

由于山多，这里的耕地零碎，坡度大，一般在25度左右。坡陡地瘠，再加上气温低，粮食产量不高，解决温饱就有相当大的难度。

黔江地区如此，涪陵、万县的贫困县也同样是山高坡陡。紧挨黔江的涪陵市武隆县，也在大山的怀抱里，苞谷是山民们的主粮，"早晨吃的横起啃，下午吃的黄腊饼，要想吃个改色样，地里取根苞谷梗。"这在山民中流传的民谣就是最形象的说明。

在万县市的巫山县，乡镇干部下村，一去就是好几天，因为村隔乡政府太远，全是大山，来回全靠爬山涉水。与陕西省接壤的城口县，是大巴山的腹地，除了山还是山，这个只有20多万人口的县，至今还有6万多贫困人口。

交通不便造成长期的封闭落后，是峡江地区贫困的第二个原因。清代诗人陈朝文在写黔江酉阳的一首诗中写道："酉阳才是真桃源，桃花源记非寓言。"这两句诗说明峡江地区历史上确实是非常封闭的。

峡江地区由于其交通、通信的前期落后，加上历史上的原因，其封闭意识是相当严重的，前几年，当大宁河、小三峡等还未开发出来时，

↑ 天路，登天路

山民们卖水果、土特产是估堆，卖鸡蛋是讲篓，商品经济意识几乎为零。

近几年，随着旅游业的发展，库区的开发，商品经济和市场经济意识开始在峡江人的脑中形成，但与发达地区相比，其差距还是很大的。

峡江地区资源丰富，开发潜力很大。但出于诸多原因，目前这些本可以让峡江人致富的资源，不是未被开发，就是处于原始的开发阶段，附加值不高。在让峡江人摆脱贫困中，资源的作用还没有很好地发挥出来。

交通困难是峡江地区封闭的客观现实。在峡江地区，特别是黔江地区和巫山、城口等地，作为主要通道的公路极差，至今峡江地区还有58个乡不通公路，已有公路的地方其路况也是相当差的。国务院调查组到黔江调查时说了一句话："汽车跳黔江到，又轮蹲（伦敦）又扭腰（纽约）。"非常形象地描绘了峡江地区的交通状况。

通信落后，信息不灵，使峡江地区与外界的联系少，加剧了封闭的程度。在峡江地区，目前还有相当大一部分的乡镇是使用"摇把子"电话，就是已通程控电话的县城，其通信质量也较差。前两年，黔江地区有时因急事要向省里报告，得跑到湖北省的利川市去打电话。

封闭落后在客观上制约了峡江地区的经济发展，加剧了这一地区贫困的程

利川的水杉树王
↓

度，增加了脱贫致富的难度。

生产手段落后，传统型的生产经营方式导致生产力不高，资源利用率、投入产出率低，是峡江地区贫困的第三个原因。

在峡江地区，不少地方还处于传统农业的阶段，生产手段相当落后，有些地方还处于广种薄收的状况。

农业生产先进技术的推广运用比先进地区差。重庆地区的再生稻、旱地改制、旱育秧、杂糯间栽等先进的增产技术，在峡江贫困山区还几乎是空白。近几年，科技虽然在黔江脱贫中发挥出了重要的作用，但出于诸多原因，其与重庆地区相比，还有不小的差距。

农业生产条件差，中低产田多，在一定程度上制约了农业生产的发展。近几年来，黔江地区虽然在改造中低产田、改造农业生产条件上下了大功夫，但人均高产农田也只有0.37亩，有效灌溉面积人均只有0.22亩。农业基础设施脆弱，难以抗拒峡江地区十年九旱的自然灾害，在很大程度上还处在靠天吃饭的境地。

生产手段落后，农业基础条件差，导致解决温饱最关键的粮食产量不高。黔江地区的平均亩产还未达到500公斤，与重庆地区的差距在100公斤左右。

市场发育差，农产品商品率低，导致贫困地区农民增收的门路少，收入明显偏低。

由于交通、信息、运输等诸多原因的影响，在贫困地区，农民难以按照市场的需求种植，有的种出了外地市场需要的产品，也因运输、信息等制约，造成商品率低或效益不高。

疾病缠绕，使部分贫困地区的农民处于贫病交加之中，这是导致峡江地区贫困的第四个原因。

山区高寒，长期烤火，加上卫生条件和卫生习惯差，在黔江地区有一种地方病叫地氟病。1987年，彭水县小厂乡因地氟病而引起全国关注。世界上都是这样，疾病和贫困是一对孪生姐妹，因病致穷，因穷病多，恶性循环。

农民的文化、科技素质较低，导致愚昧、落后、贫困，难以发挥自己的聪明才智，与自然条件抗争，走出贫困境地，这是峡江地区贫困的第五个原因。

贫困山区由于其自然条件和教育设施的制约，农民受教育的程度普遍比外面发达地区低，造成人的科学、文化素质较低。而科学文化素质低又导致市场经济意识薄弱、掌握的先进科学技术少、利用科技发展生产的能力差等，形成一种恶性循环，生产力发展缓慢。

有一个调查材料可以说明问题，某地对1 000户农民家庭的抽样调查印证，中专及以上文化程度的农户，比小学及以下文化程度的农户人均年纯收入高出11.1个百分点，初中及以上文化程度农户在粮食、蔬菜、生猪、禽蛋、水果五类品种的商品率，比初中以下文化程度农户高18.4%，其为社会提供的商品量分别比初中以下文化程度农户高8.3%、52.8%、18.3%、20%和5.9%。

城镇化、工业化水平低，第二、三产业比重小，没有形成明显的支柱产业，因而，在大的环境中没有带动农村经济快速发展的拉动力。这是峡江地区贫困的第六个原因。

在贫困地区，基本上都是以第一产业为主，第二、三产业起步晚，发展慢。在不少贫困乡村，乡镇企业几乎还处于零，第三产业也少得可怜。有的县第二、三产业的比重只有40%左右，与重庆近郊区县相比，相差一半以上。在贫困县乡，多数都还没有自己的支柱产业。

第二、三产业不发达，缺乏支柱产业，使农民缺乏稳定的经济收入来源，难以找到更多的就业和致富门路，贫困地区的整体经济和社会发展也较缓慢。

苦干加巧干，自力更生加社会的扶持，峡江地区的党政和农民，在脱贫致富的路上干出了惊天地、泣鬼神的业绩，脱贫致富大有希望

"宁愿苦干，不愿苦熬。"在峡江地区，从政府到贫困农民，都喊出了这句口号。

国务委员陈俊生在考察印证了黔江地区8年苦干的事实后肯定："黔江地区在全国的典型意义就在于黔江能做到的，在全国其他与黔江相类似的地区，甚至自然、社会、经济、区位条件好于黔江的地区，还没有做到，这给人以启迪，很令人深思。"

苦干，在峡江的贫困山区动摇了穷根。

要致富，先修路。走忠州，涉巫水，踏乌江，无处不见劈山开路的苦干场面。在忠县，我们见到数万农民自带口粮、铺盖卷，吃住在修路工地上，几个月时间，就把几十公里的国道改造成了二级水泥公路。3年前，帅乡开县还没有一寸柏油路，而今，全县已改造和新修了近200公里的柏油和水泥公路。巫溪、城口、大巴山深处千沟万壑，岭高沟深，如今，在这崇山峻岭中，一条条宽敞的水泥公路也在向前延伸。

武隆，是涪陵市的一个国贫县。沿乌江而上，90多公里的水泥公路，把天堑变成了通途。就是这条水泥路，使武隆的芙蓉洞、仙女山草原、芙蓉江漂流，成了旅游的热线，农民快速脱贫的希望。

在黔江，黔江精神在修路中体现得最充分，从彭水到黔江，沿郁江边的悬崖上，劈出了一条上等级的水泥公路，这是改造后的国道319线。在这条道上，有隧道28座，总长10公里，桥梁85座，总长5公里。为修筑这条路，有民工献了身，连副县长、交通局局长也把生命献给了这条黔江人脱贫的希望路。

从石柱县城到长江边的西沱镇，需87公里的出山主干道。石柱人用了70天时间，创下了新建段23公里的104个涵洞，9座桥梁，挖填土79.4万立方米，砌挡土墙13.3万立方米的奇迹。

8年来，黔江人靠苦干，新修了公路1 342公里，改造公路340公里，铺设水泥路、柏油路300多公里，新修乡村公路2 900公里，使通公路的乡占96.4%、村占60.9%。

苦干，还体现在与天斗、与地斗，用汗水和双手换来温饱和富裕。

酉阳县细沙乡汪家村的田维春和张桂花夫妇，都是60多岁的老人了。他们从壮年时期就开始改土，16年不辍，用自己的双手，改造出15亩稳产地，砌了95条堡坎，共4 750米长。

石柱县六塘乡黄腊村有座冠子山，全是坡度在25度以上的石骨子山地。村民们用了7年时间，靠钢钎、大锤和炸药，把近千亩石骨子坡地改造成了平整的梯土，使粮食产量提高了一倍。国务委员陈俊生看了这一片梯土后感动地说："没有苦干的精神，就没有这一片片梯土。"

黔江人凭着这股苦干精神，把一座座石头山变成了一片片平整的梯土；成片的"放不干"下湿田改造成了"三保"（保水、保土、保肥）田，在大山里凿出了一条条水渠，漯沟里挖出了一道道排水沟。10年中，黔江地区累计改造中低产田土88.7万亩。

巧干，使贫困地区的粮食产量开始倍增，在解决温饱中发挥出了关键性的作用。

峡江地区的贫困县属高寒地区，自然灾害频繁。峡江人在与自然灾害的抗争中摸索出了"抗不赢就躲"的趋利避害措施，叫作"一多二早"。

"多"，就是根据小春季节灾害相对较少和空闲田土多的实际情况，多种小麦。黔江地区的小春粮食种植面积由1987年的12万亩扩大到221万亩；实现了连续8年大增产，由1987年的1.54亿公斤增加到1995年的4.26亿公斤，增长1.76倍，人均小春粮食由64公斤增加到170

公斤。

"早"，就是针对大春季节危害最大的春寒、伏旱、秋冷三大灾害，狠抓一个"早"字，以躲过灾害。其办法就是全面推广水稻、玉米、红薯保温育苗，高寒山区推广玉米地膜覆盖，适当提早播种季节，增加有效积温，缩短作物生长周期。对抗御春寒，躲过伏旱、秋冷起到了重要作用。

这"一多二早"的巧干，使峡江地区的贫困县在粮食稳定增产，从解决温饱中走出了一条好路子。1990年，整个峡江地区都遭受了历史上罕见的特大伏旱，但由于抓住了一个"早"字，大春粮食仍持续增产。仅黔江地区就增产7.5%，其中水稻增产11%，玉米增产32%。

巧干还体现在依靠科技，改革耕作制度，一熟变两熟，两熟变三熟。黔江地区改革耕作制度后，农作物播种面积由1987年的561万亩扩大到1995年的751万亩。先进的科学种植技术的全面推广，使粮食的产量不断提高，按播种面积计算，粮食亩产由1987年的171公斤增加到1995年的243公斤，增长42%。

国家的扶持，社会的帮助，加快了峡江地区脱贫的步伐。

对峡江地区的贫困，中央和四川省从政策上、资金上实行了重点倾斜扶持。近10年来，仅黔江地区就获得了中央的各类扶贫资金6.8亿元，其中以工代赈资金3.4亿元，扶贫专项贴息贷款近2亿元。与中央扶贫资金相配套，四川省还累计安排了2亿多元专项资金。国家和省的重点倾斜和扶持，在解决峡江地区贫困农民的温饱问题中发挥了重要作用。

在帮助峡江地区摆脱贫困中，国家的一些部委倾注了很大的物力和财力。农业部、水利部、林业部、国家计委、国家经贸委、财政部、国家教委等，都派出干部，或倾斜项目、资金，帮助峡江地区发展经济，摆脱贫困。

农业部把峡江地区列入武陵山区扶贫范围，5位部级领导先后到黔江地区调查研究，解决扶贫中的一些具体困难，连续7年派出由领导带队的扶贫组到黔江地区挂职扶贫，在项目、资金、物资上给予大力支持。中国农科院连续6年派出专家住在峡江地区，帮助贫困山区实施"粮油丰收计划"。

从1986年起，国家水利部主动承担起了帮助峡江地区的涪陵、万县市的"扶贫帮困任务"，历届部长们是一届接着一届干。钱正英部长早在1986年就提出了电力扶贫思路；杨振怀部长非常关心峡江地区的干旱缺水问题；钮茂生部长1993年上任后第一次外出考察就是到峡江地区与当地领导共商库区建设和帮助群众脱贫大计。10余年来，几届正副部长和部扶贫办领导及30余名司局长、专家多次深入到三峡贫困山区调查研究，帮助解决扶贫中的具体问题。从1991年起，水利部先后派出了六届扶贫工作组，40多位干部到万县、涪陵两市开展定点扶贫，做出了显著的成绩。

10年来，水利部累计向万县、涪陵两市投入各类开发资金10.69亿元，修建了一批富民兴县的开发项目，支援兴建了11.42万处人畜饮水工程，解决了264.82万人、234万头牲畜的饮水困难。支援兴建了万县市双河电站、龟背山电站，涪陵市龙桥电站、石板水电站等13个电站，总装机28.1万千瓦。支援兴建了云阳县咸池水库、巫溪县双通引水工程、垫江县双河水库工程等骨干水利工程，新增蓄水量11 689万立方米，设计灌溉面积2 287万亩，每年可增产粮食3 300万公斤。

10年来，水利部还投入1 483万元，在三峡库区开展科技扶贫，引进推广先进技术，修建希望学校，下拨扶贫助学金，派教师到贫困地区支教等。

10年的扶贫，加快了万县、涪陵两市脱贫的步伐。10年来，万县市的贫困人口已由1986年的301万人减少到93.3万人，涪陵市的贫困人口由200.53万人减少到33.9万人，两市有374多万人越过了温饱线。

300万贫困农民在呼唤，300万贫困的峡江人要脱贫，峡江地区的扶贫已进入攻坚的最后阶段

目前在峡江地区的300万贫困人口，是扶贫攻坚的硬骨头，要帮助其脱贫，需要比以前花更大的力气，投入更多的资金和人力。

按照《国家八七扶贫攻坚计划》，要在本世纪内全面解决贫困问题，这不仅是峡江地区300万贫困人口的呼唤，也是三峡库区经济发展、峡江地区实现小康目标的需要。

如何完成300万贫困人口的扶贫攻坚任务？

坚持开发性扶贫的方针，在中央和各界的支持下，广泛动员全社会力量，依靠贫困地区干部群众的自力更生、艰苦奋斗精神，以贫困乡、贫困村为主战场，以贫困户为扶持对象，加强基础设施建设和农村基层组织建设，实行科教扶贫，重点发展种植业、养殖业和农副产品加工业，走种养加、贸工农一体的产业化经营和区域开发，受益到户之路，促进贫困地区经济持续发展，从根本上改变贫穷落后面貌。

依靠贫困地区干部群众的自身努力，自力更生、艰苦奋斗、扎实苦干、不等不靠，这是能够尽快脱贫的关键。贫困地区自然条件差，生产和生活条件基础脆弱，要脱贫，首要的就是改变生产条件。而改变生产和生活条件，最主要的还是贫困地区广大干部和群众的苦干实干。贫困地区资源丰富，把这些资源优势变成经济优势，除了资金、技术、市场的扶持外，最终落脚点还是在贫困地区干部群众自身的努力和苦干加巧干。

加大对贫困地区的投入，增强贫困地区的造血功能，激活贫困地区内在的活力，能够加快脱贫的步伐。

资金投入，是一项主要的投入。国家对扶贫的投入资金、以工代赈资金、财政发展资金、扶贫专项贷款等，应保证用到解决贫困户的温饱问题上。还应多渠道筹集资金，加快贫困地区的交通、通信、能源等基础设施建设，创造经济发展的硬环境。

随着三峡工程和库区开发性移民的进行，国家在对库区的项目、资金上也有大的倾斜，抓住项目的投入机会，加快库区经济的发展，这也是一项非常重要的投入。

加大教育科技的投入，提高贫困地区劳动者的素质，这是从根本上消除贫困的需要。目前未稳定解决温饱问题的贫困人口，除了所处地区的条件极差外，劳动者素质差也是一个重要的因素。因此，加大教育科技的投入，提高贫困地区人民的市场经济意识、科学文化程度，全面提高其适应市场经济发展的素质，是扶贫攻坚的一项基础工程。

依靠科技进步，加大扶贫攻坚的力度。从多年的扶贫脱贫经验和峡江地区的自然条件和资源状况来看，科技是解决温饱问题，摆脱贫困，走上富裕之路的开山斧。因此，贫困地区应广泛地推广应用先进的科学技术，培养自己的科技人才，建立健全科技推广和人才网络。要采取走出去、请进来等多种办法，引进科技人才和适用的科技成果，组织科技力量到贫困地区帮助推广先进的科学技术和科技成果，实行科技扶贫。

发挥资源优势，面向市场，发展支柱产业，带动贫困地区经济的发展，促进脱贫。脱贫的落脚点在发展经济，而经济的发展需要有支柱产业的支撑。因此，依靠资源优势，面向市场发展支柱产业，应是贫困地区经济发展的一个突破口。

峡江地区虽然山高坡陡，但农业资源、矿产资源、水资源等丰富。随着库区经济的发展，其面向的市场也相当广阔。因此，利用资源优势，发展草食牲畜、优质水果、烤烟等农业支柱产业，是带动广大贫困户脱贫、让贫困户受益的开发性扶贫的好路子。利用矿产等资源，合理地开发，发展乡镇企业，不仅可为贫困户解决就业门路，而且可为地方财政增加财源。

动员全社会的力量，开展对口扶贫工作，可以加快贫困地区脱贫的步伐。

党中央、国家各部委，以及重庆市对峡江地区的贫困都非常关心，除了在政策、资金、项目上给予扶持外，还动员各部委以及全国其他省市帮扶峡江地区，重庆市也动员市级各部门、单位以及近郊区县对口帮扶峡江地区的贫困区县，不脱贫不脱钩。

全国对口支援三峡移民工程和库区经济发展，在很大程度上也是在支持峡江地区的脱贫，开发性移民和开发性扶贫有很多共通之处，都是发展库区经济，而库区经济的发展，本身就是使库区的农民富裕起来。

对口扶贫的重点在帮助贫困地区造血，不是简单地输血。因此，项目、技术、人才、市场的扶持是对口扶贫的重点。而贫困地区也不应把眼光盯在对口扶贫单位的钱物上，而应加强发展的意识，更多地从中寻找项目和市场，在对口单位的扶持下，发展自己的经济，在发展中实现根本性的脱贫。

300万贫困人口在渴盼脱贫，3 000万巴渝儿女在关注脱贫，8.2万平方公里上的人们定会携起手来，共同战胜贫穷走向富裕!

重报《内参资料》，1997 年 6 月

重庆三峡库区开发性移民的调查报告(上篇)

引 言

　　1992年4月3日，全国人大七届五次会议庄严地通过了《关于兴建长江三峡工程的决议》。至此，"梦想70余载，调查50多年，论证40多个春秋，争论30个冬夏"的世纪工程终于敲定上马。

　　长江三峡工程，国内关注，世界瞩目。从20世纪90年代正式开工建设，全部建成投产发挥作用要跨到21世纪20年代。建成后，三峡电站年发电量840亿度，比目前世界之冠的巴西伊泰普水电站还多130亿度，三峡电站装机容量相当于6.5个葛洲坝电站、10个大亚湾核电站、59个秦山核电站；此外，还具有防洪、航运、旅游、养殖等多功能的综合经济效益和社会效益。

　　但三峡工程的淹没区域、淹没面积、淹没损失、城乡移民搬迁安置任务和工作量，不仅在国内第一，在世界上也是没有先例的。而情况最为复杂、任务最为艰巨、不确定因素最多的当是移民的安置。正如水电专家出身的李鹏总理所说："我们技术比较成熟，施工队伍也有经验，而百万移民要安定下来，确实不容易。三峡工程的成败关键在于移民。"

毫无疑问，居三峡库区腹地的重庆市将会面临严峻的淹没搬迁和移民安置任务。怎样确保三峡工程的顺利进行，真正让移民"搬得走，安得稳，富得起"，并借移民搬迁机遇发展、振兴库区经济，即建立一套切实可行、行之有效的开发性移民运作的机制，乃是一道难解但又必须解的难题。

重庆三峡库区的开发性移民任务

三峡工程坝前蓄水175米高程，三峡水库水面总面积为1 084平方公里(淹没陆域面积632平方公里)，涉及湖北省、重庆市共22个区、市、县。据统计，三峡工程库区将淹没湖北省4个县，重庆市18个区、市、县，淹没人口84.6万人，淹没耕地和园地36.7万亩，淹没工厂1 559个，全部或部分淹没城市及县城13座、集镇114个、乡356个、村1 351个。考虑到人口自然增长等因素，到2008年，总计需搬迁人口约为113万人。

三峡工程带来的淹没损失是空前的，而重庆库区又是重中之重。

三峡工程重庆库区淹没涉及万县、涪陵、黔江两市一地及老重庆市的18个县、市、区(巫山、巫溪、奉节、云阳、开县、龙宝区、天城区、五桥区、忠县、丰都、枳城区、李渡区、武隆、石柱、长寿、渝北区、巴南区、江津区)及重庆市区部分河滩地。重庆库区静态受淹人口为71.49万人，占整个三峡库区受淹人口的85.18%，其中农村人口30.13万人，占重庆库区直接受淹人口的41.88%。淹没耕地22.97万亩，占全库区淹没耕地的89.27%；淹没园地7.44万亩，河滩地5.74

万亩；淹没工厂1 390个，水电站97座，装机容量7.89万千瓦，均占全库区的85%左右；以及公路842公里，高压输电线1 341公里，通信线2 467公里，广播线6 088公里和一批文物古迹等。全淹和基本全淹县城5座(巫山、奉节、云阳、开县、丰都)，部分受淹的城市和县城4座(万县市、涪陵市、忠县、长寿)，全淹或部分淹没集镇113个。

三峡工程对重庆库区的影响，除了巨大的淹没损失外，还有因工程久拖不决所造成的损失。自建设三峡工程的设想提出后的30多年来，工程不上不下，水位方案或高或低，库区行政建制"不三(三峡省)不四(四川省)"，给当地经济发展和人民生活带来了重大影响。一方面，国家对库区的投资极少；另一方面，库区自身也难以规划和安排本地的建设和发展，年复一年，成为长江沿岸唯一的贫困地区。三峡工程决策的反反复复，使库区人民失去了数十年的发展时间。

万县的变迁最能说明问题。万县市1917年就建立了海关，这个"川东门户"的繁华程度曾与成都、重庆并驾齐驱。由于三峡工程的因素，曾规定凡5 000元以上的项目不能在150米水位以下投资建设，致使万县失去了许多国家项目投资的机会。从1950年至1989年，国家对万县的投资仅6亿元。昔日"成渝万"变成了今天的"涪达万"。

也是由于三峡工程久拖不决，几十年来，包括黔江数县在内的原涪陵地区经济建设受到严重影响。1978年，全地区固定资产投资仅3.8亿元；1978年以后，虽然想尽千方百计，投资有所增加，到1989年时也不过7亿元左右，人均仅110多元，与全国人均1 100多元、全省人均700多元相比的确微乎其微，致使资源得不到开发，工业生产上不去，农业生产仍很落后，财政上靠吃补贴饭过日子。1市9县中有9个属于贫困县，其中5个属于全国确定的贫困县。

重庆库区人民已为三峡工程做出不小牺牲，将来还要做出更为巨大的牺牲。尽管他们的心情是沉重复杂的，但是，他们仍然坚决服从大局，坚决支持工程上马，竭尽全力完成国家交给自己的移民任务。

另一方面，党和政府十分关心移民工作。早在1958年视察三峡时，毛泽东主席就曾多次提醒陪同前来的专家们说："移民问题要妥善解决。库区人民做出了牺牲，不要亏待他们。"江泽民总书记、李鹏总理也反复强调，移民工作不仅是一个经济问题，而且是一个政治问题，一定要把移民安置搞好。

长期负责移民工作的邹家华副总理也说："三峡工程功在当代利及千秋。三峡移民是三峡工程建设的重要组成部分，不仅关系到工程成败，也关系到库区'抓住机遇，深化改革、扩大开放，加快发展，保持稳定'的大局。因此，不但要按期按量把移民迁出来，而且要做到迁得出，稳得住，生活有保障，生产有门路，开发有前景，社会能安定。"

重庆直辖后，经济社会发展进入了一个新的时期。在新形势下，重庆的市委、市政府从新的市情出发，根据中央的战略部署，提出了重庆今后面临的三大任务。一是搞好开发性移民，发展库区经济；二是增强中心城市的综合实力，完善城市功能，充分发挥长江上游经济中心的作用；三是探索城市带农村的新路子，加快农村经济发展，实现城乡共发展、共繁荣。完成三大任务，我们要切实解决好四大难题：一是百万移民；二是366万贫困人口越温脱贫；三是振兴工业经济；四是保持生态平衡和治理环境污染。搞好移民工程是重庆面临的首要任务，是我们需要解决的最大难题，必须把搞好移民工作作为全市的一项重大战略任务来抓。

为此，市里明确了移民工作的任务：通过库区的开发开放增强区域经济实力，扩大移民安置容量，使移民进度与三峡工程进度相衔接，做到百万移民搬得出、安得稳、能致富，完成城镇工矿企业搬迁和专业设施复建任务，确保三峡工程顺利建成，促进库区新的产业群的形成，努力把库区建设成为一个经济蓬勃发展、生态环境良性循环、人民安居乐业的山清水秀的生态经济区。

在前不久召开的重庆市第一届人民代表大会上进一步明确了今后一段时期开发性移民的方针和目标：

三峡移民是未来15年跨世纪发展的重大战略任务。移民工作要根据国家的统一部署积极稳妥地推进，坚持开发性移民方针和"国家扶持、政策优惠、各方支援、自力更生"的原则，在移民中发展，在发展中移民，多产业、多途径、多方式安置移民，使移民"移得出，稳得住，生活有保障，经济有发展"。

今后15年要动迁安置百万人口的移民，全迁5座县城（巫山、奉节、云阳、开县、丰都），部分迁建2座城市（万县、涪陵）和2座县城（忠县、长寿），迁建和部分迁建上百个集镇，搞好1 380个工矿企业的技改迁建和结构调整，调整建设被淹没的交通、通信和电力设施，抢救和保护文物古迹。通过库区经济发展，扩大移民安置容量，确保三峡工程顺利建成，初步建成经济繁荣、环境优美、人民安居乐业的生态经济区和长江上游产业群的核心区。

实现这个总目标，移民工作分阶段进行：

1997年之内，修订完善移民安置和城镇、企事业迁建规划，搞好一期水位线下移民安置和企事业迁建，确保1997年三峡工程大江截流。

1998年至2003年，完成135米水位线以下移民迁建任务，库区投资环境明显改善，经济和社会得到较大发展，人民生活水平逐步提高。

2004至2008年，按175米水位全面完成重庆库区移民安置和城镇企事业迁建任务；库区经济和社会发展实现总体规划目标。

移民任务的艰巨性、紧迫性

移民工作事关全局：不仅是一项经济社会工作，更是一项政治任务。因此，百万移民只能成功，不能失败。要充分认识移民工作的艰巨性、复杂性、紧迫性，清醒看到各种不利因素，从而把移民工作抓紧抓好。

百万移民是一个庞大的社会系统工程。这样大规模的移民安置，城镇、工矿企业迁建和产业复建，其数量和规模之大、涉及面之广、时间跨度之长、任务之艰巨，都是中外水利建设史上所罕见的，没有可资借鉴的现成模式和经验。

众所周知，移民有自愿和非自愿两类。这后一类性质的移民以水利工程为最多，主要是江河治理和水利资源开发利用、大量的水库建设所造成的淹没损失，迫使一部分群众必须迁移重建自己的家园。鉴于这类性质的移民不是出于自愿，因此，迁移和安置的难度就大得多，政策性也很强，我国水利史上也曾留下过十分惨痛的教训。1949年以来，全国建成大大小小的水利工程8万余座，淹没耕地3 000多万亩，库区移民达1 000万人，其中解决得比较好的占1/3左右，中等的占1/3左右，生产和生活问题比较多的占1/3左右。

客观地说，三峡库区的移民大多是非自愿的，故土难离的心态是较普遍的，何况需迁入的地方未必是良田沃土或交通方便之所。

而重庆由于种种特殊原因，还另有几难：

移民之一难：移民数量大、迁建任务特重。重庆库区的淹没范围涉及沿江18个县(市、区)，静态受淹人口71.49万人，占整个三峡库区静态受淹人口的85.18%。如按动态计算，到2009年，全市动迁人口将高达107万。数量如此庞大的移民，在中外水利水电建设史上闻所未闻。当年印度的萨塔萨洛瓦水库移民10万人已属举世罕见，我国的丹江口水库移民尽管有38万之众，但远不能与三峡库区移民相提并论。何况2009年前，重庆市还要完成1 392家企业的搬迁、5个全淹县城、4个部分淹没城市和县城、113个集镇的迁建。

移民之二难：库区经济基础薄弱，发展滞后。自三峡工程的设想提出后，国家便对库区的投资加以控制，几十年间，国家对库区的固定资产投资非常有限，人均一年只有1.75元，因此，库区经济基础薄弱，成为全国18个连片贫困地区之一。1991年，三峡库区的人均国民收入相当于全国人均收入的55%，农民人均收入不到全国农民平均年收入的一半。最典型的是万县，该地人均国内生产总值624元，比四川低544元，比全国低1 167元；人均国民收入514元，比四川低999元，比全国低2 066元。和毗邻四省10地市比较，人均国内生产总值、国民收入、劳动生产率、工业产值、财政收入均为倒数第一。库区经济落后，城镇发育水平低，开发第二、三产业安置农村移民的容量十分有限。

移民之三难：库区耕地紧张，土质贫瘠，加之过度垦殖，水土流失严重，环境不断恶化。据调查，库区耕地人均不足0.93亩，是我国人口比较稠密地区之一，其主要地段万县市只有0.9亩，相当于全国人均耕地的67.6%，为四川盆地山区46个县人均耕地的50.8%，为宜昌人均耕地的60%。耕地质量差，25度以上至45度以下的陡坡地占耕地总面积的27.4%，占旱地面积的36%。因此，土地开发与再开发的空间不太大，而连片开发、集中安置移民的难度更大。

移民之四难：库区科教文化落后，劳动力素质低。这就使拓展二、三产业和开辟新的就业门路受到一定限制。1990年人口普查，万县地区文盲、半文盲占人口总数的17.32%，比全省高1.08个百分点，比全国高2.56个百分点，奉节、城口、巫溪要高5个百分点以上。全区每10万人拥有大学文化程度的人数为370人，比全国少1 052人，比全省少591人，比北京少8 931人，比上海少6 164人，比天津少4 298人。全区乡以上干部中，大专文化程度的只占9%，其中有专业技术职称的仅占1.32%。

移民工作既是一项复杂的系统工程，又是一件十分紧迫的任务。

由于三峡工程采取"一级开发，一次建成；分期蓄水，连续移民"的建设方式，移民工作将持续较长时间。这只是一方面，另一方面，根据三峡工程建设设计进度要求，1997年底将完成大江截流。这对重庆库区移民工作来说是极其关键的。因此，库区当前的首要工作是抓紧一期水位搬迁安置工作，打好一期水位移民搬迁安置攻坚战，全面完成一期水位线下2.24万农村移民、166家企业、31个集镇和相关专业设施的搬迁安置，确保大江顺利截流。

从明年起，确保2003年三峡工程枢纽第一台机组发电（即水库水位135米）的移民迁建安置任务将成为库区移民工作的重点。从进度安排看，今后的移民任务将一年比一年繁重，最高年份将超过10万人。

总之，在移民工作中，一定要有责任感、紧迫感，要立足于早，引导移民树立搬迁宜早不宜迟，早搬迁、早发展、早受益的思想。移民工作越往后拖越被动，其结果必然是既影响三峡工程的顺利进行，又贻误库区经济社会的发展。

坚持"移民促发展，发展促移民"的方针

三峡工程功在当代，利在千秋，三峡工程建设成败的关键在移民。同时，移民的成败还直接关系到整个三峡地区的经济发展和社会稳定，关系到党中央、国务院的战略部署能否得以实现，甚至影响到我国在国际上的威望和形象。

对重庆来说，百万移民既是严峻挑战，又是一大机遇。正如李鹏总理所说的那样："规模宏大的移民就地搬迁既是巨大的挑战，又是发展库区经济、改变库区面貌不可多得的机遇。"大规模集中移民，是区域经济和社会功能的重组和再造，对区域经济结构和生产力布局必将产生决定性的影响。搞好开发性移民将促进形成库区产业群，扩大区域经济

规模，形成现代化的城镇体系，带来区域经济的大发展。

关键是如何把握、利用好这一千载难逢的机遇，坚持"移民促发展，发展促移民"的方针，用改革的眼光和魄力设计一套全新的开发性移民的运作、管理机制。

移民安置是一道世界级的难题。世界银行经济专家切尼亚考察三峡时曾感慨道："世行关于移民积累了广泛的经验，但不是很成功，有些方面甚至使人感到遗憾和痛苦。"

从我国的实践看，传统的补偿性安置也是教训多于经验。40多年来，我国共兴建水利水电工程8.6万余座，搬迁移民1 000多万人。但因为种种原因，约有三分之一的移民安置得不好，带来许多后遗症。如新安江水库，移民30万人，搬迁后因基本生活条件得不到保证，移民怨声载道；三门峡水库移民外迁到宁夏，因生活不习惯、生产不稳定，几万人又返迁原地；北京密云水库，移民没有很好安置，迁移地资源可用量少，造成严重贫困；"文化大革命"中，丹江口水库移民带有强制性，生活生产未能妥善安排，结果移民又跑回原地闹事。国务院三峡地区经济开发办公室主任李伯宁曾不无感慨地说："由于过去缺乏经验，对移民的复杂性认识不足，并在当时'左'的思想影

移民大县云阳新城
↓

响下，单纯采取一次性补偿和政治动员的做法，对移民的生产发展未能作出妥善安排，并将大量移民远迁外地；同时，移民费又较少，有的地方还层层挪作他用，因而造成大约三分之一的移民没有安置好，生活不稳定。在此情况下，改革水库移民的办法已成为水利建设中一件很迫切的事情。"

正是有鉴于此，1984年党中央、国务院在审查三峡工程150米方案的可行性报告时，对三峡移民就提出"要利用三峡的资源优势，探索开发性移民的新路子"。从1985年起，国务院三峡地区经济开发办公室在川鄂两省配合下，每年投入2 000万元，在库区进行开发性移民试点工作。着重对大农业开发、城镇"三通"、人才培训和工厂搬迁进行有益的探索。1993年8月19日，李鹏总理签发国务院第126号令，发布了《长江三峡工程建设移民条例》，正式以法规的形式将这一方针确定下来，从而为三峡库区移民开辟了全新的道路。

那么，开发性移民的含义是什么呢？简单地说，就是指：水库移民工程必须从传统的单纯安置补偿中解脱出来，变消极补偿为积极创业，变救济生活为扶持生产，把移民安置与库区建设结合起来，合理使用移民经费，提高投资效益。该方针包含以下几层意思：一是在有关人民政府的组织领导下，统筹使用移民资金。国家对三峡水库移民实行前期补偿建设，后期生产扶持。二是农村移民应以农业为基础，通过开发可以利用的土地，多渠道、多产业、多形式、多方式妥善安置移民。三是安置移民的目标，是"使移民的生活水平达到或者超过原来水平，并为三峡库区长远的经济发展和移民生产生活水平的提高创造条件"。四是在移民中发展，在发展中移民，以移民为先。

显然，开发性移民是在强调对人力资源、自然资源和社会资源开发的前提下，在经济发展和增强移民自我发展的能力的基础上安置移民的一种途径。这种移民模式的特征是：在强调对移民生活设施补偿的前提下，更重视移民经济重建和开发生产条件，强调"造血"功能的形成；这种移民方式一次性地将移民人口安置在稳定可靠的基础上，而不留"后遗症"，避免多次搬迁。从这个意义上说，开发性移民的灵魂是资源的开发和经济发展。

那么，三峡库区搞开发性移民是否具备条件呢？

三峡库区是我国西部自然资源最丰富的地区之一，已探明有开采价值的矿产资源40多种，水能理论蕴藏量1400多万千瓦，可开发的水能资源750万千瓦，植物资源有4000多种，动物资源500多种，旅游资源更是独具特色。只要我们坚持走开发性移民道路，合理开发利用资源，就可以一箭双雕：既促进区域经济发展，又拓宽移民安置门路。专家估计，仅万县市的盐化工项目及配套工程，便可为4万人提供就业门路。

经过几十年的建设，重庆现已形成以三大支柱产业、六个优势行业为支撑的工业体系。工业企业达16万多个，铁路、水路、公路、航空立体交通运输网络和邮电通信网络正在形成；重庆还拥有科研机构近1000个，普通高校25所，各类专业技术人员50多万人。依托重庆现有的物质技术基础，完全能够辐射、带动库区经济的发展。

党中央、国务院极为关心三峡库区移民工作。中央不仅投入400亿元的静态移民资金，其中重庆库区占315亿元，而且还制定了一系列优惠政策和措施；1992年国务院又发出号召，要求全国各省市及中央有关部门对口支援三峡库区建设，并立即得到各省市、各部门的响应。可见，重庆三峡库区实施开发性移民是很有条件的。

重庆库区的开发性移民工作，经历了8年试点和4年有计划实施两个阶段。从1985年底开始，按照中央制定的开发性移民方针，进行移民工作试点，8年累计投资2.6亿元，完成改土建园面积10.3万亩。在农村移民安置、城镇搬迁、工矿企业迁建、人才培训等方面，进行了认真的探索，为大规模移民积累了初步经验。

1993年开始，移民由试点转入有计划实施阶段。四年来，特别是围绕实现1997年大江截流目标实施移民开发以来，移民工作取得了较大进展。从1993年至1996年，共投入移民资金33.4亿元，安排实施移民项目800余个，开发土地16万亩，已动工迁建的企业372个。安排专业设施复建项目57个，城市基础设施项目278个，动工迁建集镇31个，已安置移民18 128人。其中，农村移民17 224人，工矿企业搬迁移民289人，城镇居民搬迁615人，还安置二次占地移民12 200人。从总体上看，目前重庆移民工作形势是令人乐观的。实践证明，开发性移民是振兴库区经济的必由之路，可行之路。

重庆直辖后，库区开发和发展进入了一个新的时期。在移民中发展、在发展中移民，进而成为新重庆库区发展、振兴的战略选择。市委、市政府从新的市情出发，根据中央的战略部署，提出搞好移民工作是重庆面临的首要任务，是需要解决的最大难题，把开发性移民作为库区经济社会发展的一项重大战略来抓。

在此基础上，市里又确立了当前和今后一个时期移民工作的基本思路：全面贯彻落实开发性移民方针，以移民促发展，以发展促移民。以大农业为基础，三次产业并举，积极拓宽安置渠道。加快基础设施建设，改善投资软硬环境，全方位扩大对内、对外开放，结合原有企业的技术改造和资产存量的优化重组，形成若干新的产业、新的项目带动经济发展和移民工作，确保三峡工程建设的顺利进行，促进区域经济社会发展。

重庆三峡库区开发性移民的调查报告(下篇)

开发性移民需遵循五原则

移民工作实际上就是经济工作，开发性移民说到底是个发展问题。移民工作的基本要求是要让移民搬得出、安得稳、能致富，最终是要让移民富裕起来。如果不从根本上解决库区移民致富的问题，即使将移民搬出去了，也不会稳定，甚至会有大量移民返迁，进而成为三峡工程建设和库区经济发展、社会稳定无穷的隐患。要为移民提供基本的生产生活条件，要让移民富裕起来，唯有发展才是根本出路。另一方面，移民的主体是人。移民的真正内涵是把移民转化为现实生产力，从这个意义上讲，移民的本质也是发展。因此，完成百万移民的任务，在指导思想上必须把移民安置与库区的经济社会发展紧密结合起来，在移民中发展，在发展中移民，这也正是中央制定的开发性移民方针的核心所在。

总结前些年库区移民的实践经验，结合重庆库区的具体实际，我们认为搞好开发性移民要坚持五大原则，这就是：农村移民安置与农业综合开发相结合，城镇迁建与建设城镇体系相结合，企业迁建与产业结构调整和技术改造相结合，专业设施复建与改善库区投资环境相结合，文物古迹的保护和迁建与发展库区旅游相结合的原则。

1.农村移民安置与农业综合开发相结合的原则

农村移民是移民安置中难度最大、任务最重的一项工程。由于三峡工程的兴建，世代居住、生息、繁衍在这里的农民将失去他们赖以生存的生产和生活条件，这也将会给他们今后的生活带来巨大的影响。过去我国水利建设有三分之一的移民安置得不好，也主要是指农村移民安置上存在问题。切实贯彻开发性移民方针，解决好农村移民问题，是搞好移民工作的关键环节。

1992年6月在北京召开移民工作会后所形成的《汇报提纲》中明确提出："关于农村移民，一是要坚持开发性方针；二是要坚持以农为本。"

"就地后靠，以农为本"是三峡库区开发性移民最基本的政策主张。以农为本就是指通过运用移民资本，有组织地开垦荒山草坡，改造淹没后剩余的中低产田土，以及调整邻近地区非移民的土地权属关系，补偿移民的土地损失，并在此基础上发展高产优质高效农业，推行农业产业化，以达到移民安置的目的。

但环境容量决定于自然地质、环境条件和生产发展水平。过去论证认为百万移民就地安置环境容量尚有富裕度，实际上从现实和长远看，库区地质环境容量是有限的，难以安置全部移民。库区以山地为主，山高坡陡，人多地少，土地垦殖系数高，经济文化落后。工程兴建后把库区人民赖以生活和生产的河谷平坝全淹没，12%的土质边坡除淹没耕地农田外，受库水的长期泡浸和水位降落差的影响，成为不稳定边坡，危及居住和生产的安全。由于特定的地质环境条件和落后的生产条件的局限，要在近期内全部解决好移民生活生产问题是困难的。因此，农村移民安置要确立大农业安置思想，要与农业综合开发相结合。

近年来，重庆三峡库区农村移民在坚持以大农业为基础的前提下，农工贸相结合、产供销一条龙，宜农则农，宜工则工，宜商则商，因地制宜地走多元化安置的道路，取得了有益的经验。

各地从实际出发，创造出了不少成功的农村移民安置模式。涪陵针对淹没后人多地少的矛盾，调整农业生产结构，提高土地利用率，发展大棚蔬菜，三分地就可安稳一个农村移民，创造了农业综合开发安置模式。云阳县大力发展村办企业，不断壮大集体经济，为移民安置找出路，创造了"企业有股，余地有做"的亦工(商)亦农安置模式。长寿县结合第二轮土地承包，通过调整承包地对农村移民进行生产安置，集中用好移民补偿资金，发展壮大集体经济，创造了调整土地生产性安置农村移民的模式。涪陵、巫山提出了"沿江修路、路边建房、房前开店经商、房后建园种粮"的沿江开发安置模式。石柱县也提出了户均一亩找钱地，人均半亩稳产高产田，户均一人进厂务工，城镇居民户均一个经营门面的指标量化安置模式。

随着三峡大坝截流及分段蓄水日期的日益临近，重庆三峡库区的农村移民任务更加繁重、紧迫。以今后五年为例，全市库区平均每年都需要动迁农村移民2.37万人。为此，重庆市仍将主要通过本社、本村、本镇、本县的农业开发和土地调整来安置，并辅以乡镇二、三产业和社会保险等安置形式。要认真总结农村移民安置已有的成功经验，把农村移民安置与农业综合开发进一步结合起来，大胆摸索农村移民安置的新路子，以土为本，因地制宜进行多渠道安置。

2.城镇迁建与建设城镇体系相结合的原则

在未来的10多年中，三峡库区有2个城市、11个县城、100多个集镇需要搬迁。其中淹没损失最重的万县市需全部迁建和部分迁建的就有6个县城、1个市区和一批建制镇。三峡库区开发性移民应借城镇重建的机会加快城市基础设施和公用设施的建设，改变城市面貌，提高城市总体建设水平，促进经济发展；同时，通过推进具有库区特色的劳动力的非农化和人口城镇化，把库区城镇建成现代化经济的地域载体。

加速库区的城镇化进程，是增大移民容量、实施开发性移民的重要途径。城市化水平低不仅是库区经济发展水平低的结果，也是库区经济发展水平低的重要原因。库区人口密集，土地垦殖率高，山高坡陡，土质贫瘠，农业安置容量有限，勉强开荒安置会留下诸多后患。城镇是集聚和容纳人口的巨大载体，城市化是经济发展的必经历程。与全国相比，三峡库区城镇化水平无疑是低的，但从另一角度看，库区加快城镇化的要求更显迫切，城镇化也更有文章可做。资料表明，当今世界城镇人口约占46%，发达国家为76%，发展中国家为36%；而在重庆库区十几个县(市、区)的上千万人中，城镇非农业人口仅约百万人，占9.5%，大大低于全国19.5%的水平，也低于川、鄂两省及其他邻近省份的水平，城镇分布的密度也仅为沿海地区分布密度的二分之一，每平方公里非农业人口比例只相当于沿海地区的47%。在此条件下，搞"农转非"，在城镇、企业大量安置农村移民，显然是不现实的。

鉴于三峡库区城镇分布密度低、规模小的实际，库区应该致力于建设完善库区城镇体系，即要加快库区大中城市的建设，也要注重小城镇建设，走大中小城市建设并重、并举之路。

大力推进库区城市化，首先要加快库区大城市建设。根据库区城市化水平低以及城市结构中缺少大中城市的实际，应特别强调大中城市的建设，在长江经济走廊建立起以大中城市为依托的城市链。库区地域广大，作为长江经济带中重要的一环，应该有多个区域性经济中心，即在重庆和武汉之间，应该有二至三个有较大规模、较强经济实力的大城市。这二至三个大城市在库区不但是有较强聚散能力、能够起区域经济带动作用的经济中心，也是库区有较大二、三产业移民容量的移民集中安置区。

万县市、涪陵市要结合三峡移民和城镇工矿企业搬迁，重新调整规划和布局。万县市作为库区腹地的最大城市，1993年市辖三区城市人口已达24万。1995年，该市在九五计划和2010年远景目标草案中，明确提出了把万县市建成50万人以上的大城市的规划目标。万县完全有条件建设成为长江三峡库区新的深水良港，对外贸易口岸，三峡旅游服务基地，盐化工、食品加工和建材工业生产基地。

涪陵市为原涪陵地区的政治经济中心，也有较好的经济社会发展基础。把涪陵建设成为长江与乌江交汇的重要港口，乌江流域的物资集散地和旅游服务基地，以食品、轻化工、机械、建材、造船为主的工业生产基地的大城市的时间不会太遥远。

近年来，万县、涪陵两市均在城市发展方面做出了重大努力，城市基础条件不断改善，两市均有大中项目上马，同时又被国务院列为实行沿海开放城市政策的沿江城市，万县还成立了海关。随着新区的开发拓展，交通条件的改善，两个城市全面快速发展的条件已初步具备。

其次是加快库区中小城市建设。库区沿江地区是库区经济相对发达的地区，也是库区城镇相对集中之地。三峡工程库区绝大多数城镇都面临受淹搬迁，这无疑为库区城镇布局的调整提供了条件。从城镇规模效益和集聚效益的角度出发，这些搬迁城镇的建设规划应有较高的起点、建设规模，特别是规划的规模要扩大。对于100多个需重建的集镇，能合并的应尽量争取合并，从而形成一批新型的中等城市和小城市。按照这一思路，长寿、奉节、忠县、云阳均有希望发展成为库区具有中等规模的城市。比如云阳县，利用县城全迁，制定并实施了"三镇并一镇"的城市发展战略，将原县城城关镇与云安、双江两镇合并为新县城。其城市规划规模有了较大扩张。

小城镇是吸纳农村日增的剩余劳动力的重要途径。发展小城镇，是长达600公里的三峡水库两岸经济发展及提高城市化水平的必然要求。使开发性移民与小城镇建设相结合，是库区社会、经济发展的更高也更现实的必然选择。为此，库区沿江场镇均要制定适合当地实际的小城镇发展规划：一是通过加快农业资源开发，发展为提供农副产品加工集散服务的小城镇；二是大力发展乡镇企业，实现农村移民工业安置，发展相关小城镇；三是加快开发性移民的项目建设，形成具有移民安置带动能力的主导产业，建设和发展相关小城镇；四是以旅游业为龙头，加快第三产业开发，发展相关小城镇。通过发展小城镇，为库区移民安置开辟更加广阔的天地。

当然，我们在实行移民安置的过程中，要充分考虑到城镇体系建设的规划问题，合理确定城镇的规模、布点。城镇迁建要坚持科学、经济、布局合理的原则，在规划和迁建中，要从节俭和实用出发，严格掌握控制建设标准，坚决反对盲目追求高标准和建设所谓的现代化大城市，要注意远近结合，立足发展，创造一个良好的生产生活环境。在迁建中要坚持限额，控制规模，十分注意节约用地，缩短战线，集中建设小区，尽快完善小区功能，相对集中地安置移民。新建城镇要以项目、产业为支撑，成为中心城市功能向外延伸、辐射的枢纽点。

3.企业迁建与产业结构调整、技术改造相结合的原则

淹没工矿企业搬迁，要适应经济体制和经济增长方式"两个根本性转变"的要求，不搞一一对应，简单复建，要与全市生产力布局协调一致，与建立新的产业群的目标相符合。工矿企业迁建一部分可立足现有的拳头产品和资源优势，结合技术改造进行；一部分可以结合产业结构、产品结构和企业组织结构调整，高起点、上规模、上档次，走兼并、联合发展的路子；一部分可以通过扩大开放，走嫁接、外联、集团化的路子。

淹没工矿企业结合搬迁进行结构调整既是客观需要，又是难得的机遇。根据水利部长江水利委员会调查统计，长江三峡工程兴建，坝前正常蓄水175米将淹没重庆工矿企业1392家，淹没固定资产原值近40亿元。根据枢纽工程建设要求，淹没企业应在2008年以前完成搬迁工作，任务是相当艰巨的。由于历史的原因，淹没企业普遍规模小，产业结构不合理，效益差，技术较为落后。重庆库区淹没的这批企业中，大型企业只有6户，固定资产1000万元以上的一类企业只有95户，仅占6.8%；固定资产1000万元以下的二类企业达1135户，占81.5%。相当一部分企业负债经营，包袱沉重，生存困难。

情况表明，加快三峡库区企业结构调整比一般地区更具紧迫性和现实可能性。一方面，移民搬迁补偿为加快结构调整提供了物质条件，根据测算，重庆库区受淹工矿企业的静态补偿经费为65.6亿元，许多面临困境的企业将重新盘活存量资产走上新的发展道路；另一方面，库区少数企业结合搬迁进行结构调整的尝试可为其他企业迁建提供有益的借鉴。

库区淹没企业不仅要借搬迁机遇搞好产业、产品结构调整，更重要的是要积极调整企业组织结构。企业组织结构调整应从实际出发，区别不同情况，采取多种形式：一是在小型国有企业和集体企业中，普遍实行组合式的搬迁。对不同企业分别采用股份制、责任公司、股份合作、企业兼并、企业破产等方式进行企业重组。二是对一些规模小、设备差、经营困难的城镇合伙企业、个体企业、私营企业和农村乡镇企业中的组办、联户办、户办企业，可以发给淹没补偿费使其自谋发展出路。三是利用开发、开放的优惠政策和库区建设的有利条件，吸引库外资金、技术、装备、原材料等生产要素到库区兴办合资、合作和独资企业并实行新的企业管理机制。

那么，从重庆库区企业的实际出发应该怎样做好企业迁建呢？基本思路是：以党的十四届五中全会精神为指导，瞄准21世纪，结合经济体制和经济增长方式的根本性转变，加大改革力度，在搬迁中做到几个结合：一是把企业的改组、改制、改造和加强企业管理紧密结合，不搞"一对一"的原样复制搬迁，无论大中小企业还是不同所有制的企业，在搬迁过程中都必须进行技术改造，淘汰落后的设备、技术和产品，改善企业经营管理，使淹没企业通过搬迁，在企业规模、技术装备、产品开发、产品质量、管理水平以及经济效益方面迈上新台阶。二是同开发、利用本地资源以及发挥库区区位优势结合。搬迁企业要充分利用当地资源，大力发展具有三峡特色和国际国内市场优势的盐化工、天然气化工、纺织、建材工业和榨菜、中成药、烟叶、肉类加工以及旅游业等产业和产品。三是同中央部门和兄弟省、市、区的支援、引进外资结合。利用搬迁机会和国家对库区的优惠政策，广泛吸纳外来资金、技术和管理经验，大力发展横向经济联合。四是同国家和重庆市的产业布局、库区建设的总体规划结合，绝不能搞重复建设和产品的简单重复生产。

从过去几年的实践看，重庆市有314家企业结合调整、技改实施了搬迁建设，其中已有64家迁建完毕形成了生产能力。与此同时，还为136家企业安排了前期工作经费，为大规模、高质量迁建打下了基础。但也要清醒看到所存在的问题：有的企业技改项目的总体质量不高；科技含量小，技术起点低；一般性"大路货"多，名优特新产品少，市场竞争力强的产品少；企业效益差，还贷困难；技术改造与改组、改革和加强管理未能很好地结合起来；贪多求快、小型分散、重复建设，重点不突出；移民资金计划与技改贷款计划比例失衡，两种资金不能同步到位，技改与移民的关系尚未理顺等。这些都应引起高度重视。

今后五年，重庆市库区平均每年要完成88户企业的迁建。这些淹没企业一定要借迁建机遇，与全市生产力布局和产业结构调整相协调，并充分利用对外开放、对口支援的有利条件和贷款、税收等优惠政策，吸引国内外优势企业到库区发展，促进淹没搬迁企业的技术改造和结构调整。要认真筛选一批技术起点较高、环保措施严密、移民安置容量大的拳头产品和项目，突出重点，集中投入，做到"条件成熟一个启动一个，重点支持一个，确保见效一个"，促进企业上规模、上档次、上水平，尽快形成库区的支柱产业和新的经济增长点。

4.基础设施复建与改善库区投资环境相结合的原则

基础设施建设是库区经济发展的前提，基础设施建设不搞好，内引外联，发展二、三产业均无可能。三峡库区经济落后，自己的资本积累是非常有限的。要搞好开发性移民，须借助外界的力量，特别是要引进外资。这就需要有一个好的投资环境，一个开放的系统，必须与外界进行大量的能量、信息的交换，一个地区社会经济的发展必须得益于便利的交通和快捷的通信。当然，水、电、气也是较为重要的组成部分。

根据三峡工程175米正常蓄水位，整个库区将有一类港口2个、二类港口18个、三类港口67个被淹没。这也意味着，从重庆港开始，涪陵、丰都、忠县、万县、云阳、奉节、巫山等港口自身就面临着严峻的搬迁任务。而且，由于港口搬迁重建的特殊性，其发展前景必将受到许多复杂因素的影响。从1997年三峡工程大江截流开始，库区港口将陆续被淹没，许多港口设施要2次甚至3次搬迁。此外，重庆库区将淹没以下专业设施：水电站97座，装机容量7.89万千瓦，均占全库区的85%左右；公路842公里、高压输电线1 341公里、通信线2 467公里、广播线6 088公里。

近几年，重庆库区各市区县在专业设施复建中紧紧围绕改善库区投资环境展开建设。目前，公路复建已完成126公里，库区交通条件有所改善和提高，丰都、万县、涪陵长江大桥相继竣工通车；云阳、巫山、开县、万县市三区、丰都县等城市和县城新建城区正在抓紧进行"五通一平"，1995年开工的18条主干道全部竣工，城区道路、管网和供水设施已基本形成；建成淹没小水电站的替代电厂5个，装机容量4.6万千瓦，第一台机组均已发电；建成水厂6座，日供水能力8万吨；新增程控电话8 000门。所有这些都无疑极大地改善了库区的投资环境，迁建效益、社会效益、经济效益均得到了较好的体现。

下一步，淹没区专业设施复建要更加密切配合整个库区的基础设施建设，进一步优化三峡库区的投资环境，以经济力量吸引更多的外资、外援。

在三峡库区经济发展中，应当真正把加强专业设施建设放在第一位。专业设施建设的重点又应放在交通、通信、能源和城镇基础设施建设方面。其基本思路是：交通水陆并行，能源水火并举，通信数控和光缆相结合，从根本上改善库区的硬环境。

要把综合立体交通运输体系建设作为重中之重，要进一步提高公路等级，打通出口通道，完善道路网络。开工兴建重庆至长寿、长寿至涪陵、梁平至万县、长寿至梁平等库区高速公路；抓紧县乡公路和边远山区公路的建设改造，2000年前实现乡乡通公路。开工建设达万铁路，抓紧渝怀铁路、渝汉铁路的前期准备工作。港航建设以长江干线为主轴，以乌江、嘉陵江为次轴，以重庆、涪陵、万县三个港口为枢纽，分步建设骨干货港。发展中小码头和货主码头，搞好与高等级公路和铁路的衔接；疏浚改造航道，发展集装箱运输、江海联运和快速旅客运输。按现代化国际空港标准，实施江北机场二期扩建。做好万县五桥机场、黔江舟白机场的前期工作，在条件具备时动工建设。

通信要以建成长江上游通信枢纽为目标，重点建设对外光缆干线和区内环形光缆，提高通信交换现代化和智能化水平。能源建设要适应经济社会发展需要，尽快形成区域内大电网，完成珞璜电厂二期工程，继续做好彭水电站、开县白鹤电厂、武隆江口电站的前期工作，配合国家建设长寿至万县、自贡至重庆500千伏输变电工程。做好天然气田的勘探开发，建成大天池至长寿输气干线。

5.文物古迹的保护、迁建与发展库区旅游相结合的原则

文物古迹的保护、搬迁既是三峡大移民系统工程的重要组成部分，又是自成体系的系统工程之一。三峡大坝建成后，三峡水库将淹没一大批沿江县市，在这个范围内地上地下保存着大量珍贵的文物古迹。

1992年5月至7月，国家文物局组织力量对三峡淹没区进行了大规模、高水平的文物调查，调查结果举世震惊。

因为在1985年长江水利委员会制定的淹没区文物实物指标里，三峡库区19个县市共计淹没文物点仅44处，而1992年的调查结果及核实到的文物点猛增至828处(地下文物445处，地上文物383处)。其中国家级重点文物保护单位1处，省级文物保护单位10处，市县级文物保护单位149处。

实际上，经过近年来继续大规模调查、勘探及发掘，至今已知的三峡工程淹没区及迁建区文物总量为1 282处，其中属于重庆市辖区的文物点有883处，包括地下文物590处，地面文物293处，占三峡库区文物总数的三分之二以上。这些文物在年代上跨越了旧石器时代到明清时代，其中不仅有全国重点文物保护单位涪陵白鹤梁水文题刻，而且还有举世闻名的忠县石宝寨、云阳张飞庙、奉节白帝城、巫山大昌古镇及丰都汇南汉墓群、涪陵小田溪战国墓群、忠县眢井沟遗址、云阳故陵楚墓、巫山大溪遗址等重要文物点。

在1997年三峡工程大江截流及2009年三峡工程建成之前搞好这些文物的发掘、保护、搬迁工作，是重庆市乃至全国文物、古建系统工作者面临的艰巨任务。

三峡库区文物古迹的保护、搬迁关键要注意与开发、利用有机结合。众所周知，世界各国的文物保护，没有能够离开开发、利用单纯谈保护的。文物只有有了使用价值，才有存在的价值。在三峡库区1 084平方公里的范围内，文化遗产十分丰富，要长期有效地进行保护，仅仅依靠文物部门和国家财政的拨款是不够的，必须解放思想，在文物开发利用上下功夫、做文章。利用得好，不但可以弘扬中华民族优秀、灿烂的历史文化，还会带来相当大的经济效益，从而形成一个保护—利用—再保护的良性循环。

三峡工程建设让文物保护增加了难度，但是也带来了难得的机遇。由于兴建三峡水库，这一地区的文物保护工作引起了国家文物行政主管部门的高度重视，相关部门将在全国范围内抽调一支高水平的文物保护队伍，驻扎在这里进行长达十几年的文物保护工作，加上数以亿计的投资，对库区的文物工作会带来一些有利影响。以万县为例，40多年来，国家对这一地区的文物保护总投资不足300万元，全区在岗从事文物工作的专业人员不足30人。这一切，给万县市文物保护工作带来了困难。三峡工程上马后，万县将陆续得到上亿元的文物保护费，长期困扰当地

↑ 三峡坝址基石

文物事业发展的经费短缺问题将得以缓解。

开发、利用文物古迹有多种途径，最主要的是要把它作为一种特殊的景观资源与库区旅游相结合。世界旅游协会一份研究报告指出，旅游业是新兴国家和地区的"一种经济催化剂"，它能直接带来硬通货和就业机会，为处于转型中的国家和地区经济提供强大的推动力。旅游业既是库区的一个资源优势，也是一个经济优势，它必将对库区的经济发展起着举足轻重的作用。旅游业属于劳动密集型的服务性产业，按其直接就业者与间接者1∶5的比例，到下世纪初可近地为库区移民提供20万个新的就业岗位，约占库区移民安置总量的1/5。同时，旅游业还是公认的"无烟工业"，把发展旅游同移民安置以及库区生态环境保护结合起来，可变"输血"为"造血"，化"人口承载压力"为"环境建设动力"，有效地解决库区发展面临的难题。

在实践中，万县市旅游部门有意识地选择旅游资源比较集中、交通又比较便利的石宝寨、张飞庙、白帝城、大宁河小三峡等景区进行试点开发，同时引导当地农民具体参与景区开发建设。

张飞庙景区周围的江南村、凤凰村农民，围绕张飞庙念致富经，仅销售旅游商品的摊位就发展到160余个，每个摊位年销售额在万元以上。巫山县利用小三峡自然风光以及神女庙、悬棺、栈道、大昌古镇等人文景观大兴旅游业，从1983年初到现在的十几年间，从业人员已增长到3万多人，旅游业创造的社会经济效益相当于全县农民纯收入总和的40%。1996年旅游上缴财政直接收入3 000多万元，占全县财政总收入的30%左右。无疑，旅游业已成为库区第三产业的龙头产业。万县市"八五"期间旅游接待人数和旅游外汇收入每年分别以30%和50%的速度增长。涪陵市在"八五"期间接待游客超过800万人次，旅游业年收入已达亿元。

重庆直辖给三峡库区的旅游带来了千载难逢的机遇，重庆当乘势把旅游业确定为支柱产业之一，并大力建设集巴渝文化、民族文化、宗教文化、移民文化和革命传统文化为一炉的"三峡文化走廊"。

旅游界人士称，为实现上述目标，重庆市将在"四个突出"上下功夫，即：突出长江三峡旅游这条主线，重点开发三峡博物馆等人文、自然景观以及长江三峡金三角旅游度假区、巫山国际水上游乐运动中心；突出作为长江上游的经济中心、旅游中心城市地位，总体规划建设除要按国际化现代化大都市要求外，还要把历史文化名城和山水风光城市作为建设目标；突出移民、扶贫结合，开发库区腹地旅游资源；突出市场促销，瞄准国际国内客源市场，开展全方位、多渠道、高频率、有特色的宣传促销，进一步提高重庆长江三峡知名度。

人们完全有理由相信，三峡工程完工后，不但会形成长达600公里的"高峡平湖"自然绝景，而且会抢救、挖掘、开发出更多的人文景观，届时整个三峡地区将成为全国最大的国家级公园和世界级的巨型景点，成为中国最大的旅游观光度假胜地。

落实移民工作责任制，加强移民工作管理

要确保库区移民迁建任务的如期完成，必须加强对移民工作的领导和管理，健全和完善移民管理体制。换言之，按照"中央统一领导，分省负责，县为基础"的管理体制和移民经费包干使用的办法，库区各级党政机关必须建立和完善目标责任管理和移民项目规划、计划、工程、资金、监督的管理体制，把移民管理工作纳入规范化、法治化的轨道。

1.强化目标责任管理，严格实行移民工作责任制

第一，库区各级党委、政府要以移民为先，以移民为重，把移民迁

建工作纳入重要议事日程，落实领导责任。目前，重庆市移民工作进入了一个非常关键的时期，在新的形势下，对移民工作的领导只能加强，绝不能削弱。市委、市政府要把移民工作纳入重要议事日程，实行市委统一领导。市政府全面负责，定期研究解决移民工作中的重大问题。市区县除成立由行政首长担任组长的重庆市移民工作领导小组，全面指挥协调移民工作外，要配备专门分管移民工作的副职，并组建移民局，为搞好移民工作提供组织上的保证。移民任务重的市区县，一把手必须亲自调查研究，做好统筹协调工作，政府分管移民工作的副职要进入同级党委常委，专司其职。

第二，在移民系统要实行目标管理，上级移民部门要与下级移民部门签订目标责任书，把奖惩与目标任务挂起钩来。尤其是面临三峡大坝1997年底将实现截流，万县市下三县（巫山、奉节、云阳）将首当其冲的严峻现实，更应抓紧落实目标责任制。要由万县市政府向重庆市政府签订目标责任书，下三县分别与万县市政府签订目标责任书，确定任务目标、工作措施和奖惩办法。县与乡镇和有关迁建单位应实行相应的目标责任办法，以落实责任，推动工作。同时要建立健全移民工作制度，定期研究解决移民迁建中的重大问题，全面指挥协调移民迁建工作。如由重庆市政府领导实行下三县季度现场办公制度，每季度的现场办公确定几个重点，集中研究移民工作中的重大问题；重庆市移民局实行局长联系一线水位县制度，具体指导下三县的移民工作。

第三，要在各级移民部门内部实行目标管理，定岗定人定责，任务分解到处、科、股，责任落实到人。

当然在分解任务时也要注意分类指导，突出重点。对农村移民安置要做到"五到户"，即安置实施计划制订到户，生产安置田块到户，生活安置宅基地到户，建房补偿资金到户，建档建卡销号到户。城镇搬迁对迁建单位要实行"六定责任制"，即定点、定位、定迁建方案、定补偿包干经费、定搬迁时间、定迁建责任人。工厂迁建要做到"五落实"，即规划落实，迁建方案落实，配套资金落实，搬迁法人责任落实，建档销号完善手续落实。

落实目标责任，关键要抓考核逗硬。今后移民工作的政绩要作为考核库区干部的重要标准，作为其职务升降的重要依据。对胜任工作、政绩突出的干部，可按干部管理权限报批，提职不离岗，享受相应的政治经济待遇。干部离任时，要对任职期间移民工作情况进行审计考核。对不负责任、不按要求完成移民任务，甚至造成严重损失的，要根据情节追究党内、行政直至法律责任。

第四，加强各部门协调配合，打好移民总体战。

按照中央和国务院的要求，新组建的重庆市移民局，作为市政府综合管理、组织实施移民工作的职能部门。各级移民部门要按照职能分工，实行权利、义务、责任、奖惩四落实，切实承担起移民工作的重要职责。

移民工作事关全市改革、开放、发展、稳定的大局，政府的一切工作都要在移民工作中得到集中体现。移民工作是政府行为，不仅仅是移民部门的事情，市级各部门都负有不可推卸的责任，必须把移民工作作为分内之事来抓，积极主动履行职责，提供服务，绝不能为了部门利益推诿扯皮，影响移民工作的顺利进行。与移民工作紧密相关的计委、经委、建委、农委、教委、科委、财办、国土、交通、公安、劳动、财政、税收、金融、保险以及纪检、监察、审计等部门，都要确定专门领导和处室负责移民工作。

各级部门要积极主动履行职责，加强协调配合，简化办事程序，提高办事效率，做到移民工作特事特办，为移民迁建服好务。大专院校、教育科研机构，要积极为移民提供科技、教育服务；政法部门要为搞好移民工作保驾护航；宣传部门要加大移民工作的宣传力度，动员全社会关心、参与、支持移民工作。

总之，移民工作要形成党委统一领导，政府全面负责，移民部门综合管理，有关部门各负其责，全社会共同参与支持的大格局。

2.强化规划计划管理，坚持先规划后实施

移民工作重在管理，必须在加强日常管理的基础上，建立和完善移民项目规划、计划、工程、资金及监督的管理体系，建立自控、监督约束机制，确保移民工作有序进行。

规划是制订计划的基础，是确保移民资金有效利用，发挥最大效益的前提。

在移民工作中，库区各级党委、政府高度重视移民安置规划工作，把规划作为移民工作的"龙头"，牢固树立"大包干"的思想，坚持先规划后实施的原则，先后组织了近100家设计单位，抓紧编制移民安置规划，形成各项规划报告近600份。目前，重庆库区18个县区分县规划总报告和各专项规划，除"规划图集""投资流程"和部分县的"地质详勘"报告外，其他均已编制完成。分县规划总报告现已进入评估和修改定稿阶段。专家们一致认为，各项移民规划报告指导思想明确，符合《长江三峡工程建设移民条例》《长江三峡工程水库淹没处理及移民安置规划大纲》和移民切块包干原则，规划方案合理可行，规划深度基本达到初步设计阶段的要求。

但是，一些地方的规划还存在深度不够、质量不高的问题，特别是规划工作中反映出的外迁移民、人口计算、功能恢复和淹没实物指标认定等问题，还要做大量的实际工作。三峡库区移民安置规划要实事求是，因地制宜，多途径、多形式、多方法地合理利用和开发当地资源，做到宜农则农、宜工则工、宜商则商，使移民能够搬得出、安得稳、富得起。既要遵循"投资包干，限额规划"的原则，又要同当地生产力布局调整、产业结构调整和企业技术改造结合进行，使库区社会经济整体功能和企业素质有明显提高。

在制定规划时，必须将移民迁建安置和重庆市"九五"计划及2010年远景目标有机结合起来。比如就城镇总体规划而言，一定要适应这种新形势、新变化，改变过去单一的就规划而规划的思维方式，把淹没搬迁城镇放在重庆市和长江流域经济对外开放的总格局中来考虑城镇建设的性质、地位和作用，发展方向及城镇布局。总之，要站得更高，看得更远，气魄更大。

需要特别强调的是，规划的产业趋同是最大的浪费。库区各市县在制定规划时，既要从本地的实际出发，扬长避短，突出优势，更要面向库区和国内外大市场，以市场为导向，形成库区经济合理的产业布局，防止规划的产业趋同。

移民城镇开发规划用地的管理也必须引起高度重视。库区可供城镇迁建的土地容量有限，严格管理，节约用地，合理规划十分重要。目前库区沿江许多城镇已将原来用作安置移民的用地分割挪作他用，如果现在不予重视，有朝一日发现无土地安置移民时就为时晚矣。

加强建设规划用地管理，一要坚持规划原则，切实做到"四定"(定区、定界、定点、定位)。二要明确职责，坚持程序。在移民安置区内用地，由移民主管部门负责用地单位的审核和用地面积的核定；建设主管部门划红线，核发一书两证，即建筑工程选址意见书、规划用地许可证、规划建设许可证；国土主管部门负责办理用地手续。三要坚持标准，节约用地，杜绝多占、乱占移民用地的现象。

规划是实施的依据和移民蓝图。库区必须把规划作为移民工作的"龙头"，加大工作力度，落实目标责任，集中人力、精力、物力，倒计时安排，打好移民安置规划的总体仗。要按照科学性、严肃性的要求，坚持先规划后实施的原则，切实按照规划办事，抓好移民计划的实施，在资金到位的前提下，努力提高年度计划的完成率；再不能出现道路超宽、改线和城市易址，以及企业选项不准就投入建设，农村不具备安置条件就盲目开发土地等一类风险性问题和浪费移民资金的问题了。

3.强化工程管理，确保质量工期

移民工程项目是移民赖以生存和发展的物质基础，必须加强对工程的科学管理，确保工程质量。

三峡移民任务重，难度大。在十分复杂的情况下，要用好巨额的移民资金，建设好每一个移民项目，安置好每一个移民，加强移民工作全过程的管理显得尤为重要。在当前边规划、边探索、边实践的移民过程中，抓好项目规划、资金、工程建设监督等几大管理工作，工程建设管理和资金管理当是核心。现阶段，必须把资金管理和工程建设管理放在突出的位置抓紧抓好。

工程建设管理，关键是确保工程质量，保证搬迁安置效益。葛洲坝工程初期曾因工程质量不好炸掉重来，后期蓄水验收时曾对部分砼工程作了处理及补强工程。三峡工程是世界关注的工程，库区移民搬迁项目绝不能出大的质量问题。所以工程建设中一定要加强监理力量，加强管理力度，确保工程质量。而要做到这一点，就必须从工程的立项到论证、审查、实施、竣工、验收，对各环节进行有效的管理。

古人说，凡事预则立。所有的移民工程项目都要事先认真进行可行性研究，做好前期准备工作，做到科学决策。要实行移民工程决策风险责任制，对主观臆断、盲目决策造成重大经济损失的，要严肃追究决策者的责任。再就是对每一个确定项目的工程建设一律按基本建设程序办事，必须严格实行业主负责制、预算制、招投标制、合同制、工程监理制、竣工验收制和工程审计制等。要在政府的组织领导下，搞好项目业主负责制、预算制和招投标承包制，实行建设项目监理制，加强工程建设合同管理，建立规范化的工程验收制度和工程审计制度，确保高质量、高速度完成各项移民工程。

在这一系列管理中，工程建设管理重点要把住预决算、招投标和建设监理三个环节。

工程预决算除了做好设计单位预算和施工单位决算外，还必须由权威部门（建设银行等）审核才能进行招标或办理决算。工程招标要由有资格的单位操作，并请监理和公证部门全过程参与，实行公开、公平、公正竞争，择优选择施工建设单位。另外，移民工程监理要学习国际上的先进管理办法，大力推行监理制，对质量、增减工程量以及拨款进行全面监督，坚决杜绝截留、挪用项目资金的做法，坚持查处虚列支出，擅自提高工程标准，虚增工程概预算以及未经建设单位许可层层转包、套取或损失移民资金的行为。

移民项目建设加强招投标等一系列管理，目的是实行质量、造价、进度三大控制。因此在确保工程质量，降低造价的前提下还要加快进度。库区移民搬迁是个时间性很强的系列工程。三峡工程自1993年正式开工以来进展很快，1997年11月份将实现大江截流。为配合三峡工程的顺利进行，库区移民搬迁的项目管理上应有相应的时间表，要有紧迫感。有关方面除了对低水位搬迁项目、能源建材项目、基础设施项目和对当地经济有重大影响的骨干项目，以及避灾项目提前安排搬迁建设外，还必须对每一工程、每一项目的工期进度提出明确要求和进行严格督促，真正做到"多快好省"。

4.强化资金和监督管理，把有限的资金用在刀刃上

移民资金的管理是整个移民工作管理的核心所在。移民资金是全国人民的"血汗钱"，是库区移民的"生命钱"，必须管理好、使用好。

三峡工程上马，库区广大群众寄望于抓住机遇脱贫致富。但移民补

偿资金仅可供恢复原规模、原标准、原功能，即按淹没的不动产的全新安置价格补偿，重庆市搬迁期总投入只有300来个亿。因此移民资金的使用效益显得十分重要，如何管好用好移民资金，把有限的资金用在刀刃上，是三峡库区移民工作要解决好的问题。

要选好开发项目，切实用好移民经费。三峡库区大多是贫困县，选好开发项目，用好移民经费，对促进库区经济发展有着重要的意义。

但需注意以下几点：(1)集中各部门在库区的投资，使其产生规模效益。目前不少部门在库区都有资金投入，只是部门分割，投资相对分散而已。如能集中使用，统一规划，效益会更大。(2)移民经费应及时到位。移民经费滞后将严重影响移民规划实施，因此必须减少工作环节，采取专项服务和现场办公、流动办公等多种形式，促使资金早日到位，以推动移民迁建工作全面展开。(3)保证移民经费按规定的比例落到实处。(4)提高移民经费投入强度。如果投入强度低，目前亏损企业很可能将移民经费当作消费基金吃掉。(5)合理选择开发项目。移民资金必须用于库区有优势、有广阔市场和发展潜力的开发项目，通过选好一大批既有先进技术性又有经济效益、社会效益的移民开发项目，搞好重点项目建设，让移民经费为库区经济发展注入活力。

移民资金的管理，关键在于按照移民资金的特定对象、特定用途和工程进度监督拨付到每一个移民迁建项目，避免贪污、挪用和流失。而管好用好移民资金的关键又在于健全严格的制度和落实行之有效的措施。

故此，库区在移民资金管理方面务必把好"三道关"。

一是制度关。要切实按照国家三建委移民局下发的《长江三峡工程库区移民计划及经费管理暂行办法》和《长江三峡工程库区移民经费财务管理暂行办法》不折不扣地执行，建章立制，制定细则，做到执行有蓝本，操作有规定，管理有程序。

移民财务会计管理要以"两分开""四统一"原则为基础，即移民资金与其他资金分开，移民工程资金与移民行政管理费分开；统一会计科目、统一会计台账、统一会计报表、统一会计核算方法，保证移民资金管理有法可依，有章可循。

二是开支关。各级移民部门主要领导要全权负责，并把好关口，严格按制度执行。对无计划、无形象进度、无监理鉴定的工程项目，移民部门坚决不予拨款；对淹没乡镇移民资金的管理，要落实专门的财会、出纳人员，做到账目清楚，日清月结；对淹没企业或搬迁单位在使用移民资金过程中，必须坚持专款专用，不容许用于流动资金或挪作他用；对一些公益活动和社会活动，不容许摊派移民资金或搞任何赞助；实行一支笔审批，严格控制非生产性的支出，压缩行管费、接待费，哪怕节约一分一厘，也要用在移民搬迁和工程建设上。

三是监督关。由于社会上还存在着各种不正之风和腐败因素，移民工作领域也不会处于真空地带，为防患于未然，库区干部群众切盼各级领导高度重视。加强监督管理是搞好移民工作的有力手段。要把对移民资金事后审计与事前预防、事中跟踪监察结合起来，对移民资金流转的全过程进行有效监督。坚持内部监督和外部监督相结合的原则，要在当地党委、政府领导下主动接受人大、政协及上级主管部门的监督，接受移民群众和新闻舆论的监督。充分发挥公安、检察、法院、纪检、监察、审计等部门的职能作用，采取切实有力的措施，深入开展法律监督和政策监督，对利用职务和工作之便贪污、侵吞移民资金的人和事，绝不姑息迁就，要及时查处，触犯刑律的要及时移交政法部门给以严厉打击。

本文收录于《走向 21 世纪的重庆》，重庆出版社，1997 年 11 月

改革放出活水来

——万州移民开发区放活水利设施使用权的调查

水，农业的命根子。

近些年来，水利设施建设成为从全国到地方每年一次的人民代表大会、政治协商会议上关注的热点。热点何时不再热？万州移民开发区做了回答：通过改革，放活小型水利设施的使用权。

逼出来的改革

万州移民开发区地处三峡库区腹心，山地占70%以上，是以农业为主的山区。

该区的水利设施主要以小型水利设施为主，全区有51 143口山坪塘。但是，在"塘是集体修的，水是天上落的，有水就该用，不用白不用"的用水观念下，多数村社的山坪塘长期陷入合理用水难、维修养护难和综合利用难的"三难"境地，山坪塘所蓄的2亿多立方米水没能发挥出最佳的效益，蓄引设施的维护资金也难解决，塘库的存量资产也没能用活。

从1996年开始，万州移民开发区在试点的基础上，开始在全区逐步进行放活小型水利设施使用权的改革，以摆脱水利设施"三难"的境地。

放活小型水利设施使用权的改革是按照所有权与使用权分离的基本思路，坚持所有权归集体所有，通过承包、租赁、拍卖和建立水利合作社等形式，将使用权确权到农户。

万州移民开发区放活小型水利设施使用权的改革，按照市场经济机制实现了两个重要的变革：一个是将水利设施的集体所有权由实物形态转变为货币形态，通过民主协商或招标竞争，由获得使用权的农户交纳合理额度的承包金、租赁金、拍卖金或股份合作基金；另一个则是变"大锅水"为"商品水"，按照"谁受益谁负担"的原则，经群众民主商定，凡是受益农户均要交纳一定额度的基本水费，放水灌田时，另交一定的计时水费。

目前，万州移民开发区的51 143项小型水利设施中，85%的都进行了这一改革，通过租赁、拍卖等方式，把使用权确立到了农户。开展得最快的万州区龙宝管委会，已有95.77%的小型水利设施实施了这一改革。

活水源源来

塘还是那些塘，渠还是那些渠，水还是那些水，人还是那些人，但是，当使用权落到了农民头上的同时，责任和利益也与农民紧密地联系起来，水便活了起来。

——化解了水利管理体制的矛盾，畅通了农业用水的渠道。

农村实行家庭联产承包责任制后，村社的水利设施的管理体制仍沿用集体生产时的老办法，"集体管水，一把锄头放水"。这种体制的矛盾突出，争水、浪费水的现象经常发生。

使用权落到农户头上后，"大锅水"变成了"商品水"，管护有人，节约用水成风，有限的水资源发挥了最大的作用，在水利设施没有得到根本改善的情况下，缺水矛盾却得到了缓解。万州区龙宝管委会龙沙镇在使用权放活后，农民自觉节约用水，在干旱的情况下，栽秧季节却没有出现一件用水纠纷，全镇提前一个星期完成栽插任务。

——激发了群众兴修水利的热情，加大了水利设施建设的投入。

开县放活小型水利设施的使用权后，不少群众自发地投资兴修水利设施，该县九龙山镇龙腾村六社的王瑞奎和柏成培两位农民，分别投入4.5万元和14.5万元，在龙王沟修起了一口蓄水3.75万立方米的山坪塘和一座蓄水10.2万立方米的小（二）型水库，新增灌溉面积35亩，恢复改善灌溉面积80亩，还解决了2个村、1 295人、1 500头牲畜的饮水困难。仅去年以来，开县农民就自投资金1 535万元，兴建水利工程226处。

责、权、利落到了头上，农民开始不等不靠，依靠自己的力量，整治、维护水利病害工程。据万州移民开发区水利部门统计，放活水利设施使用权后，已有70%左右的病害工程由农民自己筹资进行了整治。

——市场机制使小型水利设施的存量资产被激活，拓宽了积聚水利建设资金的渠道。

到目前为止，万州移民开发区已放活的4万多个小型水利设施，收取了6 000多万元的拍卖、租赁和承包金，这笔资金被用于改善水利设施，有效地缓解了水利投入不足的矛盾。

"大锅水"变为"商品水"后，开辟了新的资金来源。据对万州区龙宝管委会响水、龙沙、凉风、龙宝4个镇的调查，这4个镇未放活使用权前，村社的山坪塘水费、养鱼收入每年只有47.69万元，放活后，每年的收入提高到220.13万元。

　　改革使存量资产盘活后，增加了集体收入，万州移民开发区规定，集体从水利设施中获得的收益，一律归村社所有，专户存储，专项用于治水兴水。龙沙镇的29个村，332个合作社中，原有无集体积累的"空白村"3个，"空白社"110个，通过水利改革后，现在所有的村社都有了一定的集体积累。

　　——提高了水利设施的综合效益，水利设施成了新的经济增长点。

　　获得了使用权的农民，开始利用水资源和水利设施进行综合开发利用。养鱼收入成为农民获得经济回报的重要来源。万州区龙宝管委会响水镇的700多口山坪塘，放活使用权后养鱼的产量比原来增加了5倍多。

　　利用水利设施开展饮用水供水经营，不仅改善了人畜饮水条件，也增加了收入。开县义和镇相辞村二社的吴立坤，在获得了使用权后，投资12万元修建供水工程，解决了本村700多人、1 000余头牲畜的饮用水。这个县大德乡的张修明，筹资60万元，修建了蓄水1万立方米的蓄水池4口，解决了4个村、7 000多人、9 000多头牲畜的饮用水。

　　改革，使万州移民开发区的水利建设走出困境，死水变成了活水，白水变成了银水。

《重庆日报》，1998 年 11 月 25 日

长毛兔的尾巴在变长

——石柱发展长毛兔系列报道之一

今年是兔年，石柱土家族自治县养长毛兔的产业要大发展！

在前不久召开的全县畜牧业生产动员誓师大会上提出的目标是：实现长毛兔圈存250万只，力争260万只，产毛1 200吨。

这是要创长毛兔生产的历史最高水平。

长毛兔产业能大发展吗？"肯定能！"双庆乡红光村六组的养兔大户陈世江说："兔毛在经过了去年价跌低谷的阵痛后，今年肯定要涨上来。这不，才一个多月，每公斤的价格就已涨了近30元。"

陈世江这段话是经过十多年市场涨跌的磨炼，深思熟虑后说出来的。它反映了石柱兔农较为成熟的市场观和长毛兔生产面临的良好市场前景。目前，长毛兔产业发展的有利条件是市场拉动。去年，是长毛兔打烂仗的一年，兔毛的价格从100多元1公斤猛跌到不到60元1公斤，养兔出现亏本。但就是在这样的情况下，全县长毛兔的圈存量反而从241万只上升到252万只。今年兔毛价格已开始上升，市场肯定会拉动长毛兔的发展。当然，这个发展不是单指数量，而是质量和效益。

产业化推动。以前，石柱县长毛兔还没有形成一个外连市场、内联农户的龙头企业，使长毛兔生产没有形成产业化格局。今年，石柱县已开始改变这种状况，县上建立兔业公司，区乡设分公司，完善"龙头+基地+农户"的产业模式，全面恢复和新建兔毛等畜产品交易市场，每个基地乡建一个市场。在这些专营市场里实行"三定"：定点、定人、定标准；"四统一"：统一管理、统一质量、统一税费、统一办理出境手续，对农户建档立卡。凭证销售三个月以上养毛期的兔毛等，以保证兔毛的质量和兔农的利益。

规模经营形成气候。自去年开始，石柱县在长毛兔生产上开始改变散、零的局面，逐步集中形成基地，实现规模养殖。县里在全县集中抓了34个示范村，到年底，34个示范村的长毛兔圈存量达到43万只，出现百只以上的养兔大户1 450个，分别比上年增长了60%和93.9%。

农民的养兔积极性高涨。多年以来，石柱的农民已经看到，养长毛兔确实是增加收入的一条重要渠道，因而，养殖积极性已开始激发出来，悦来乡有个五岗村，以前兔业发展缓慢，从去年以来，全村农民自发地新建高规格的兔圈5 300栋，引进良种兔1 300多只，发展长毛兔8 800多只，在去年初的基础上增加了好几倍。今年，这个村人均养兔20只，总收入将达到50万元以上，人均仅养兔收入能超千元。

县里一负责人充满信心地说："兔年将是石柱长毛兔发展的又一黄金时光，长毛兔将从数量、质量、效益上得到新的发展。"

《重庆日报》，1999 年 3 月 12 日

把住市场脉搏

——石柱发展长毛兔系列报道之二

小小兔圈里，有着石柱兔农的市场观！

1月下旬，记者在石柱土家族自治县龙沙乡采访，正逢该乡赶场，在兴旺的兔市上，与一位正在卖仔兔的兔农摆谈起来：

"去年兔毛价跌得那样凶，你们对养兔还有信心没有？"

"咋个没有呢？我家里养的兔还增加了。"

"为啥还要增加，你不怕亏本吗？"

"价格涨跌，这是市场运行中的正常现象。"他说，"只要你把握住了它变化的脉搏，掌握了规律，就不怕涨跌。"

没想到这位50多岁的农民能够说出对市场理解得如此深刻的话。在此后的采访中，记者一直在寻找着答案。

"这兔圈里的市场观很简单。"在双庆乡红光村养兔大户陈世江的家里，他指着院坝边那排兔圈说，"还是那句老话：'逢贵莫赶，逢贱莫懒，市场就会是你的。'"

老陈用他养兔的经历来论证这句话的正确性。他从1984年开始养兔，从20多只起步，到1989年发展到135只后，就一直保持在这个数。此后10余年中，兔毛价格几起几落，但他都稳坐钓鱼台。他说："我这135只兔，最高的年纯利有1万多元，最低的一年也有2 000多元。"

"价格跌到成本之下时，还能赚钱吗？"

"能。"老陈说，"价格低到成本之下时就把毛存放起来，待价格回升后再卖。"

兔毛最低时跌到了每公斤50多元，而只要低于60元，养兔就要亏本。但兔农们都把毛存放起来，老陈就已存放了100余公斤。到年底，兔毛价格就开始回升，到1月下旬，已升到每公斤80多元，老陈要等到100元左右才卖，这样，他存放的100余公斤毛就能赚4 000余元了。

"我们石柱长毛兔的发展史也是一部市场经济的发展史！"县畜牧局局长说。

有"神州第一兔圈"之称的石柱土家族自治县是目前全国最大的长毛兔基地县。从1983年引进长毛兔后，到1985年初，全县存栏就达到80多万只，成为全国养兔大县。可是，到1985年的下半年，兔毛价格跌，经受不住市场风险的兔农们开始杀兔拆圈，兔的圈存量开始大幅度下跌。

面对这样的状况，石柱自治县采取了各种办法，反复向兔农们宣传，价格涨跌是正常现象，跌到低谷后必然反弹。事实果然如此，兔毛价格反弹上升后，养兔又有赚头了，农民的养兔积极性也上升了。这样经过几个回合的磨炼，兔农们也能驾驭住市场了：价低时存放兔毛，改良品种，价升后再卖。

近几年来，不管价格涨跌，石柱长毛兔都稳步发展，1996年圈存量202万只，1997年上升到241万只。

"逢贵莫赶，逢贱莫懒"，这一老一辈留给我们的朴素的市场观，在现代市场经济中，对发展农村经济仍具有积极的意义，石柱的兔农们秉持这一市场观，经受住了市场的风险。长毛兔的发展历程，对我市其他产业发展应该有所启示。

《重庆日报》，1999 年 3 月 15 日

长好长快靠科技

——石柱发展长毛兔系列报道之三

石柱长毛兔要长好、长快，还需要两个字：科技。

该县有关部门对长毛兔的饲养方法做过一次调查，结果令人吃惊：基本能按科学配方喂养的仅占养兔户的3.2%，而有啥喂啥的占养兔户的90.26%，基本上只喂草料不喂精料的占6.49%。由此可见，饲养粗放，营养单一，饲草饲料严重不足是长毛兔质量不高，且逐年下降的一个重要原因。

品种不优，退化严重也是影响长毛兔质量的一个重要原因。石柱长毛兔经过10多年的喂养，品种退化非常严重，已到了非改血换种不可的地步了。

石柱长毛兔的科学饲养程度为什么会这样低呢?这除了部分干部、群众的科技兴牧意识差，小农经济意识浓厚外，也与科技投入不足，畜牧科技队伍的建设有关。

长毛兔产业要大发展，要稳定地占领市场，就要下决心提高兔子和兔毛的质量，而提高质量的落脚点在科技。

质量不高，科学饲养程度低，已引起石柱县的重视，在今年的长毛兔生产中，提出了强攻长毛兔质量，依靠科技提高质量和效益的措施;

重点突破品种改良、饲草饲料、科学饲养三大关键技术。

石柱县下决心改良品种，已在重点区域落实2 000户引种户，从浙江等地引进良种兔2万只，待这2 000户全面改良后，由县畜牧局指导引种扩群，形成辐射。到今年底，全县34个重点村的长毛兔改良面将达到50%。

饲草饲料是长毛兔生产的物质基础，因而，充分利用丰富的牧草资源和气候资源，围绕人工种草、秸秆利用、工业饲料三大环节，搞好饲草饲料开发，发动养兔户利用冬闲地和桑、果、茶园等空闲地种植黑麦草或燕麦。鼓励集体、个人购买小型颗粒饲料加工机器，进行饲料生产，为长毛兔提供充足的饲料。

科学饲养、科学剪毛等是保证质量的关键，因而，向兔农传授好科学饲养方法，督促他们严格按科学饲养方法办，才能使科学养兔落到实处。

畜牧科技队伍是保证长毛兔科学饲养技术到位的基础，这支队伍素质的高低，直接影响到科学饲养技术到位的程度。因而，在养兔的同时，还要育人。

石柱县已把加强畜牧科技队伍建设放到重要位置上，县上对所有基层畜牧服务人员进行清理整顿，改革用工制度，引入竞争机制，实行优胜劣汰。对基层畜牧兽医人员实行合同聘用，一年一聘，对考核不合格的辞退。同时，落实好科技人员的待遇，调动他们的工作积极性。

科学技术是第一生产力，只有科技水平上去了，石柱长毛兔才会长得更快、更好。

《重庆日报》，1999 年 3 月 16 日

兔子跑得快 要靠市场带

——石柱发展长毛兔系列报道之四

作为全国最大的长毛兔生产基地县，石柱长毛兔已被市里列入"九五"期间12项重点农业产业化项目中，因而，长毛兔要跑得比现在更快。

自1983年以来，石柱土家族自治县的历届县委、县政府都为长毛兔产业的发展呕心沥血，费尽了心思。

前些年，按照计划经济的手段发展长毛兔产业，有成功，但也有教训。

20世纪80年代中期，石柱县为了推动长毛兔产业的发展，发动机关干部养种兔，然后卖小兔给农民养。由于带有行政手段方式，不少农民是被迫接受养兔，因而不尽心，造成死兔等损失，加之市场的变化，机关干部养种兔赚了钱，不少农民却亏了本。当时有一位不怕事的干部写了一副"官喂官养官发财，民喂民养民遭殃"的对联，悄悄地贴在县政府大门上。

这是一个教训。从这个教训中应该意识到：石柱长毛兔要真正形成大的产业，长盛不衰的产业，还得靠市场来带动和发展，依赖于政府的扶持和保护不是长久之计。

经过10多年的风雨，石柱的长毛兔要发展成一项大产业，实施产业化经营，还得在市场开拓、市场机制等方面狠下功夫才行。

目前，石柱长毛兔在市场问题上，可以说还没有主动权。

从有形市场上来看，石柱虽然是全国最大的养兔基地县，但全国最大的兔毛交易市场却在山东。在长毛兔生产高峰期间，石柱县境内所建的兔毛专营市场有13个，但现在专营市场几乎解体，上市经营的兔毛量极少，只有少数个体兔毛商在场外交易。

从无形市场上来看，目前石柱长毛兔还停留在卖兔毛上，缺乏兔毛深加工产品。这可能是兔毛价格忽涨忽跌，起伏较大的一个重要原因。

在市场问题上，缺乏龙头企业的带动也是一个重要的原因。到去年为止，长毛兔生产还未形成"龙头+基地+农户"的产业化格局，兔农交售兔毛还处在听天由命的阶段。

市场，石柱长毛兔产业面临的最大课题!

目前，石柱县委、县政府高度重视这个问题，并从今年开始，在开拓市场上花大力气了。

把石柱建成全国最大的兔毛交易中心，这是石柱县的目标。目前，石柱县已开始着手恢复原有的兔毛专营市场，并计划在每一个长毛兔基地乡都培育起一个专业市场，加强管理，逐步形成全国最大的兔毛交易中心。

在兔毛深加工产品上，石柱也在进一步加强，前几年利用世行贷款，引进意大利毛纺设备建成兔毛纺纱厂，其产品已达出口标准，并销往欧美、日本等国家和地区。县里还正在寻找新的项目，搞好兔毛的深加工，用产品来开拓市场，带动长毛兔产业的更大发展。

在实施产业化上，县里今年也开始建立"龙头+基地+农户"的产业模式，县建立兔业公司，区乡设分公司。

相信在兔的本命年里，石柱长毛兔将会在市场的带动下，跑得更快，更好!

《重庆日报》，1999年3月17日

百年成就大产业

——涪陵榨菜的产业化之路（上）

浩荡向前的长江乌江赋予了涪陵跳跃发展的气魄，雄奇蜿蜒的三山(大娄山、大巴山、武陵山)积淀了涪陵三峡文化的精华。转瞬之间，20世纪即将过去。百年长河，会冲掉许多曾经有过的辉煌，然而，涪陵百姓劳动智慧的结晶——涪陵榨菜却在百年沧桑间势不可挡，先在民间遍地开花，继在大江南北长驱直入登上各种大雅之堂，最后昂首挺胸走出国门，与欧洲的酸黄瓜、德国的甜酸甘蓝比肩同享"世界三大名腌菜"的美名。

百年涪陵一碟菜。用茎瘤芥(又称青菜头)为原料生产出的榨菜，是涪陵的"第一产业"，不仅是涪陵的骄傲，更是中国的骄傲。据史志记载，1898年，涪陵邱寿安家掌脉师邓炳成在将青菜头加工成咸菜时，改进腌制方法获得成功，他当即送一罐给在湖北宜昌开"荣生昌"酱园店的邱寿安之弟邱寿章，邱在一次宴会上取出让客人品尝，其鲜、香、嫩、脆的独特品质令客人大饱口福，争相订货。第二年邱寿安加工了80罐运到宜昌，被一抢而光。邱即专设作坊加工，并按其加工工艺特点将此菜定名为"榨菜"，"涪陵榨菜"也因此而定名。

1910年，邱家掌脉师将榨菜加工工艺告知欧秉胜，欧便在李渡石马坝设厂仿制。从此，榨菜生产工艺便在沿江的上至巴南区的木洞，下至丰都传播开来，到1940年，沿江的榨菜加工厂(户)发展到800余家，年产榨菜4 400余吨。

随着榨菜加工工艺的传播，榨菜销售市场也开始拓展，1919年开辟了汉口市场，1929年占领湖南市场、上海市场，随后，市场开始向南到广州、福州，北达西安、平津和东北三省延伸，并通过上海转销到香港、南洋群岛等地。

1949年以前，涪陵榨菜受小生产者生产方式的制约，其生产规模、市场开拓都受到制约，没有形成一项大的产业，只是处于萌芽发展的阶段。

在计划经济年代，涪陵榨菜与国家的政治、经济，乃至军事活动紧密相连，被国家统购统销，没有丝毫市场之忧。然而，涪陵榨菜虽是紧俏物质，但没有真正规模化产业化发展。当时的最高年产量有3万余吨，品种也只有单一的坛装。

是市场教育了涪陵人民，是市场经济启发了涪陵的榨菜产业化之路。经历了几种社会制度的百年榨菜，终于在改革开放年代实现了飞速发展。

涪陵榨菜办的同志向记者讲了这样一个故事：90年代初，上海等沿海大中城市的榨菜几乎都是从日本运来的。再回头看内地商场，本应是涪陵榨菜的根据地，却也被来自上海、辽宁等地的榨菜挤占。在涪陵人不经意间，市场竟然被别人瓜分了，中国榨菜之乡涪陵徒有虚名。

痛定思痛，涪陵开始大步流星将榨菜作为一项当家产业大力发展，根据市场需求，涪陵榨菜不断推出新产品，适应不同消费层次、消费口味的消费者，重新赢得了顾客青睐，抢回了市场份额。近年来，涪陵榨菜实现了四个转变：在包装上，由过去的坛装逐步向小包装、听装、罐装、盒装转变；在用盐上，由单一的高盐向中盐、低盐转变；在味型上，由过去单一的麻辣、广味向适应不同地区、不同消费层次转变；在档次上，由过去的低档向中、高档转变。涪陵榨菜凭借品牌和质量，逐步占领国内外市场。如今，除西藏以外的全国各省市、自治区的大中城市市场上都能见到涪陵榨菜的踪影。出口的国家已由过去的东南亚国家发展到欧美各国。

如今，榨菜已成为涪陵区最大的产业之一，1998年，全区种植青菜头22万多亩，产青菜头32万多吨，加工成品榨菜14万吨，出口榨菜6 000吨，实现销售收入4亿元，利税3 500万元。

榨菜已成为农民致富的主要项目，目前，涪陵区沿江的20余个乡镇，50余万菜农种植青菜头。今年3月，青菜头收获，菜农卖青菜头收入已到手1.5亿元，人均收入300元，比去年增收140元。在随后投入的半成品加工中，菜农们还可有人均上百元的收入。

榨菜生产还带动了陶坛、包装、辅料、运输等相关行业的发展，缓解了就业压力，成为涪陵地方经济的重要支撑点之一。目前，为榨菜产业服务的相关产业，年创产值已在1.5亿元左右，利税1 500万元以上。在榨菜加工生产企业中，常年从业人员有5万多人，如加上季节工、临时工，其数量更加庞大。

经过市场经济的洗礼，榨菜已成为涪陵人民最为骄傲的名片，成为我市农业产业化进程中的排头兵之一。

提起涪陵就想到榨菜，提起榨菜就想到涪陵。这个印象将会更深刻地烙在国人和世界消费者的心中!

《重庆日报》，1999 年 5 月 20 日

龙头推动大产业
——涪陵榨菜的产业化之路（中）

散兵游勇成不了什么大气候，要成就一项产业，要有效抢占市场，务必要有担当重任冲锋陷阵的排头兵。

经过几年市场磨炼，涪陵上下达成一种共识：花大力气培育涪陵榨菜的龙头企业集团。自20世纪90年代中后期开始，涪陵榨菜产业化发展形成了两大可喜的"小气候"：其一当然是得天独厚的自然小气候，其二则是至关重要的推动龙头企业发展的政策小气候。

由25家榨菜加工厂联合，集生产、包装、运输、销售于一体的涪陵榨菜集团，成为当时涪陵市委、市政府重点扶持的骨干企业，涪陵榨菜以大公司带动战略揭开了全面抢占国内外市场的序幕。

经过几年努力，涪陵榨菜集团成为全国最大的榨菜产销企业，拥有20多条加工生产线，400余名技术人员，年生产能力8万余吨，遍布全国和东南亚等地的销售网络，为涪陵榨菜形成大产业立下了汗马功劳。

随后，涪陵地区一批有实力的工业企业加入榨菜产业的竞争，增加了榨菜龙头企业的实力，开始出现群英争雄的局面。几年前，太极集团建立国光榨菜厂，宏声集团建立综合食品厂，以雄厚的资金和技术力量参与榨菜的生产和新产品开发。目前，涪陵榨菜的生产已出现榨菜集团、国光榨菜厂、宏声集团综合食品厂等8家重点龙头企业。涪陵区把这8家龙头企业作为重点扶持对象，并在条件成熟后，遵循自愿结合的原则，以这8大重点企业为基础，组建多个大型榨菜集团。

实施大公司、龙头企业带动战略，为涪陵榨菜形成产业化经营带来了动力，加快了产品、技术、市场等方面的创新，涪陵榨菜在全国、全世界的竞争力增强。

在保持涪陵榨菜"鲜、香、脆、嫩"特色的基础上，龙头企业们大胆地在品种、包装、味型、档次等方面进行产品的开发创新，以适应不同层次、不同口味消费者的需要，拓展宽广的销售市场。

榨菜集团与西南农业大学等合作，先后开发出了有绿色食品认证的低盐无化学防腐剂的"口口脆榨菜""鲜香榨菜""美味榨菜"系列，味型也从单一的麻辣发展成美味、鲜香、五香、清香、原汁等多种味型的50余个品种。国光榨菜厂开发的极品榨菜，宏声集团综合食品厂开发的邱家牌榨菜等，都使涪陵榨菜上了档次，实现了产品的不断创新。

产品的创新不但赢得了市场，也提高了效益。低档的坛装、袋装每吨销价只有3 000元左右，中档的上升到1万元左右，而高档的是数万元1吨，最高的已卖到8万多元1吨。

龙头企业不仅使涪陵榨菜迅速崛起，而且带来了企业生产技术、设备的创新。

在保持传统生产工艺特色的前提下，龙头企业们率先在杀菌保鲜、综合利用、包装技术、生态环境改善等方面都进行了改进创新。宏声集团综合食品厂与成都飞机制造公司合作，按传统的榨菜生产与工艺，设计出的具有脱水、脱盐、压榨、杀菌等工艺的榨菜生产流水线，使榨菜生产开始走出繁重的人工操作阶段，把加工技术提高了一个档次。

榨菜集团、太极集团国光榨菜厂等龙头企业还投入1.3亿多元，进行万吨出口榨菜生产线、万吨高档极品榨菜系列产品生产线等设备和技术的创新改造，为上档次、上规模奠定了基础。

为开拓市场，树立品牌，龙头企业更是发挥出了冲锋陷阵的作用。

涪陵榨菜自参加国际、国内评优活动以来，共获国际金奖4次，获国内金、银、优质奖90余次，这是涪陵榨菜的一笔巨大无形资产。涪陵榨菜集团等龙头企业不惜花巨资在中央电视台及全国各主要城市的媒体上进行广告宣传，使涪陵榨菜的名声大振。

目前，国光榨菜厂的"巴都"牌，宏声集团综合食品厂的"邱家"牌等牌子，都在全国叫响。榨菜集团的"乌江"牌榨菜不仅在国内注册，还到境外20多个国家和地区注册，并每年投入上千万元在中央电视台等主要媒体上宣传，使这一品牌成为目前涪陵榨菜中叫得最响的牌子，在国内外拥有了广泛的市场。

在龙头企业的带动下，涪陵榨菜生产逐步改变了过去那种农民种什么，企业就收购什么的老习惯，开始形成企业需要什么原料，农民就生产什么原料的机制。榨菜集团等龙头企业已在镇安、义和、李渡等乡镇与村社建立起了榨菜原料生产专业合作社，与农民形成利益均沾、风险共担的共同体，推动产业的发展。

《重庆日报》，1999 年 5 月 22 日

产业化文章要做好
——涪陵榨菜的产业化之路（下）

涪陵榨菜已被市里列为12项重点农业产业化项目之一，但从目前的状况看，真要实现产业化，还有很多文章要做，榨菜产业中也面临着一些风险和问题。

其一，多数企业还没有与菜农结成风险共担、利益均沾的共同体。目前，涪陵榨菜的加工生产企业有200余家，骨干企业有8家。在这些龙头企业中，除榨菜集团等少数几家与菜农建立起专业合作社，签订了保护价收购菜头的合同外，绝大多数企业都还处在随意收购、加工的状态，致使榨菜生产加工无规划，难调控，原料的多与少、产品的供与求，没有随着市场的变化得到调整，往往造成青菜头产量、收购价格、产品成本大起大落，菜农收入、企业效益起伏不定。

其二，榨菜质量的稳定受到威胁。乌江、长江汇合处的习习江风是传统"风脱水"形成涪陵榨菜脆的原因，但目前涪陵榨菜生产中出现传统"风脱水"加工比例大幅下降的趋势；由于加工企业多，加工的质量参差不齐，销出去的产品又都打上了"涪陵"的商标，使涪陵榨菜的整体质量和声誉受到了严重的威胁。

其三，假冒伪劣产品冲击，使涪陵榨菜的市场形象和产品声誉都受到极大的损害。目前，在国内的大中城市市场上，都不同程度地存在着假冒涪陵榨菜产品，以低质、低价冲击涪陵榨菜销售市场。假冒伪劣产品猖獗的主要原因，是涪陵区内的一些企业商标意识不强，多处制版印制包装袋，导致外地企业假冒涪陵榨菜的名优品牌。同时，一些企业目光短浅，随意转让商标允许其他企业生产，在外地设分厂等，造成大量假冒涪陵榨菜出现。

涪陵榨菜要稳定、健康地发展，走出"好三年，孬三年，不好不孬又三年"的怪圈，必须走好产业化的路子。

就目前的现状而言，涪陵榨菜产业化的关键在于建立起利益共享、风险共担的利益机制。近两年来，在推进榨菜产业化中，涪陵的一些企业和乡镇探索出了3种模式：一是"公司+农户"，榨菜生产企业与农户直接挂钩，建立密切的联系，这种模式具有较大的灵活性，企业可选择农户，农户也可选择企业，互利互惠；二是"公司+乡镇+农户"，这种模式的特点是，生产企业的行为包括宣传发动、组织引导等，主要依靠乡镇政府传播给各种植户；三是"公司+专业合作社"，其特点是以合作社为单位，各榨菜原料种植社以青菜头产品入股到榨菜加工企业，并参与企业管理，共担市场风险，共享榨菜生产加工的盈利。

不管选择什么模式，都应以利益为联结纽带。因而，涪陵榨菜产业化如果不建立起真正的企业与菜农之间利益共享、风险共担的利益机制，就难以真正实现产业化。

规范榨菜生产的管理，整顿榨菜生产和产品的质量，也是目前涪陵榨菜产业化中不可忽视的一个重要问题。

目前，榨菜生产中的一些混乱局面和质量问题已引起涪陵区的重视，涪陵区已开始采取措施把榨菜生产纳入规范化、法治化的管理。去年8月，涪陵区政府颁发了《重庆市涪陵区榨菜生产管理暂行规定》，这是榨菜生产史上第一部加强行业管理的法规，《规定》从榨菜生产的基本条件、收购加工、质量监督、卫生管理、出境管理、市场管理、新产品开发等方面进行了规范。从今年初开始，涪陵区又全面开展了榨菜质量整顿工作，下决心彻底恢复传统的"风脱水"工艺和风味特色。

实施品牌战略，打击假冒伪劣，保护涪陵榨菜在市场上的良好形象，这是榨菜产业化中赢得市场的关键。目前，涪陵榨菜有70余个品牌，但真正在市场上有影响、有竞争力的品牌只有那么几个。因此，在推进产业化进程中，应该通过资产重组，形成一批大的龙头企业和名优品牌。同时，加强商标管理和加大打击假冒伪劣产品的力度，保护和拓展更大的市场。

目前，涪陵区已开始重视榨菜产业发展品牌战略和集团化推进并已着手实施运作。区里对"涪陵榨菜"证明商标的使用管理进行规范，并准备建立榨菜批发市场，进入市场的企业要符合榨菜生产的基本条件，其产品须经质检、防疫部门检验合格。

涪陵榨菜在长大，相信随着产业化进程的推进，它会成为我市农业产业化进程中的典范。

《重庆日报》，1999年5月24日

新世纪的老课题
——黔江开发区扶贫攻坚述评之一

到1999年底，黔江开发区所属的5个县都基本实现整体越温达标，这标志着黔江开发区的扶贫攻坚工作取得了重大的胜利。

但是，重大的胜利不等于最后的胜利，在新年来临之际，黔江开发区面对的扶贫攻坚任务更难，需要啃的骨头更硬。

据黔江开发区扶贫部门的统计，全区实现整体越温达标后，还有45万左右的贫困人口，其中返贫35万人(1998年返贫10万人，1999年"6.28"洪灾返贫25万人)，智力性贫困人口5万人，生存环境差需移民开发的5万人。在290余万人口中，贫困人口就占了45万，其攻坚的难度是可想而知的。

经过不懈的努力，黔江开发区的扶贫攻坚虽然取得了较大的成就，但与全国其他贫困地区相比，仍有不小的差距，仍是全国贫困程度最深、扶贫开发难度最大的地区之一。目前，黔江开发区最后的攻坚存在着以下障碍：

区域性贫困积重难返，决战攻坚举步维艰。黔江开发区地处全国18个贫困片区的武陵山区中贫困的重深区，恶劣的自然环境导致的扶贫开发的程度之深、难度之大、返贫率之高，在全国少有。据有关资料表明：武陵山贫困片区在全国贫困片区的贫困程度处于第9位，而黔江开发区在武陵山片区中解决贫困的速度处于倒数第2位。

智力性贫困有增无减，且制约因素越来越多。这主要体现在：一是本身先天不足、智力低下，又未得到足够的科技教育的影响，导致劳动力能力低下。本地人才考上高校不愿回来，外地人才更难请进来。二是地方病的影响在农村依然存在，严重制约着农村生产力的发展。三是社会救济量大面广，仅凭自身力量无力改变生存、生活条件，形成永久性的特困群体。

基础设施落后，摆脱贫困的生存、生产、生活条件没有得到根本的改善。到目前为止，黔江开发区还有一个乡、700多个村不通公路。在已建成的7 000余公里乡村公路中，有5 000余公里路面差、坡陡、弯道多。水电设施差，抗御自然灾害能力弱，全区仍有数以10万计的人口和牲畜饮水困难；水利设施落后，全区有40%左右的稻田不能灌溉，一遇干旱，严重影响收成；全区还有30余个村、8 000余户未通电。全区的中低产田土面积占了69%，按扶贫开发"四个一"的要求，远达不到人均0.5~1亩稳产基本农田的要求。

黔江开发区扶贫攻坚的决战还任重道远。

解决这45万人的越温，防止新的返贫是黔江开发区在新世纪里面临的又一大难题。而破解这一难题，最后的决战这一仗，比成建制越温达标要艰难得多。这个问题已被黔江开发区的决策者们所看到。

难题再大也得破，骨头再硬也得啃！

如何破解这新的难题，如何啃这最硬的骨头？这需要在扶贫攻坚的思路、措施，乃至人力物力上做新的调整，形成新的攻坚力量，才有可能取得最后决战的胜利，实现整个开发区真正意义上的脱贫。

《重庆日报》，2000 年 2 月 9 日

从苦干到巧干

——黔江开发区扶贫攻坚述评之二

"宁愿苦干，不愿苦熬。"黔江精神激励着290万黔江儿女，通过苦干，5个县都实现了成建制越温达标。

然而，在新世纪的扶贫攻坚战中，只靠苦干恐怕是难以啃下硬骨头、攻破新的难题，取得决战的全胜了。

从苦干到巧干。这是破解新世纪扶贫攻坚难题的法宝。在啃硬骨头中，不仅需要苦干，更多的则需要巧干。

酉阳土家族苗族自治县李溪区是革命老区、边区、山区，可以说是最贫困的地区，近些年来，其在通过苦干改变了山区的交通、水利等基础设施的同时，通过推广科学技术，面向市场发展商品生产，成为酉阳自治县最先实现越温达标的一个区。李溪区的实践证明，巧干比苦干能够加快扶贫攻坚的步伐，而在农村经济越来越市场化，科学文化、市场观念在农村经济发展中起着决定性作用的新世纪里，巧干就更显得重要了。

如何巧干？

增强巧干的能力，这是巧干的基础。近些年来，黔江开发区的基础教育、医疗卫生、科学技术推广等都有了很大的发展，但是，与先进地区比，与新形势下扶贫攻坚的要求还有较大的差距，特别是在开放意识、市场经济观念方面，与外地相比，其差距更大。因此，花大力气提高贫困地区人口的素质，千方百计留住、引进人才，应是黔江开发区在决战阶段最为重要的一项攻坚任务。

目前，这个问题已引起黔江开发区的高度重视，除千方百计引进人才外，还采取了一系列的措施提高干部、群众的文化、科技、市场经济知识等方面的素质。记者在黔江的几个县采访中了解到，自觉读书学习、提高自己的文化知识和科学技术水平的学习风气在县区乡干部和不少农民中形成。在整个开发区，利用业余时间攻读研究生的就有200多人。酉阳等县还做出规划，制订出强硬措施，要求在两三年内把干部的综合素质提高到一个新的水平。

在前些年的扶贫攻坚中，为了解决温饱，注重的是产品经济。在5个县都已成建制地实现越温达标后，按照市场需求发展商品经济，是扶贫攻坚中新的课题。

黔江地区资源丰富，发展有特色的商品经济有很好的基础。但是，要把资源变成有效益的产业，其中需要一个"巧"字。把资源与市场需求有机地结合，促进特色产业的发展，是巧干；把山里的特产通过流通，拿到市场上变成增值增收的商品，也是巧干。而黔江人正在朝着这方面努力。彭水苗族土家族自治县郁山区利用丰富的红薯资源，加工晶丝条粉，打进了重庆市场，实现了10倍的增值。酉阳土家族苗族自治县南腰界乡在独特的自然气候、土壤条件下生产出来的大米，通过加工包装后，成为市场上的俏货，价格也比普通米高出50%左右。

从苦干到巧干，这是黔江人在扶贫攻坚中思想观念的一大转变！

在苦干的同时重视巧干，才能破解扶贫攻坚中的新难题，啃下最难啃的硬骨头，取得决战的最终胜利。

《重庆日报》，2000 年 2 月 10 日

尽早启动移民开发

——黔江开发区扶贫攻坚述评之三

　　酉阳土家族苗族自治县细沙乡高井村4组，原有20多户人，现只有四五户人在当地守看破屋，且多是老年人。

　　村里的人都到哪去了呢？

　　有的跑到新疆种棉花去了，有的迁到湖北荆州开发荒滩去了，有的搬到山外的场镇上做生意去了。这些自发地举家迁移到外地寻找生路的人是聪明人，因为贫瘠的荒山恶劣的自然环境，本身就不适宜人生存。对这部分贫困人口的扶贫攻坚，出路只有一条：移民开发。

　　据黔江开发区扶贫办统计，全区有5万贫困人口将走这条路。5万人在45万人中来说，不是一个大数，但这却是最硬、最难啃的一块骨头。而要啃下这块骨头，所花费的人力、财力都可能是最多的。

　　然而，目前黔江开发区的移民开发的扶贫攻坚可以说是还没有起步。

　　新千年来临，这块硬骨头应该摆到黔江开发区扶贫攻坚的重要位置上来了。并且，越早啃下，越易取得扶贫攻坚的最后胜利。

　　这骨头咋啃？

　　首先，要做好啃硬骨头的战略性规划。由于是最难啃的骨头，所以既轻视不得，更马虎不得。移民开发的攻坚，不是简单把人移到自然条件好的地方就行，在把人移出来的同时，还得考虑要让这部分人尽快富裕起来，才能达到移民开发扶贫攻坚的目的。因此，有移民开发任务的县区乡，都应做好具体的规划，把人移到什么地方，如何安置，移出来后让他们发展什么产业等，都应有所规划和具体的措施，这样，才会使移民开发的攻坚工作实实在在地搞好。

移民开发先要移观念，自然环境特别恶劣的地方的贫困农民，由于长期与外界隔绝，加之祖祖辈辈都生活在山里，不愿离开自己的家乡，对外面的市场经济更是不适应。所以，在移民的同时，先得要教育他们敢于到外面创业，能够到市场经济中去闯荡，在新的环境中发展，摆脱贫困。

扶贫攻坚中的移民开发同三峡移民一样，同样有一个安得稳、能致富的问题。因而，不仅要考虑如何把他们迁出来并安置好，还要想法帮助他们尽快致富。黔江开发区本身的自然条件都较差，安置容量有限，加之移出来这部分人的科学文化素质也较差，适应市场的能力弱，在选择安置地点、发展产业时，都应考虑到这些因素。在选择安置地方的同时选择好发展的产业，让产业来安稳、富裕移出来的人。

5万人的移民开发，是黔江开发区在新世纪里扶贫攻坚中面临的最大难点，但是，再难啃的硬骨头也得啃。

《重庆日报》，2000 年 2 月 11 日

突破瓶颈才能决胜
——黔江开发区扶贫攻坚述评之四

基础设施过于落后，是黔江开发区取得扶贫攻坚最后胜利的瓶颈。就总体而言，目前黔江开发区的基础设施是比较落后的：数百个村不通公路；水电设施差，抗御自然灾害能力弱；稳产基本农田离脱贫的要求远。

多年来，黔江开发区在改善山区的基础设施上做了很大的努力，但由于特殊的自然环境，加上解决现实温饱的压力，基础设施这个脱贫致富的瓶颈没能打破，还处于过于落后的状态，成为取得决战胜利的拦路虎。

因而，在成建制实现越温达标后，从根本上解决基础设施过于落后的问题就应摆在黔江开发区扶贫攻坚的重要位置了。

这是攻克世纪难题最艰巨、最难打的硬仗！

酉阳土家族苗族自治县有个小咸乡，它是目前黔江开发区唯一不通公路的乡，要把公路修进山里，得花400多万元，由于基础设施差，生产和生活条件难以改善，这个3 000多人口的乡，3年间人口减少了10%，年轻人都四处寻找生存门路去了。在贫困山区，希望有一条通往山外的路不知已是多少代人的梦想。

在扶贫攻坚的最后决战中，让山里人实现这一梦想可以说是必须要打的一仗。让还未通公路的700余个村通公路，把已修好的5 000多公里乡村公路改造完善，是黔江开发区要啃的硬骨头。改善水利、电力设施，改变中低产田土占69%的现状，也是面临的一大难题。

这场硬仗怎么打？

改变攻坚的思路和重点。前些年，我们把主要资金和精力都放在了解决大部分人口的温饱上，现在，当已实现成建制越温后，就应把主要资金和精力摆到改善基础设施，打通彻底脱贫、走向富裕的瓶颈。实现越温达标后，国家对贫困地区的扶持政策不变，扶贫资金未减，这为我们改善基础设施创造了条件。

在改善基础设施中，加强扶贫资金和项目的管理，让有限的资金发挥出最好效益，让扶贫项目产生最好的效果。黔江县在这方面做了探索，他们把扶贫资金和项目实行归口统一管理，把计划安排到乡村，资金随项目走。对扶贫项目实行全程监管，对验收合格的项目将项目名称、投入金额、修建时间，乃至工程负责人等都刻上石碑备查，长期接受群众监督。扶贫项目和资金在改善基础设施中产生了好效益，项目工程的质量得到了保证。

改善基础设施，不能等靠要，要发挥自身的主观能动性，依靠自身的力量和努力。国家的投入、社会的支持都是有限的，更多则需要自己奋斗。酉阳县李溪区是边区、山区和老区，但他们不等不靠，组织群众修公路，建水利设施，改善通信条件，目前，全区36个村有31个通了公路，有近一半的村通了程控电话，水利设施也得到了较大的改善。基础设施的改善，加快了脱贫步伐，到1999年底，全区的建卡贫困户只剩下几十户，而且已有小康村出现。

调整扶贫攻坚的思路，依靠自己的力量，从根本上改善基础设施，这是取得最后决战胜利的基础，打好了这一基础，破解难题，取得胜利就有望。

《重庆日报》，2000 年 2 月 12 日

"青山绿水万银村"

——武隆生态环境建设巡礼

　　4月，正是植树的好季节，在武隆县采访，农民们自发地要求退耕还林的积极性引起了记者的注意。县里下给兴顺乡今年退耕还林的任务是200亩，农民们不依，找到县里，宁愿自己出部分苗子钱，也要增加任务，因而，这个乡在春季就完成了1 500亩。像兴顺乡这样主动要求多完成任务的乡镇在武隆较为普遍。

　　农民退耕还林的积极性使武隆县生态环境建设的步伐加快，在今年春季就已完成退耕还林面积23 115亩，荒山造林15 760亩。县里信心十足，年内要完成退耕还林和荒山造林10万亩以上。

　　武隆的农民在生态环境建设上为何有这样高的积极性？

　　乌江流过武隆，从江上抬头仰望。东边的仙女，西边的白马，两座大山高耸入云。山，成了武隆县的"特产"，全县林地面积达13.8万公顷，占辖区面积的47.6%，7.2万公顷耕地中，25度以上的坡耕地就占了18.1%。由于地质复杂，山高坡陡，全县水土流失非常严重，达15.8万公顷，年流失土壤总量1 015万吨。

　　生态环境成为左右这个山区农业县经济发展的主要因素。

　　早在20世纪80年代中期，武隆县就开始进行生态环境的建设。

1984年，县政府发出25度以上坡耕地退耕还林（草）的号召，当年全县就实现退耕还林（草）1.25万公顷。经过10多年的不懈努力，已在一定程度上改善了全县的生态环境。也正是这些事实，让农民意识到：只有搞好生态环境建设，才能从根本上脱贫致富。

巷口镇万银村在白马山上，80年代初这个村流传一句话："无柴无水万银村。"农民们住在光秃秃的山上，缺水又缺柴。1984年，他们响应县里的号召，退耕还林4 000亩，并在住家周围植种薪炭林。如今，山已变绿，泉水重新冒了出来，薪炭林也解决了烧柴问题，"无柴无水万银村"已改成了"青山绿水万银村"，村民们的生活也因此得到了很大的改善。同在白马山上，却有一个相反的例子，白马山林场视远坪工区在80年代是青山绿水，是职工的聚居地，90年代初开始经营性采伐，当树砍光后，泉水也干涸了，山上的人也住不下去了，所有的林场职工只好迁居另外的地方。

县里通过向广大干部群众宣传白马山上这两个正反例子，使全县的农民明白了一个道理：破坏生态环境，就是破坏自己的生存环境；保护、改善生态环境，就是改变自己的生存环境。其退耕还林（草）的积极性也源于此。

在白马山对面的仙女山，则在生态产业为主的生态环境建设上迈出了大的步子，成片的荒坡开始披上绿装。农民们在荒山变绿的同时，也开始走出贫困，奔向富裕。

处于仙女山深处的双河、土坎、白果等乡镇，在保护好原有生态林的基础上引进投资商，把成片的荒山开发成猕猴桃、中华圣桃、香桂、板栗等经济林，目前，这些投资者在已开发上万亩荒山的同时，也带动起周围的农民发展起数万亩的经济果林，在获得生态效益的基础上，经济效益、社会效益也同步取得。荒山变绿的同时，农民们也开始走出贫困，木根乡从1995年开始，连续5年在荒山上成片造林1.34万亩，全乡利用独特气候和土壤资源，发展无公害的反季节蔬菜，农民的收入大增，生活质量提高，从以前武隆县最贫困的乡之一变成了全县第一个整体达到小康指标的乡。

仙女山与白马山作证，建设好生态环境就是改善自己的生存环境，才能走出贫困这一不争的事实，已极大地调动起了武隆县农民退耕还林（草），自觉搞好生态环境建设的积极性，成为武隆县在实施退耕还林试点示范县中最大的动力。

"农民的积极性是我们完成生态环境建设任务的基础。"武隆县有关负责人说。有了这一基础，在10年的时间内，全县通过退耕还林（草），增加林地42万亩，草地3万亩，使森林覆盖率在现有的基础上增加10.3%，达到44%，有效改善县境内的生态环境的目标就一定会实现。

中国农村的任何事情都要把农民的积极性调动起来才能办好，武隆县在生态环境建设中的实践给我们的启示是：以退耕还林（草）为主的农村生态环境建设，先要打好调动农民的积极性这个基础。

《重庆日报》，2000 年 4 月 19 日

"芙蓉仙女"的拉动效应
——武隆县旅游品牌战略探访

　　记者走进武隆县，看到县境内的各种户外广告，包括县委书记周伟航、县长刘旗递过来的名片上都印有一个展现武隆旅游品牌的标识："芙蓉仙女·梦幻武隆"。

　　"芙蓉仙女"已给武隆带来了一股不同寻常的旅游热：仙女山上，每晚数千游客挤满了山村小店；芙蓉洞里，旅游的人接踵而至；芙蓉江上，荡舟的人悠闲自得……

　　今年前9个月，武隆县接待游客比去年同期增加2.7倍，旅游直接收入比去年同期增长2.67倍。

品牌——提升武隆旅游的形象和竞争力

　　大自然赐予了武隆鬼斧神工般的旅游资源：要山，有仙女山、白马山；要水，有芙蓉江、乌江；要洞，有芙蓉洞；要缝，有天生三桥和龙水峡地缝。但在前些年，由于缺乏旅游的品牌意识，芙蓉洞、仙女山等各打各的旗，各吹各的号，把"芙蓉仙女"分割得七零八落。

　　2003年4月，武隆开始改变这种状况，县里按市场运作的方式，建立了统一的宣传营销中心，花150万元聘请策划公司打造武隆旅游品牌。

策划公司把武隆的旅游资源进行整体包装后，推出了"芙蓉仙女·梦幻武隆"的品牌，并设计出了具有梦幻般的标识，注册了商标。

有了自己的品牌后，他们运用市场的手段，按照门票提成的办法提取宣传促销经费，由宣传营销中心统一宣传打造"芙蓉仙女·梦幻武隆"的品牌。一时间，从中央电视台到各地方媒体，从重庆主城区、成都等大都市到周边城市的户外广告上，都有了这一品牌形象。

品牌，提升了武隆旅游的整体形象，让"芙蓉仙女"走进千家万户，激起了旅游消费者到武隆旅游的欲望。

发展——尊重科学让"芙蓉仙女"青春常在

今年前8个月，武隆县的旅游基础设施投入已完成5 000多万元，是武隆旅游开发10年来投入最多的时期。

大自然赐给了武隆人"芙蓉仙女"，但如果不用科学的态度进行可持续发展的开发，就会使"芙蓉仙女"过早"衰老"。该县负责人对记者说："我们不愿因此而当历史的罪人！"

为此，他们决定按科学的发展观进行规划，并严格按规划进行开发。他们聘请了北京大学城市规划设计中心的规划设计师编制了武隆县旅游业发展总体规划，目前，这一规划已通过专家评审：芙蓉江国家重点风景名胜区总体规划正报送国家有关部门审批；仙女山国家森林公园总体规划的修编，芙蓉江大峡谷、石桥湖水上游乐、天生三桥、黄柏渡风景区的详规等也在紧张编制中。

今年，按照科学规划，武隆县加快了旅游设施和景点的建设。天生三桥观光索道、旅游电梯、仙女山滑草场、芙蓉仙女国际假日酒店、国家森林公园联排别墅等相继开工。与此同时，县城内的一批旅游接待设施完工投入使用；武隆国家地质公园揭碑开园，芙蓉江开游。

"芙蓉仙女"——为武隆经济添彩

"芙蓉仙女·梦幻武隆"的旅游品牌，在带来旅游热的同时，也有力地拉动了武隆经济的快速增长。

今年上半年，武隆县在投资拉动大幅度减缓的情况下，地区生产总值比去年同期增长12.5%，地方财政收入比去年同期增长35%。县里的分析表明，这是旅游拉动相关产业快速发展的结果。

旅游促进了以商贸为主的第三产业快速发展。今年前8个月，武隆县城的商贸经营网点新增了1.2万平方米；旅游商品开发加快，羊角豆腐干、乌江鱼、江口鱼、仙女山羊肉、黑山谷红椿、天尺茶等旅游商品，在打出武隆旅游品牌的同时，还带动了农业产业化的发展。

"芙蓉仙女"已成为武隆经济发展的拉动力之一，为武隆经济发展增光添彩。

《重庆日报》，2004 年 10 月 24 日

第五部分

三峡风情

记者按：本部分的篇章是记者旅行采访后写的游记、随笔，散见于多种报刊和网络新媒体，也有未曾公开发表的作品。考虑到这是"峡江行"的有趣补充，故辑录于此，以飨读者。

魅力依旧小三峡

　　小三峡风光六大奇观：山奇雄、峰奇秀、滩奇险、水奇清、石奇美、景奇幽。

　　三峡大坝蓄水后，急速上涨的长江水从龙门峡口倒灌进大宁河，诗书画卷式的小三峡、小小三峡变"废"了吗？

　　带着这个疑问，我们作为特殊的"游客"，在大坝蓄水后第一次乘坐小游船逆水而上，往小三峡深处进发。

　　大宁河水位提升了几十米，往日狭窄的河面也变得宽敞起来。

　　进入龙门峡不久，导游小姐就提醒大家："请看，左岸的青狮守龙门，比以前更雄伟了。"抬头望去，那头青狮果然怒目而视，大睁着圆眼，窥视着我们这些自蓄水后从龙门进来的不速之客。

　　银窝滩是进入小三峡后的第一个浅滩，落差高达8米，以前船过滩时，就像蜗牛爬行，气喘吁吁折腾好一阵子才上得去，有时还会搁浅，不得不由船工下河推船才过得了此滩。今天可不同了，昔日的浅滩已不见踪影，小游船在平缓的河面上，轻轻松松地就过了"关"。

　　船出龙门峡，来到琵琶洲。三峡大坝蓄水前，这也是一道难过的"坎"，游客得从船上下来，徒步半个小时，翻过一座小山梁，到山梁后面的河边再上船，空船在琵琶洲的浅滩上上行，也需要半个小时。水位升高了10多米后，不但琵琶洲在慢慢地沉入河中，洲上的浅滩也变成了温顺的平湖。船在湖上平稳地行驶，速度快了好几倍，我看了一下时间，仅10分钟，就驶过了以前要半个小时才能过去的滩。

导游小姐滔滔不绝地介绍峡谷风光："三峡大坝蓄水后，巴雾峡里河边的一些小景点会被淹没，但我们的小三峡是以自然峡谷风光为主的，水位上升后，山水相映会显得更雄伟壮观，比之以前的一些景点更具魅力。巴雾峡内右岸的悬棺，原与水面相隔400米的高度，仰头望去，见到的悬棺只是一个小黑点，现在水位升高后，已能见到长方形的悬棺样了；在左岸，由三层山峰叠成的观音坐莲台，以前只能看到一个粗轮廓，现在从船上望去，观音的面孔显得更为慈祥、更加可亲了；大佛、仙女洞、罗家寨等景点，在上升的河水中也变得更加清晰、更为壮观了……"

马归山的马头已与河水相接，登天峰下的绵羊崖已经没了崖。出滴翠峡上行到不远的大昌镇八角丘，也呈现出一片湖面。船行其中，极目远眺，湖光山色融为一体，峡谷风光更美丽动人。据说，在三期水位蓄水后，这片小湖将扩展成一片湖面为11.8平方公里的大湖。

长江水在上涨，小三峡的风景在变美，变得更秀美，变得更壮观！

↑ 小三峡更秀丽了

永远的三峡石

三峡石是三峡文化的重要组成部分。三峡大坝蓄水成库，库区的长江和大宁河江边的三峡石永远没入了江水中。

"三峡石不会因此而消失。"巫山县城里的三峡石收藏者张惠说，三峡石是永远的！

"这话咋讲呢？"记者不解。

三峡石不仅在江边

"一般人都认为，三峡石是从江边的河滩上捡来的，其实，三峡石不仅仅是出产在长江和大宁河边，江岸的山坡上也有三峡石。"今年67岁、已收藏了28年三峡石的张惠说，这一文化宝藏在三峡库区无处不在。

张惠从他收藏的近千件三峡石精品中找出一块上面有寿星图的，说："这块三峡石就是在大宁河边双龙后山上捡到的。"记者接过寿星图，只见石头表面光滑细腻，纹路清晰，两个老寿星活灵活现，儿孙们正在向老寿星祝寿呢。

"真正的三峡石收藏者绝不会只在江边的河滩上寻找三峡石。"张惠说，因为三峡文化不只局限在江中，而是体现在整个三峡内，走上高山，走进三峡深处，三峡文化的内涵还会更深。

三峡石是什么？

"三峡石不就是被水冲刷后，上面有一些图案的石头嘛。"记者说。

"不对。"张惠纠正说，三峡石是人类文明的记载石，三峡石是三峡历史的象征石，三峡石是三峡文化的积淀石。凡是陆地上有的，三峡石中都有。在三峡石中，分有画面石（图案）、象形石、景观石、意象石、化石等种类。

张惠的家俨然是一座"三峡石博物馆"，客厅、卧室、厨房、床头、柜上，到处都摆放着三峡石。

走进这座"博物馆"，犹如走进了一部中华文明史：从猿人到现代人，从皇帝到太后、太子、太监、宫女，从嬉戏的小孩到白眉寿星，各色人物惟妙惟肖；熊猫、马儿、山羊、小狗、喜鹊等飞禽走兽活灵活现；万年青、石榴花、老槐树等植物生机勃勃；河流、峡谷、沙漠等自然景观如诗如画……

在这座"博物馆"里，还有非常珍贵的珊瑚化石、树木化石、黄鳝化石、硅化木石等。

这就是三峡石：人类和自然界文明、历史、文化的积淀和再现。

永远的三峡石

三峡成库后，三峡不会消失，三峡石也不会消失，它将永远地担当传承三峡文化和三峡文明的重任。

在巫山，像张惠这样收藏三峡石的民间爱好者有四五十位。三峡水库蓄水到来之前，他们自发地来到长江和大宁河边，抢救出一大批珍贵的三峡石。

"我们不但要将这些见证三峡文明史和体现三峡文化内涵的三峡石永远地保存、收藏下去，一旦条件成熟，我们还将通过建三峡石馆、办三峡奇石展等方式，用三峡石来传播三峡文化。"几位三峡石收藏者不约而同地说。

三峡石，你将永远见证三峡的历史，诉说三峡的故事！

高峡出平湖
↓

奇石人生

　　家住巫山县大昌镇的付绍妮把她家那间不到10平方米的临街堂屋腾出来，开了一间奇石馆，大门上，一块由巫山县建委和大昌镇政府专门为她制作的"大昌奇石馆"的匾牌格外引人注目。

　　走进奇石馆的人，除了对展出的上千件从小三峡里捡回来的奇石发出赞叹外，也会被挂在墙上那幅一位著名的书法家书赠给她的"奇石人生"条幅所吸引。

　　这幅字是对这位三峡农家女人生的贴切写照。

　　"我从12岁就开始到小三峡里捡三峡石。我这一生算是离不开这石头了！"她说，三峡石与她结下了终生之缘不说，还改变了她丈夫对石头的看法。

　　今年已36岁的付绍妮从12岁收藏三峡石，20多年来，只要一有空，她大多会到小三峡里去，认真地在河滩上寻觅"奇石"。如今，她的家里到处都堆满了三峡石，至少也有上万公斤。结婚后，她还是钟爱三峡石，照样有空就往河滩上跑，致使丈夫经常与她吵架，但她并没有因此丢掉对三峡石的独有情结。

　　"现在他比我还迷三峡石了哩！"她如是说。由于她的执着，丈夫也被感动了，不但不反对她到小三峡里捡石头，只要有空，自己也往河滩上跑，不断地捡回三峡石。

农家女的"奇石人生"，引起了外来旅游的一些文化人的兴趣，广州作家韦伶在参观了她的奇石馆后，详细地了解了她的经历，以她为素材，创作了一部长篇小说《山魂之谜》；武汉作家协会主席董宏猷、中国作协的何建明等到她的奇石馆欣赏后，为她写下了"你的追求与对艺术的感觉，可以使你与众不同"的留言……

在付绍妮收藏的三峡石里，除外观各异的奇石外，还有见证三峡历史的珊瑚化石、菊花化石等。她说："当三峡水库全部建成，这里开始进行大规模的旅游开发后，我要在搬迁后的大昌古镇上把这奇石馆继续开下去，让到古镇来的游人通过这些奇石了解三峡，了解中国文化！"

"最后的纤夫"

　　三峡大坝蓄水，巫山县小小三峡旅游开发公司的易经理在接受记者采访时说，三峡纤夫不会因为大坝蓄水而消失。

　　在小小三峡上的马渡河漂流中，由于浅滩较多，需要纤夫拉船，因而在小小三峡中，有200多名纤夫。当三峡大坝蓄水，长江水从大宁河倒灌进来，马渡河的小小三峡河床变深后，小船可以直接开进小小三峡内了。前几天，有个别媒体报道三峡大坝蓄水后，小小三峡里的纤夫将是最后的纤夫。

　　易经理说，三峡成库，小小三峡的水位升高后，漂流的起点将上移5公里，从坛子沱起漂，里面的浅滩依旧，因而小小三峡的纤夫是不会消失的。

　　"我很自豪，因为在江水涨上来之前，我找回了长江上纤夫的这段历史！"日前，年仅30岁的周亚武兴奋地对记者说。

　　在他的屋里，每个角落都堆满了三峡石。他搬出了其中3块给记者看，一块是由纤夫的脚踩出深深脚印的石头，一块是纤夫拴船缆时磨出一道20多厘米深的石槽的石头，还有一块是纤夫拉船时纤绳在江岸石壁上磨下绳槽的石头。他说，这3块石头不知是多少辈长江三峡纤夫的血

汗磨出来的,是纤夫历史的见证。

当135米水位即将下闸蓄水之前,小周作为三峡石的收藏爱好者,想到了长江三峡纤夫的历史,决定要从三峡石中去找回来。于是,从5月初开始,他就坚持到长江边的悬崖绝壁下去寻找。在那段时间里,他有好几次都从悬崖绝壁上摔下来,可他还是没有退缩,坚持寻找下去。

如今,他把这3块三峡石精心收藏着,他说:"这几块见证长江纤夫历史的三峡石,我要永远保存下去。"

峡口文物抢救记

位于三峡腹心地带的奉节，高度刚好在长江的二级台地左右，涉水可捕鱼虾，登陆方便耕种，是最适于人类生活居住的。凭借渝、陕、鄂三省水运交通的便利和商贸物资集散地的优势，小小的县城，居然容纳了六万多人，县城的周边也还有四万多人。由于奉节是三峡库区的一个全淹县城，需搬迁的人数有十万之多，占全库区百万移民总数的十分之一。城迁工作无疑已成为移民工作的重中之重，但对奉节人来说还有更棘手的难题，那就是文物抢救。

"夔门天下雄"，当船进入雄伟壮观的瞿塘峡时，谁都会为那苍劲有力的"夔门"两个字而激动不已，可让人惋惜的是三峡水库蓄水后，这"夔门"二字同绝壁上的那些题刻文物都将葬身水中。然而，在下游距此600米处，这些题刻文物又奇迹般地重现出来，只是搬迁到了海拔190米处。

这一切，都得感谢国家文物局中国文物研究所西安文物保护修复中心等单位100位专家学者，他们花了一年多时间，吃住在山洞，工作在峭壁，采用金刚石串珠绳锯对夔门的13幅题刻进行切割，然后按原来的顺序，搬迁于峡口下游几百米处。新复制的题刻更醒目、更有序、更便于观赏。

2002年10月18日，由国家文物局及重庆市有关专家组成的专家组对夔门题刻文物搬迁、保护工程进行了验收，专家组组长、三峡文物保护规划组组长黄克忠用激动的声音宣布修复工程结果：优良。这也是整个三峡库区文物搬迁中第一个通过验收的项目。

奉节，三峡工程唯一全淹的省级历史文化名城。奉节古城在夔门以西约两公里处，标志性建筑依斗门源自杜甫当年在奉节写下的诗句"夔府孤城落日斜，每依北斗望京华"。白帝城位于重庆奉节县的白帝山上，因东汉末年公孙述依夔门天险在此筑城自称"白帝"而得名，也是刘备讨伐东吴兵败后，临终前向诸葛亮托孤之地，历代著名诗人李白、杜甫、白居易等都曾在此留下大量诗篇。

奉节已查明淹没区和迁建区有文物97处，其中地下文物75处，地面文物22处。按照文物保护规划，对地下文物进行发掘保护，地面文物留取资料的14处，搬迁保护的8处。

地下文物的发掘工作紧迫，前后有4支发掘考古队奋战在10处发掘工地上。在二线水位下已发掘地下文物遗址42处，发掘面积近7万平方米。

地面文物搬迁的数量虽然只有8处，可都是重量级的文物，这些文物都将集中搬迁到紧邻县城的宝塔坪，集中建一座占地100亩的文物园。

据文物专家介绍，在宝塔坪文物园里，将复建起依斗门、古城墙、永安宫、甘夫人墓等重量级文物。站在复建后的依斗门前，"众水会涪万，瞿塘争一门"的壮观景观将尽收眼底。

奉节脐橙俏了!

奉节脐橙才刚挂上果，要脐橙的订单便不断地飞来。记者在奉节县农委主任的办公室采访，见不断有电话打来，主任说："都是预订脐橙的。"

奉节脐橙俏了!

奉节脐橙是如何俏起来的呢?

"是一场漂亮的名牌之战使脐橙变成俏货的!"奉节县委书记说，"冲出了夔门，奉节脐橙的天地真宽。"

奉节的气候、土壤等都与脐橙盛产区美国加州相似，是世界八大脐橙生态区之一。奉节采取优中选优办法培育出的独有优质脐橙——奉园72-1，在先后两次全国柑橘良种鉴评会上均名列第一，脐橙的品质连续四次获得全国评比第一名。

令人惋惜的是，在这样独特的小气候里生产出的全国第一的脐橙，却没能把奖牌变成名牌。前些年，奉节脐橙在地摊上价格降到每公斤不足2元还少有人问津。

据说《重庆日报》发表的一组关于重庆市实施农业名牌战略的文章，为脐橙冲出夔门找到了品牌营销之路。名牌之战在夔门内打响，并

↑ 夔
门
雄
关

向夔门外延伸。

稳定奉节脐橙的质量，保持其独特的优良品质，是让奉节脐橙成为名牌的基础。从1998年下半年开始，奉节县的果技人员们便深入到主产区为果农们讲技术课，指导果农除败枝、病枝，为果树开窗(疏枝)，并禁止施化肥，全部施农家肥或复合肥。水的管理是脐橙品质的关键，在伏旱时，果农们买来小型喷灌机，把小水管埋到果树下进行滴灌。有的果农为保果树，宁愿人少喝、少用水，也要把水节约来浇灌果树。在采摘时，技术人员引导果农适时采摘，杜绝了恶性早采。精心、科学的管理，使10万亩脐橙的品质得到了保证，为冲出夔门奠定了质量基础。

品牌和包装，是名牌的形象。县里先后为奉节脐橙注册了"奉皇节度""红翠""新奉士"3个商标，重新设计、改革了包装，为名牌产品树立了形象。为保证果品的质量和形象，他们还为外销的脐橙进行了选果、打蜡等处理。几年前县里曾投资几百万元建起两条包装生产线，但由于当时没有名牌意识，这两条生产线基本上是空着的。去年就不同了，从采果开始，果农们主动把果送来加工，进行选果、消毒、打蜡、包装，连续两个多月，两条生产线日夜不停加工包装果品。

奖牌要变成知名的牌子，离不开宣传。从未上过媒体做广告宣传的奉节脐橙，去年同时登上中央电视台二、四、五、七频道的黄金时段，进行不间断的宣传。

一切就绪后，奉节走出夔门，为脐橙找市场。县里制定宽松的销售政策，鼓励农村的贩销大户，甚至动员机关干部中有经营能力的人外出销果。全县有1 000多人组成销售大军走出夔门，到全国各地为奉节脐橙找市场。

一场漂亮的名牌战为奉节脐橙争来了名气，抢来了市场！

原先，奉节脐橙总产只有3.5万吨，价格每公斤不到2元，还卖不掉。后来，总产增加了2万吨，被抢得干干净净，价格还上升到1公斤5元。甚至离采果还有半年，要果的客商就纷纷涌来，脐橙成了"期货"。

奉节脐橙冲出了夔门：北上辽宁、东至上海、西进西藏、南入珠海，还走出国门，进入俄罗斯等市场。

鸟瞰天生城

"天生城上瞰天城，好似仙宫落凡尘。"万县市天城区委书记吴锡鹏对我们说，"千百年来，天生城凝视着万县的风风雨雨，坎坎坷坷。从现在起，她又将成为天城新区发展巨变的见证者。"

天生城东距万县市区1公里，山势险峻，绝壁凌空，峭立如堵。古今都列为万县胜景，誉为"天城倚空"。相传蜀汉刘备伐吴，曾屯兵于此，故又名天子城。

这天生城确是扼制万县市的咽喉，站在这城上往西望，万县老城区尽收眼底，与对面的太白岩遥遥相望，俯视着万县市区的每一个角落。往东看，天城区的新城区就在岩下，每一幢新楼，每一座桥梁，每一条街道的出现，都逃不过它的眼光。

据《宋史·余玠传》载：南宋淳祐三年（1243），余玠任四川安抚制置使时，为抗御蒙古军而筑此城，并迁万州州治于此。后又数次增筑。如今，这天生城的前、后、中三道城门尚存，前门和后门前方的二道卡门，分别为清代咸丰三年（1853）和光绪十七年（1891）重建。城下左侧台地还有二道一字城墙残迹，中城门附近石壁间遗存有南宋期间摩崖筑城题记和碑文5处，元代记功碑1处。1988年，万县人民政府公布为县级文物保护单位。

"万仞奇峰设，凌虚气象雄。如墉凭地险，累卵自天工。鸟道余丹壁，松关款碧空。星辰梯接步，引览极巴东。"清朝道光年间的知县丁凤皋的这首《天城倚空》，不仅描绘出了天生城的险要地形，特殊位置，也道出了其在军事上的价值。就连万县的最后一部志书《万县志》，也用《天城倚空》画作为封面画。

由于天生城"如墉凭地险，星辰梯接步"的险要位置，自古以来，这里都是兵家镇守、征战之地。南宋万州守将上官夔在天生城上虽被重兵围困，仍坚守数月，数次拒降，婴城据守，浴血奋战。清代初，川东"三谭武装割据，反抗清廷"，"三谭"之一的谭宏也屯兵于此。如今，这天生城已成为"引览极巴东"的旅游胜地，外地游人知此者要登城引览，就连万县人在节假日也三五成群地拾级登山，入城远眺近望，"留恋旧城，俯瞰新城"。

1992年，万县撤地设市，老万县以天生城命名为天城区。三峡大坝建成，老城区将被淹，天城整个城区将迁至天生城以东的地区，这新城区规划为17.3平方公里。在短短的2年多时间里，新区已投入近2亿元，修了5座大桥，40多公里的道路。一片又一片的高楼正在天生城下立起。

天生城下就是新城区的主城，十字大道已经形成。天城区的吴书记说，李鹏总理视察三峡移民工程时，就站在这天生城下的十字路口，对新天城的快速建设给予了高度的评价。春节之夜，天城区委、区政府组织了一次"天生城上瞰天城"的畅游活动，数千人举着火把，从万县老城区出发，跑步登上天生城。

那一夜，天生城上的火炬，点燃了山下新天城的"万家灯火"，那壮观的画面永久地留在了天城人记忆的"底片"上。

梁平竹海

梁平，史称梁山，公元553年置梁山县。因与山东梁山县同名，1952年改称梁平。

说起梁平，想必重庆人不会陌生：梁平机场、川东第一坝、"蜀中丛林之首"的双桂堂、全国第二高的石塔文峰塔等名胜奇景……

梁平自古多名牌：已有200多年历史的梁平柚，与绵竹、夹江年画齐名的梁平年画，被誉为"天下第一帘"的梁平竹帘……

梁平的竹资源相当丰富。一进入县境，尤其在西山地区，漫山遍野，沟旁路边，庭院内外，随处可见修竹亭亭、凤尾森森，号称川东百里竹海。其实，这川东竹海并不比蜀南竹海逊色，且各有各的风姿，各有各的韵味，各有各的妙趣。

"蜀南竹海以旅游开放享誉遐迩，而梁平竹海则是以竹产品开发闻名于世。"县里的同志向我们介绍说，"被国际友人誉为'天下第一帘'的梁山竹帘就是取材于川东竹海里的慈竹。"

梁平竹帘的工艺制作史已逾千年，据史料记载，早在北宋年间就被列为皇家贡品。《辞海》还专列词条："竹帘画，在细竹丝编织的帘子上加上书画的工艺品，产于四川梁平……"梁平竹帘以蜀东竹海盛产的慈竹为原料，运用传统工艺，结合书画、刺绣、植绒等多种表现手法，制作出各种形式的挂帘、屏风、装饰画及日用工艺品。其工艺精细，外观典雅，风格独特，具有浓郁的地方特色和民族风格。"薄如蝉翼淡如烟，万缕千丝总相连。借得七仙灵巧手，换来天下第一帘。"经过70余道工序，制作历史逾千年，早在北宋年间就被列为皇家贡品的梁平竹帘画，如今经过科技的融合，又有了新的发展，荣获四川省政府授予的名优特新产品金奖。梁平竹帘画，曾多次作为刘少奇、邓小平等国家领导人出国访问的高雅礼品，北京人民大会堂、钓鱼台国宾馆等处均珍藏有梁平竹帘画。

梁平竹海里的竹子，不仅被精制成"天下第一帘"之类的工艺极品，而且还被广泛制作成各式各样的竹制日用品。不少竹农正是"靠竹吃竹"，逐步走上了致富路。

我们在竹海徜徉，碧波涌荡，清风拂面，令人爽心悦目，如入仙境。百里竹海不仅仅是竹材资源，应该说还是难得的景观资源。我们不禁向梁平的同志问道："有这样得天独厚的自然条件，咋不把旅游开发搞起来呢？"

"要搞，要搞。"梁平的同志说，"只是已经做了规划，并正着手开发，估计三五年内，这里将建成省一级的风景名胜区。"

听了介绍，我们甚感欣慰。相信，随着三峡开发步伐的加快，随着库区开发程度的提高，梁平竹海的名声将同"天下第一帘"一样，不让蜀南，名扬九州。

忠州寻雅

　　"忠州自古文人集，唐宋名家遗风存。"踏上忠县的土地，县委宣传部的同志就对我们说，"忠州寻雅雅趣多。"

　　忠县，古名临江县，唐代名忠州，民国初名忠县。近2 000多年来，县城不仅是县的所在地，从南朝梁至清末，县城先后成为府、郡、州的治所所在地。由于特殊的地理位置，这里自古就是文人雅士贪山恋水，醉魂癫狂的胜地。唐宋文豪杜甫、白居易、苏轼、苏辙、黄庭坚、陆游等均在此留下翰墨诗文。迄今收藏有自唐至清140多位文人雅士的500余篇诗文，这是忠县难得的一份文化瑰宝。

　　忠州寻雅，处处皆雅，雅幽之处，无不勾起历史文化的沉淀，激发出怀古的思绪。唐永泰元年（765）秋，杜甫携家出川，船停忠州，住进龙兴寺（今忠州中学内）。这位大诗人见忠州城小荒僻，民生潦倒，触动了忧感之情，写下了一首广为流传的《题忠州龙兴寺所居院壁》："忠州三峡内，井邑聚云根。小市常争米，孤城早闭门。空看过客泪，莫觅主人恩。淹泊仍愁虎，深居赖独园。"

　　站在忠州中学那新修的校舍旁，读着杜甫的这首诗，望着县城河边街那低矮、狭窄的旧房小巷，深感白居易那"百层石磴上州门"，"更无平地堪行处"的维肖之处了。在忠县城西郊，有一座白公祠，这是纪念唐代大诗人、忠州刺史白居易的祠堂，是与洛阳香山"唐少传白公墓祠"齐名的全国两座白居易祠庙之一。白居易被贬任忠州刺史期间，为百姓办了不少好事实事，忠州人非常怀念他。明崇祯三年（1630），忠州知州马易从倡议而后修建了白公祠。清道光十年（1830），进行扩建。1983年，忠县人民政府公布白公祠为县级文物保护单位，1986年又拨款维修。

走进白公祠，一副"遗泽被山川万民长忆贤刺史，宏篇映日月百世同仰大诗人"的门联，读来情真意切，表达了忠州百姓对这位贤刺史的怀念之情。正殿内塑有白公像一尊，高8尺，头戴帻帽，身着圆领袍服，足蹬黑色皂靴，神态祥和。进门楼往右拐，圆形拱门上有一刻书"白园"的匾额，门联是："浮云不系名居易，造化无为字乐天"。此联是白居易死后当朝皇帝唐宣宗作的挽诗。在白园内，还有"忠州地方文物陈列室""醉吟阁""白居易传统技艺雕塑厅""白居易生平事迹展览室"等。

观览白公祠，沉浸在对这位伟大诗人的崇仰之中，诗人那种虽遭贬谪逆境，但时时忧民为民的境界，怎不让世代后人敬佩呢？

"东坡寻左，最忆忠州。"忠县一文友对我们说，"不到东坡园，难感白公意。"东坡公园在县城东门外。当年白居易在忠州时，常出东门，上东坡栽花植柳，饮酒赋诗。离开忠州时还到东坡告别，写下《别东坡花树二绝》（其一）："三年留滞在江城，草树禽鱼尽有情。何处殷勤重回首，东坡桃李种新成。"

如今，这东坡公园内已辟有东楼、荔枝园、白鹿洞、毓秀山庄、红荷花池等名胜景点。白居易东坡种花，给后人留下了"最忆东坡红烂漫，野桃山杏水林檎"的意境。千百年来，苏轼、陆游等名家都到东坡访古。苏轼到东坡寻访后，为官黄州期间也仿效白居易东坡种花，并自号东坡。宋代爱国诗人陆游入川时专程到忠州冒雨游览东坡，写下了"木莲花下竹枝歌，欢意不多感慨多。更恐它年有遗恨，晓来冲雨上东坡"的诗句。

忠州寻雅，越寻越雅；忠州访古，越访越幽。忠州的后人，当乃珍惜祖先留下的这份宝贵文化遗产。我们这些外来人，实乃羡慕忠县人有这么多世代都享用不尽的财富！

双河大坝天门开

在垫江转了几天，感到这里确实是峡江地区的旅游"死角"。垫江人引以为自豪的凤山公园，最多也只抵得上重庆城里的一个小游园。县城桂溪镇，原本是桂花飘香的地方，因桂花闻名而得名，如今却有点名不副实了。我们来这里虽说正是八月桂花香的季节，可走遍全城也难嗅到几缕桂花味。

"祖先虽然没有给我们留下多少景观资源，但今天的垫江人却在用自己的双手创造美景，以便给后人留下好山好水好风光！"垫江县委宣传部的胡副部长说，"你们抽空去看看双河水库，那可是人工奇迹！"

双河大坝离县城仅12公里，坐落在新民镇明月山槽内。车到明月山下，我们不慌不忙地沿着那一米多宽的石梯路拾级而上。

"这石梯共有365级，我曾仔细地数过。"胡副部长像导游员似的边走边解说，"这标志着我们垫江的各项事业，一年365天，天天都有新发展。"

爬完365级石梯，便来到大坝底下。哟，果然值得一看，朝内凹进的半弧形大坝像一堵超巨型幕墙矗立在山岩之间，好雄伟，好气派。管理处的同志介绍说，水库大坝坝底厚150米，坝顶宽25米，坝高约65

米，比20层楼房还冒出一截。坝脚是一块开阔地，那儿建有一片花团锦簇、曲径通幽的小游园，成群结队的游人正在花园里休憩、游乐，或以大坝为背景拍照留念。我们赶忙请宣传部的同志按下相机快门，好把这壮观的大坝永久地留在我们的影集里。

上大坝的路被雕塑成一条龙的形状，从龙尾进去，环绕龙身攀援，出龙头便是坝顶了。这时，只觉眼前水天相接，一望无际，大有天门中开之感。忽然想起一首诗："巍巍峰顶天门开，双河大坝云中来。截断苍山立石壁，锁住洪峰化碧海。"

双河水库是垫江县1949年以来投资最大的一项工程，总投资4 721万元，用工171万个，库容量1 257万立方米。1990年动工兴建，1995年竣工蓄水。在大坝的右侧，立有一块竣工纪念碑。碑上刻有涪陵市委书记王鸿举在碑上的题词："水关县运，库系民生，殚精竭虑，众志成城。"

如今，双河水库不仅成为垫江县城居民的饮水之源，为库区下游47个村提供了灌溉之便，而且成了垫江县最大的一个旅游景点。每逢周末，垫江县的居民、农民，就连长寿、梁平、重庆主城的游客都云集于此，纵情嬉戏，流连忘返。

自然，我们也不会放弃良辰美景。快艇载着我们在这绵延10余公里的水库里疾驰，沿岸青松滴翠，湖中小岛棋布，天空白鹤翱翔，水面野鸭纷飞……好一派湖光山色，好一方清凉世界！

驱车返城途中，余兴未尽的我们总算找了一句贴切的广告词："双河大坝，味道好极了！"

夏橙要"长大"

长寿夏橙"长大"的机遇来了!

2003年的夏天,对长寿夏橙来说,是一个火热的夏天:继新加坡复发中记集团把夏橙推进国际市场后,澳门恒河集团也到长寿考察,准备签约发展数万亩优质晚熟柑橘。

长寿区是我国三大夏橙产区之一,全国现有的10万亩夏橙中,长寿产区面积就占了一半,在三大产区中,长寿产区的产量也最高。据有关人士介绍,长寿适宜种植夏橙的地区可发展40万亩,区里规划到2010年,实现种植30万亩的目标,从需求来看,夏橙的市场前景也非常看好,夏橙属于晚熟柑橘,不管是鲜销或是用作生产果汁的原料,在国内外都很有市场空间。

长寿夏橙"长大"的机遇虽然已经到来,但"长大"的道路还很艰辛、漫长。

今年,长寿一些地方的夏橙通过种植技术的改良,果品质量有了很大提高,可与市场的要求还相差甚远:能进入国际市场的只占5%,能进入全国各大超市的不到一半,40%以上的果子只能在农贸市场销售。这一严峻的事实说明:虽然目前巨大的国内外市场在向长寿夏橙招手,可长寿人也只能干着急，因为拿不出更多的符合市场需求的优质产品。

长寿夏橙要"长大"，要顺畅地走进国内国际的大市场，需要在种植观念、流通方式上都来一次"脱胎换骨"。

施肥不讲究需要，灌水不掌握时节，打药专选杀虫效果好的农药，采摘时果子经常掉到地上……这是对以前长寿夏橙种植过程的真实写照。

长寿夏橙要"长大"，首要的就是转变果农们原始的种植和采果方式，让他们树立科学的种植方式和市场观念。伴随着新加坡复发中记和恒河集团的进来，长寿区已开始着手从转变果农的种植方式和市场意识入手，引导果农按科学的方式种果采果。从去年开始，他们就在区园艺场和凤城镇的复元村进行试点，运用高接换种的方式改良品种，在果树的管理上，实行平衡施肥，禁用高毒农药，施用生物和低毒农药，实行冬季灌水，实施疏果等。

针对复发中记收购果子的特殊要求，引导果农戴起手套采摘、在果筐里垫上软垫、用果剪细心剪果。今年，这些新的管理技术和采果方法已经产生效果，在采用了新技术的果园里，横径70毫米以上的果子达到了70%以上。

长寿夏橙要"长大"，除了提高果品质量外，还应用另一条腿走路：加工。

夏橙的内在品质很适于作鲜果汁的加工原料，当大部分符合鲜销标准的果子通过鲜销走进市场后，余下的在外观上不能"嫁"出去的果子，则是加工果汁的好原料。目前，长寿区已经着手引进一家大企业建一座大型果汁加工厂。

"转变数以万计果农的种植观念，畅通国内外销售渠道，构建现代化的加工体系，这条路很难。"长寿区有关负责人说，"但为了让长寿夏橙这一产业'长大'，再难也要坚定不移走下去。"

金花银花一枝花

走进武陵山深处，记者在秀山土家族苗族自治县钟灵乡马路村的山坡上惊奇地发现金银花漫山遍野，生机勃勃。

"你看，就是这株金银花，去年采摘了20公斤花，卖了60块钱。"马路村党支部书记罗时英站在黑崖岭上的金银花园里，指着一株冠幅直径达1米的金银花，给记者讲了一个故事。

平均海拔800米的钟灵乡，到处是荒山荒坡。这里生长的金银花，是一种清热解毒的好药材。20世纪80年代初，马路村老支书杨胜毅把山上野生的金银花挖到自家的承包地里栽种，开创了变野生为家种的先例。之后，他又将采摘的金银花卖给收购商。

在老杨的带动下，湾头村民组的村民大多种起了金银花。如今，黑崖岭上那100多亩金银花园，就是当年栽种的。

然而，钟灵的金银花却是"墙内开花墙外香"。20世纪80年代中期，湖南隆回县的药材商到钟灵收购药材，见到金银花园后，就带了一批金银花苗回到隆回县的小沙江镇，让当地的农民栽种。小沙江镇的农民运用钟灵的种植技术栽种金银花成功，并获得了好的收益。第二年，隆回县政府便采取鼓励措施，发展起了金银花产业。这一年，仅小沙江镇的农民就种植了2.4万亩金银花，年收入上千万元。

"钟灵的金银花先在隆回县香了起来，我们作为栽种金银花的'师傅'，真有点汗颜。"钟灵乡人大主席团主席陈德宇说，"好在'师傅'放得下面子，决定向'徒弟'拜师学艺。"

2002年初，钟灵乡决定把金银花作为一项农业产业化项目来发展，打造钟灵金银花品牌。

当年5月，由乡党政主要领导、各村的干部和村民代表组成的一个"拜师团"专程到隆回县小沙江镇，向早些年的"徒弟"拜师学艺。

"师傅"虚心地向"徒弟"学习了如何引导农民种植，如何搞好金银花的加工，如何打开销售市场等诀窍。回到钟灵后，他们认认真真地干了起来。

陈德宇与人合作，承包荒山120多亩，建起金银花园；罗时英带头承包荒山110多亩，种起了金银花……乡村干部带头承包荒山种植金银花，起到了很好的示范作用，该乡很快掀起了种植金银花的热潮。至目前，全乡5 200多户农户中，有90%的农户种植了金银花，种植面积达到2.5万亩，其规模已与小沙江镇不相上下。

"再过一个月，钟灵的漫山遍野都会有金银花香！"陈德宇喜滋滋地说。

马路村的陈文新于20年前就开始种金银花，面积有12亩。陈文新说："靠种植金银花，我家7口人的日子过得红红火火。"

金银花已逐步成为钟灵农民家庭经济收入的主要来源之一。进入盛产期的金银花，每亩每年至少有1 500元的收入，钟灵农民靠金银花这一项产业，平均每户每年就有几千元的收入。

峡江情

峡江情，萦牵梦织多少峡江人！

辑身三峡，跋涉武陵，徜徉涪州……一草一木，一花一石，一楼一阁，一滩一景，一山一壑，都可体味人生真谛，咏叹历史兴衰。

峡江的民风古朴，它携带着巴人的烙印从远古走来；峡江的民风浓郁淳厚，它融合了巴人的质朴和乐观而独领风骚；峡江的风土人情是一束馨香的鲜花，装点了峡江人的生活，引发了文人墨客的豪情……

"日落沧江晚，停桡问土风。"唐初著名诗人陈子昂，在一个太阳落山后的傍晚，乘船到白帝城下，下船后即了解当地风土民俗，当年刘备在这里托付江山社稷，传说中大禹在此劈断悬崖、疏通江河的功绩，使诗人留下了"城临巴子国，台没汉王宫。荒服仍周甸，深山尚禹功。岩悬青壁断，地险碧流通……"的名篇。

唐代大诗人白居易到黔江地区，被武陵山的水色峡情感染，写下了被后人传颂的《酬严中丞晚眺黔江见寄》的名篇："江水三回曲，愁人两地情。磨围山下色，明月峡中声。晚后连天碧，秋来彻底清。临流有新恨，照见白须生。"

虽然是首次到峡江地区采访，我们也深深地感受到了峡江人那质朴、憨厚、浓烈的人情。

在万县市时，市委宣传部部长、新闻科科长、《万县日报》社的同行们，听说我们首次到万县，专程到码头迎候，半月多的采访中，连细节都为我们考虑得很周到，使我们不仅完成了采访任务，还采回了峡江人长江般的豪爽、热情。

峡江之水，源远流长；峡江的山，雄伟壮丽；峡江的民俗，淳厚朴实。千百年来，历代名人纷至沓来，有的慕名而至，有的为官到此，有的漂泊客居，有的流放贬谪。峡江，成了名人荟萃的地方，使峡江情更源远流长。

峡江山水的雄险奇景，峡江人的刚强乐观，峡江风情的纯朴敦厚，峡江气候的独特怪异，令唐代的李白、杜甫、白居易直抒胸臆，宋朝的苏轼、陆游、黄庭坚、范成大低咏吟唱，明清的杨慎、王士禛、张问陶挥毫放歌，当代文豪郭沫若、何其芳等更是抚今追昔，感慨万千，赋诗作文。在峡江这片神奇的土地上，形成了我国诗歌史上一种罕见的千家聚会、万口吟诵的极盛现象。

走一路峡江，吟一

路诗文，抒一路峡江的风情和人情，真可以说是一路峡江一路情。在万县，市委宣传部的同志送我们一本《历代名人吟三峡》的册子。在黔江，我们又读到了《历代诗人咏黔中》。读着李白、杜甫、白居易、刘禹锡、王维、黄庭坚、范成大、郭沫若……一大批名人那些荡气回肠，直抒胸臆，有着独特感受，激情满怀的诗篇，思绪犹如那长江、酉河、乌水，浩荡奔涌，惊涛拍岸。

峡江人是山的子孙，峡江人是水的后代，峡江的情，是汩汩流淌的血脉，有山的刚毅，水的缠绵。

"江上朱楼新雨晴，瀼西春水縠文生。桥东桥西好杨柳，人来人去唱歌行。"唐朝诗人刘禹锡的这首《竹枝词》，至今还在峡江人中传唱，舒适恬淡的峡江人生活，透出浓浓的峡江风情、民情、人情。

难忘啊，那铭心刻骨的峡江情！

峡江风

一路峡江一路风，峡江之风扑面来，吹得四方游人醉，吹得峡江更璀璨！

从峡江归来数月，耳边也常常想起那山谷空响，清新扑面，令人心醉的峡江风。

峡江的风，是质朴的风！

跋武陵峰，涉浦里河，进小三峡，过鬼门关……给我们的感受是：山也纯朴，河也粗犷，峡也坦荡，鬼也直爽。坦荡直爽的峡江山水，毫不掩饰地向客人袒露出其纯朴、粗犷的性格。

进苗家寨，住土家楼，喝坛咂酒，啃烧苞谷……给我们的印象是：人也朴实，房也古色，酒也香醇，食也甘甜。朴实憨厚的峡江人，

毫不隐讳地向客人捧出了那颗真诚、实在、滚烫的心。

峡江的风，就是这样纯洁无避，浓郁淳厚，古色古香。

峡江的风，挟带着厚重的历史的风！

峡江之水源远流长，峡江的山高深莫测。峡江的一山一水，一花一石，一楼一阁，一滩一景，都挟带着厚重的历史之风。

刘备白帝城托孤，唐开国元勋长孙无忌流放黔州，唐代大诗人白居易被贬忠州，南宋著名诗人黄庭坚贬谪黔州……历史给峡江留下神秘的色彩，厚厚的历史积流中，千百年来，不断地散发出历史古风。

走峡江路，观峡江景，访峡江人，采峡江风。可以说是：五里能走明清路，十里能见唐宋景，大人娃儿都能说出几段历史情。

峡江的风，就是这样厚重、神秘莫测，吹出历史的痕迹。

峡江的风，荡漾着改革发展的春风！

改革开放，沿峡江吹来发展的风。特别是三峡工程的上马，使峡江地区处处都荡漾着改革的风、发展的风、大变的风。

峡江的一城一镇，一厂一店，一村一社，都吹着"抓住三峡工程上马的机遇，发展峡江经济"的风。

进大宁河，走武陵山，数年前那种鸡蛋以篓计、广柑以堆估的自然经济状态已经变成了烧苞谷5角1个，三峡石做成工艺品的市场经济。

"乡镇上省，区县跑部"，要项目，争投资，引人才，抓住机遇求发展，使山里人走出山外，冲出夔门。

宁愿苦干，不再苦熬，苦干脱贫，巧干致富。"黔江精神"的春风，不仅荡漾在武陵山区、酉水河畔，而且吹向了神州大地。

峡江的风，伴随着三峡工程的上马，伴随着新的历史机遇，将会把峡江的山山水水，吹得更绿、更美！

峡江韵

　　峡江的山哟，是一幅描不完的画卷；峡江的山哟，是一首写不尽的诗篇；峡江的风情文化哟，是一部韵味无穷的书。

　　人走峡江，爬不完的山，淌不尽的水，读不完的诗，品不够的味，流不尽的韵……万里走峡江，时时处处都感受到这片神奇的土地上文化底蕴的深厚，文化韵味之深长，文化历史之悠远。

　　从唐代的李白、杜甫、白居易，宋朝的苏东坡、陆游、范成大、黄庭坚，到当代的郭沫若、何其芳，历代名人文豪齐聚峡江，吟咏峡江，书写峡江。

　　从古至今的名人文豪，不管是漂泊至此，流放而来，或是慕名而至，都为峡江的风韵所倾倒，都为峡江之韵留下了优美的旋律。

　　"朝辞白帝彩云间，千里江陵一日还。两岸猿声啼不住，轻舟已过万重山。"李白的这首千古绝唱，古往今来，令多少人寻韵到三峡来，体验那韵味无穷的诗境。

　　"旧说天下山，半在黔中青。又闻天下泉，半落黔中鸣。山水千万绕，中有君子行。儒风一以扇，污俗心皆平。……"唐代诗人孟郊的这首五言诗，古往今来，吸引了多少文人墨客到"天府好望角"来采风泼墨，留下供后人百读不厌的诗篇。

从唐代的李白、杜甫到当代的郭沫若、何其芳，千百年来，数以百计的名人文豪，在峡江留下了数以千计的绝唱名篇，积淀下了中国文化史上最深厚的峡江文化，谱写出了最优美的峡江韵律。

峡江韵律，千百年的流动，使那灿烂的民间文化底蕴得到了发扬，开出了民族文化之花，流出了经济发展之源。

今年初，黔江地区行署命名了8个特色文化之乡：狮舞民歌之乡——黔江自治县马喇镇，龙灯之乡——石柱自治县下路乡，龙舟艺术之乡——彭水自治县郁山镇，苗族民歌之乡——彭水自治县鞍子乡，龙舞民乐之乡——酉阳自治县钟多镇，土家摆手舞之乡——酉阳自治县后溪乡，花灯艺术之乡——秀山自治县龙凤乡，《黄杨扁担》歌舞艺术之乡——秀山自治县溶溪乡。

在万县市，在涪陵市，三国文化、鬼文化，韵动成了丰富的旅游文化、经济文化。在文化的韵律上，跳动着峡江经济发展的音符。

优秀的峡江文化之韵哺育出了一代又一代优秀的峡江儿女；峡江儿女在深厚的峡江文化底蕴上，扬传统文化之帆，携经济建设之舟，峡江文化之韵，谱出了峡江经济发展之彩。

三峡旅游，世界有名；梁平柚、奉节橙、涪陵榨菜、黔江牛肉脯……一个又一个融合着峡江文化的名品，让峡江有名，给峡江经济注入活力，让峡江人奔向富裕。

峡江韵，将会谱写出更加优美的旋律，在中华大地上留下无穷无尽的韵味！

图书在版编目 (CIP) 数据

峡江行：当代三峡库区考察实录 / 向泽映，罗成友
著 . -- 重庆：重庆大学出版社，2022.8
ISBN 978-7-5689-3176-2

Ⅰ. ①峡… Ⅱ. ①向… ②罗… Ⅲ. ①新闻—作品集—
中国—当代 Ⅳ. ① I253

中国版本图书馆 CIP 数据核字（2022）第 032253 号

峡江行：当代三峡库区考察实录
XIA JIANG XING：DANGDAI SANXIA KUQU KAOCHA SHILU

向泽映 罗成友 著

责任编辑：李佳熙
责任校对：谢 芳
责任印制：张 策
书籍设计：　　　DESIGN

重庆大学出版社出版发行
出版人：饶帮华
社址：重庆市沙坪坝区大学城西路 21 号
电话：（023）88617190 88617185（中小学）
传真：（023）88617186 88617166
网址：http://www.cqup.com.cn
全国新华书店经销
印刷：重庆俊蒲印务有限公司

开本：720mm×1020mm 1/16 印张：21.75 字数：295 千
2022 年 8 月第 1 版 2022 年 8 月第 1 次印刷
ISBN 978-7-5689-3176-2 定价：68.00 元